D1707550

Antoine Chainas

Aime-moi,
Casanova

Gallimard

Né en 1971, Antoine Chainas a longtemps fréquenté les plateaux de cinéma, les stations de radio, les salles de rédaction, les morgues, les scènes de concert, les commissariats de quartier, les maisons de repos et les centres d'essais militaires. Il travaille aujourd'hui de nuit dans une grande administration française et est l'auteur très remarqué de quatre romans parus à la Série Noire.

Jack l'Éventreur, le Poinçonneur des Lilas, Baby Face, Gueule d'Ange, Tombeur, Machine Gun Pussy, la Foreuse Ambulante, Casanova…

Tous ces surnoms liés à une certaine partie de son anatomie et à l'usage qu'il en faisait avaient disparu avec ceux qui les avaient adoptés. Ils étaient pour la plupart morts ou — tout comme — à l'usine.

Il y en a qui avaient fini en taule ou en HP.

D'autres encore, pire, avaient été mutés dans différentes sections.

Avec le temps, année après année, résultat d'une sorte de darwinisme patronymique, un seul surnom était resté.

Son vrai nom était Milo Rojevic. C'était celui que lui avaient donné son papa et sa maman. Mais dans tous les services, non sans une pointe de féroce ironie, ses ennemis l'appelaient Casanova.

*

« C'est comme ça à chaque fois : juste lorsque tu penses que tout est résolu, que chaque chose, bonne ou mauvaise, n'est plus qu'à la place où elle devrait être, juste quand tu crois enfin que le passé est le passé, ça se produit. Un événement, une petite chose insignifiante te ramène soudain, sans que tu saches pourquoi, exactement là d'où tu croyais t'être échappé.

Ma première erreur, ce soir-là, a été d'être trop pressé d'aller fourrer ma queue dans le con de cette femme. Merde, comment elle s'appelait ? Je le sais même pas… »

*

Son sexe était tordu de manière douloureuse à l'intérieur du vagin de la fille, mais il ne pouvait pas s'empêcher d'y aller franco. De la pistonner, de l'empaler jusqu'à plus soif. Jusqu'à ce que quelque chose craque. Sa bite ou la paroi vaginale de la fille.

Les chiottes étaient sales. Elles puaient l'urine, les fèces et la transpiration infectée.

La porte ne fermait pas et les graffitis qui la constellaient n'étaient qu'une suite ininterrompue de petites annonces plus ou moins explicites.

« JH bien membré se fait sucer. RDV dans cette cabine tous les vendredis à 17 h 15. »

« F. Belle quarantaine ch JH, 20 cm min. pour séance de baise. Appeler le… »

« Couple libéré invite H ou F pour expérience à trois. No Kpot exigé… »

Pour toutes ces raisons ou pour d'autres peut-être

moins avouables — il ne voulait pas savoir — la fille ne ménageait pas sa peine.

Elle y allait vaillamment. Avec une sorte de rage froide et mécanique, elle accompagnait ses mouvements bestiaux, faisant coulisser le chibre turgescent de Casanova dans son intimité.

Il n'y avait pas moyen de lui faire comprendre qu'il fallait qu'elle se cambre plus pour que la pénétration soit moins douloureuse.

La torsion imprimée à son membre rendait le va-et-vient pénible. Son gland, toute la longueur de son pénis le brûlait, mais c'était bon. Casanova le savait. C'était sa jouissance, c'était son calvaire.

Avec un grognement rauque, il s'enfonça encore plus avant à l'intérieur de sa compagne.

La tête blonde de la fille — dont il ne voyait que le dos et les cheveux rendus cassants et filandreux par les oxydations successives — vint cogner contre la cloison de la cabine.

Doucement d'abord, puis plus rudement ; si bien que Casanova crut un moment que la fille allait s'assommer… ou perforer le contreplaqué…

Il avait de toute manière la certitude que ça ne l'arrêterait pas. Plus rien ne pourrait l'arrêter maintenant. Ni la douleur, ni les cris, ni le sang. La fille pouvait bien crever là qu'il continuerait à la baiser. Elle n'était plus une fille. Même plus un être humain. Elle devenait un trou sans fond dans lequel il plongeait et plongeait encore. Il ne se souvenait plus de son visage. Avant, oui. Mais plus maintenant. À mesure qu'il accélérait et que le crâne devant lui frappait le bois, les traits de la fille disparaissaient, ses gémissements s'estompaient. Son être entier se délitait pour ne plus former qu'une masse de chair grouillante autour de son sexe. Et rien ne pourrait stopper ses saillies brutales jusqu'à ce qu'il soit apaisé. Jusqu'à ce que ce feu, cette colère qu'il portait en lui, s'éteigne sous le souffle de l'explosion orgasmique qui adviendrait inévitablement.

Il ahanait. Des perles de sueur et de salive mélangées gouttant sur les reins de la fille.

Han. Han. Han.

La tête de la fille frappait la paroi.

Bang. Bang. Bang.

Soudain, la fille souffla :

— Je viens, je viens…

Sa voix catarrheuse ressemblait à celle d'un cancéreux dernier stade.

Han. Han. Han.

Bang. Bang. Bang.

Les coups redoublèrent.

Bang !

La cloison s'ébranla une dernière fois. Une explosion qui fit trembler la cabine tout entière. Une ultime déflagration, puis c'était fini.

Casanova se retira. Son sexe était écarlate. Tuméfié. Comme épuisé, il commençait déjà à pendre entre ses jambes. Exsangue. Souillé. KO. Dérouillé comme il faut.

La fille s'écarta et il tomba à genoux dans la pisse sombre inondant le sol de la cabine. Elle ne sembla pas s'en émouvoir. Ceci avait l'air de n'être pour elle qu'une formalité.

Casanova se pencha au-dessus de la cuvette où

deux étrons d'une taille monstrueuse s'épanouissaient telles deux fleurs sauvages sur un ruban d'asphalte. Il eut un haut-le-cœur et un filet de bile émergea d'entre ses lèvres closes.

La fille rajusta sa tenue. Elle sortit de sa poche un stick qu'elle glissa entre ses lèvres et alluma. Immédiatement, Casanova sentit une légère odeur de gasoil et d'alcool frelaté : formaldéhyde et méthanol. Pour la jeunesse branchée, les noms étaient nombreux : illy, fry, wet, drank, wack…, mais la came était la même. Rien d'autre que de la marijuana trempée dans du liquide d'embaumement. Plus besoin de se demander d'où la fille tenait cette respiration bizarre et pourquoi elle n'avait rien senti quand sa tête était venue heurter la cloison.

Lui, il gisait, inerte, la tête contre la cuvette humide, les jambes allongées dans l'urine.

Sans un mot, la fille l'enjamba et sortit en refermant délicatement la porte des toilettes sur lui.

Elle avait eu ce qu'elle voulait. Il avait eu ce qu'il voulait. L'histoire s'arrêtait ici. Pourquoi perdre son temps à parler, à échanger ne serait-ce qu'une formule de politesse, voire un geste tendre ? Un geste tendre…

Casanova resta là, dans cette position grotesque, durant un temps qu'il n'aurait pu estimer.

Il ne bougeait plus. Il était vide. Il était calme. Il était presque mort.

Toute cette colère, toute cette haine, toutes ces idées pas belles qui lui passaient par la tronche à intervalles réguliers s'étaient évanouies.

À peu de chose près, il se sentait redevenir un homme.

Alors, lentement, ses mains, ses jambes se remirent à bouger. Il respira profondément. Il releva le visage, regarda avec étonnement l'endroit où il se trouvait — comme s'il réalisait brusquement qu'il venait de tirer un coup avec une anonyme dans des toilettes publiques jonchées de merde et de détritus.

Il se releva, remballa son outil désormais flétri, puis ouvrit la porte et s'extirpa de l'établissement, se jetant une nouvelle fois dans la lumière morte des néons, astres des nuits qui ne finissent jamais.

*

« Je savais que je n'aurais pas dû aller voir cette femme. Pas ce soir-là. Pas après ce que Giovanni m'avait dit. Giovanni dit "Champion". Giovanni dit l'ange. Giovanni dit le saint. Giovanni, le dernier preux chevalier de cette putain de taule. Mon binôme. Mon estimé partenaire. Celui — le dernier — qui me sauvait encore la face quand il n'y avait plus rien à sauver. Ma croix. Mon absolution. Giovanni, qui m'avait juste dit, sur le parking du commissariat central, alors que notre prise de service touchait à sa fin et que je ne l'avais pas vu de la journée :

— Attends-moi là, j'en ai pour deux minutes.

Je l'avais regardé s'éloigner en petites foulées, énergique, vivant, slalomant entre les voitures garées pour se diriger vers Gus, un des chefs de groupe de la section des Chasseurs de Crânes. Qu'est-ce qu'il lui voulait ? Qu'est-ce qu'ils pouvaient bien maquiller ensemble, ce tordu de Gus et Giovanni le saint ? J'en savais foutre rien et ne désirais pas le savoir. Il y avait longtemps que je ne m'occupais plus de la manière dont Giovanni menait ses... nos enquêtes. Mais voilà. Il m'avait dit :

— Attends-moi là, j'en ai pour deux minutes...

J'avais réfléchi un moment. Penser n'a jamais été mon fort, et chaque fois que je m'y suis appliqué, ça a tourné au fiasco. Cette fois comme les autres. J'avais réfléchi et puis j'avais décidé que ce qu'il avait à me dire pouvait attendre lundi. J'avais décidé de ne pas patienter. J'avais pensé à cette fille avec laquelle j'avais rendez-vous. J'avais pensé aux promesses de sa robe moulante et de son regard vide. J'avais pensé à ses grandes lèvres et à sa langue qui viendraient s'enrouler autour de mon dard comme un serpent venimeux. J'avais pensé à ses cheveux blonds desséchés par les colorations répétées. J'avais pensé à tout ça et j'étais parti.

Ce devait être la dernière fois que je voyais Giovanni. »

*

Casanova se tenait légèrement voûté. Il se dandinait d'un pied sur l'autre, l'air de ne pas savoir quoi faire d'un corps trop encombrant pour lui. En face, assis à son bureau de commissaire principal, le Manitou attendait. Quoi ? Casanova l'ignorait au juste, ou plutôt, il ne s'en doutait que trop bien. Cette posture se prolongeait et elle n'était pas signe de bonne nouvelle. Casanova sentait arriver l'avarie. La méchante tuile qui vous tombe sur la cafetière au plus mauvais moment et dont on ne sait comment se débarrasser. Le Manitou, petit homme replet aux gestes secs et sans appel, le scrutait de ses yeux clairs comme s'il cherchait à l'évaluer. Évaluer la part de risque qu'il y avait à employer Casanova pour une mission délicate. Pour une mission tout court, d'ailleurs. Le commissaire principal sembla soudain émerger de sa réflexion et s'adressa à Casanova avec le ton brusque du père qui admoneste son fils :

— Vous savez pourquoi je vous ai fait venir ?

— Non, mentit Casanova.

Le Manitou laissa passer une nouvelle minute de silence. Il cherchait encore à évaluer son subordonné. On le sentait indécis. Mis devant une échéance désagréable mais inévitable. On sentait sourdre, sous l'aspect bonhomme du gradé, une nervosité, une impulsivité à peine contrôlée. Il connaissait Casanova. Il était au courant de sa situation personnelle et il avait entendu les bruits de couloir qui circulaient sur son compte. Des bruits qu'il n'aimait pas. Ce que faisaient ses employés en dehors des heures de boulot ne le regardait pas, mais ce qu'il désirait par-dessus tout, c'était entretenir la paix dans son service. Casanova était au fait de tout cela et il était évident que sa conduite peu orthodoxe ne favorisait pas la paix. Il commençait à attiser l'incompréhension, la désapprobation, voire une certaine forme de haine parmi ses collègues. Et ça, le Manitou n'en voulait pas. Ailleurs, peut-être, mais pas ici, dans son service. Et voilà que son binôme avait disparu. À croire que l'inspecteur — véritable mouton noir — attirait sur lui, tel l'étron galvanisant les velléités des mouches coprophages, les pires emmerdes. Des emmerdes

16

en cascade. Une série ininterrompue. La véritable dégoulinante. L'éloigner temporairement n'était peut-être pas une si mauvaise idée, c'était ça que devait penser le Manitou. Mais qui savait — même loin, même ailleurs — quelles catastrophes était encore capable de déclencher l'inspecteur ? Et si les bruits de couloir, ces murmures qu'on entend et qui pro-lifèrent dans les brigades comme des incendies qui couvent, étaient fondés ? Le commissaire principal était bien placé pour connaître les dégâts que pou-vait faire un incendie mal éteint.

— Vous ignorez pourquoi vous êtes là ?

— Oui.

— Votre collègue a disparu depuis quatre jours maintenant, et vous n'avez pas la moindre idée de la raison pour laquelle je vous convoque ?

— Ah, ça ? s'exclama Casanova en prenant l'air du type qui vient juste de se souvenir qu'il avait effectivement, il y a longtemps, dans une autre vie, un partenaire avec lequel, jusqu'à la semaine dernière, il passait huit heures par jour.

— Vous vous foutez de ma gueule, Rojevic ?

— Non, ça ne me serait jamais venu à l'esprit, mentit une nouvelle fois l'émérite fonctionnaire.

Le Manitou soupira et agita la main au-dessus de sa tête d'un geste péremptoire.

— Bon, passons. Comme vous le savez, l'inspec-teur Giovanni n'est pas venu travailler depuis lundi. Il n'a pas téléphoné et personne ne répond à son domicile. J'ai envoyé Perier et Juvet chez lui hier et personne ne leur a ouvert.

— Effectivement... J'imagine que c'est fâcheux,

répondit le policier non sans réprimer un petit sourire.

Passant outre, le Manitou, dont la patience étonnait Casanova, continua avec le calme de la cocotte-minute sous pression :

— Vous n'avez pas la moindre idée de l'endroit où il pourrait se trouver ?

— C'est-à-dire ?

Putain ! Des croix — Casanova lisait dans l'esprit du gradé comme dans un livre ouvert — le Manitou s'en était appuyé, en vingt ans de carrière, mais des comme lui, jamais.

— Il ne vous a rien dit ? Quand il vous a quitté, vendredi dernier, il ne vous a rien dit qui permettrait…

Casanova fit semblant de réfléchir un instant. Allait-il de nouveau sortir de son chapeau une connerie plus grosse que lui, ou répondre sérieusement à la question de son supérieur ?

— Non. Pas vraiment. Mais vous savez, Giovanni et moi, on n'était pas à proprement parler des intimes. Entre nous, c'était boulot-boulot, si vous voyez ce que je veux dire.

— Je vois, murmura le Manitou d'une voix lourde d'insinuations. Le problème, c'est que personne n'a fait de déclaration de disparition.

Casanova fit la moue.

— Pour autant que je sache, Giovanni était un célibataire endurci. Et je ne lui ai jamais connu de lien familial quelconque. Alors, s'il s'est fait la malle avec une souris…

— La question n'est pas là, coupa le Manitou

que le flegme lymphatique de Casanova commençait visiblement à indisposer. La question est que, contrairement à certains ici que, par décence, je ne nommerai pas, sa disparition nous inquiète. Elle nous inquiète même fortement. Giovanni était un modèle de ponctualité et en dix ans de service, il n'a jamais manqué de signaler une absence imprévue. Chose qui, à ma connaissance, était de toute manière rarissime.

— Ça, pour être modèle, sa ponctualité l'était, chuchota Casanova avec un soupçon de reproche dans la voix.

Il faut dire que si Giovanni faisait montre d'une conscience professionnelle à toute épreuve, son partenaire, le ci-présent Milo Rojevic, alias Casanova, était son exact opposé. Tous les matins, il se pointait avec cinq, dix minutes de retard au commissariat. Dans un état souvent à la limite du présentable. L'air d'avoir dormi sous les ponts. Seuls sa belle gueule et son air de chien battu sauvaient le peu de dignité qu'il lui restait. Mais il ne se passait pas un jour sans qu'il s'absente de son poste pour une raison ou pour une autre. Pas un jour sans qu'il soit, à l'improviste, totalement introuvable dans la taule. Ce qu'il pouvait maquiller exactement… Les rumeurs étaient aussi éloquentes que fantaisistes. Casanova les connaissait toutes. Aucune, même de loin, n'approchait la vérité.

Le Manitou enchaîna, pressé désormais d'en finir :

— Vous bossez sur quoi, en ce moment ?

— Le macchabée du XXe.

— Ça avance ?

— On attend le rapport d'autopsie et pour l'instant le Fichier Automatisé des Empreintes Digitales n'a rien donné. Faudrait voir ça avec le chef de groupe… Je suis pas…

— C'est à vous que je le demande, Casa… Rojevic ! s'énerva le Manitou. Zicos, votre chef de groupe, vous laissait… je veux dire, laissait à Giovanni, et à vous par voie de conséquence, une relative indépendance. Une indépendance jusque-là payante, il est vrai. Toujours est-il qu'il est incapable de me dire ce que vous avez pu fabriquer exactement, l'un comme l'autre, la semaine dernière. Alors, je vous le demande encore une fois : sur quoi avez-vous bossé la semaine passée ?

— Je vous l'ai dit : le corps de la femme qu'on a retrouvé dans le terrain vague à la lisière du XXe.

La vérité, c'était que Casanova lui-même n'avait pas la moindre idée de ce que Giovanni avait pu foutre la dernière semaine. Et lui, il était… Enfin, bon, ils s'étaient pas beaucoup vus. Bien entendu, ça n'avait jamais été un problème, tant que les résultats suivaient. Et Giovanni se débrouillait toujours pour que les résultats suivent. Ce type était doué pour établir des contacts, entretenir des relations, infiltrer des réseaux. Un don presque surnaturel. C'est d'ailleurs ce qui avait sauvé Casanova plus d'une fois. Parce que Casanova était son binôme et que Giovanni prétendait — Casanova planchait encore sur les raisons qui l'y poussaient — ne pas pouvoir bosser sans lui. Le hic, c'est qu'aujourd'hui, Giovanni avait disparu.

— Oubliez la femme du XXe, ordonna le Manitou.

— Mais… Zicos…

— Oubliez Zicos aussi. Cet abruti a cru bon de vous lâcher la bride. Mais j'aime autant vous dire que, s'il est arrivé quelque chose de fâcheux, ça va barder. Pour lui… Pour vous ! Pour tout le monde ! Je vais vous ventiler le service aux quatre coins du territoire. Vous disperser la brigade, vous l'éparpiller si bien qu'aucune carte de France ou de Navarre suffira à vous regrouper. Votre essaim d'abeilles, je vais me faire un plaisir de l'atomiser à l'agent Orange, je me fais bien comprendre ?

Oh, oui, Casanova comprenait très bien. Giovanni évanoui dans la nature, c'était leur parapluie à tous qui se refermait. Si cet abruti ne ramenait pas sa fraise incessamment sous peu en prétextant une amnésie partielle ou un kidnapping dû à une escouade d'aliens en goguette, c'était la dolce vita pour eux tous, Zicos et tout le groupe 32, qui allaient porter le deuil. Terminés, les bilans de fin d'année spectaculaires. Terminées, pour Casanova, les petites lubies qu'il satisfaisait durant les heures de service. Terminé, tout ça. Si Giovanni disparaissait, c'était toute une époque qui se faisait la malle.

— Vous comprenez bien que nous sommes préoccupés par cette absence, reprit le Manitou en se radoucissant. Mais, comme je vous l'ai déjà précisé, aucune déclaration de disparition n'a été formulée, et en l'absence de plainte, nous ne pouvons engager aucune procédure dans l'intérêt des familles… Officiellement, j'entends.

— Je vous entends aussi.

— Bien, bien. Vous voyez alors où je veux en venir.

— Je vois ça aussi clairement qu'un lac de montagne, monsieur. Mais je ne sais pas ce que je pourrais faire de plus que…

— Giovanni est votre collègue, non ?

— Oui.

— Ça fait quoi ? Cinq ans que vous travaillez ensemble. Hormis ses états de service quasiment irréprochables, c'est un employé, comment dirais-je, discret. Et vous semblez être, dans le service, que ça vous plaise ou non, la personne qui le connaît le mieux.

Mis à part le fait que Giovanni, l'as des as, le Champion, Giovanni le saint soit célèbre dans toute la taule pour résoudre des enquêtes de manière quasi miraculeuse, qui le connaissait vraiment, à la Maison ? C'était la question que se posait mentalement Casanova, et la réponse commençait à l'inquiéter un peu : personne !

— Je vous répète que je n'ai aucune idée…

Le Manitou frappa sèchement sur le Formica de son bureau. Une mandale à assommer un bœuf.

— Les idées, ça se trouve, bordel !

Casanova sursauta, le regard hébété de celui qui est tiré d'une réflexion trop brutalement.

Maintenant que le Manitou était lancé, bernique pour l'arrêter !

— J'en ai marre de votre passivité… Pour ne pas dire de votre mauvaise volonté. Depuis cinq ans et malgré sa probité exemplaire, Giovanni couvre vos petites escapades durant les heures de service, je me trompe ?

Casanova fut un instant tenté de chiquer aux ignorants indignés : des escapades ? Quelles escapades ? Mais devant la fureur du Manitou, il décida in extremis de se taire. Le laisser continuer sur sa lancée. Adopter cet air humble et misérable qui lui seyait comme une seconde peau et attendre que la machine se calme d'elle-même, c'était la meilleure solution.

— Pour quelles raisons il vous a toujours couvert, je préfère penser que c'est par loyauté. Mais le problème n'est pas là. Le problème est que vous êtes la personne la plus à même de savoir ce qui se passe exactement. Et ça, croyez-moi, c'est pas du mille-feuille. Alors, c'est pas de gaieté de cœur, mais je m'adresse à vous. Laissez tomber le macchabée du XXᵉ et collez-vous là-dessus. Je vous détache. Officieusement, j'entends.

— J'entends bien aussi.

— Et arrêtez de vouloir jouer au plus malin avec moi. Vous avez ni les reins ni les états de service pour ça !

Casanova baissa son visage de play-boy vers ses pompes fatiguées, comme un enfant pris en faute. Mais l'humilité ne servait plus à rien. Le Manitou était trop remonté.

— Je vous donne deux jours. Vous entendez ? Vous avez deux jours pour me trouver le fin mot de l'histoire. Et si Giovanni n'a toujours pas donné signe de vie d'ici là, je veux que vous me disiez pourquoi, où, comment !

— J'ai quelle marge de manœuvre ?

— Je vous l'ai dit : c'est une démarche officieuse. Alors, vous avez à votre disposition tous les recours officieux que vous jugerez utiles. Qu'il soit entendu que nous n'avons jamais eu cette conversation et qu'il est hors de question, si vous déconnez, de jouir d'une quelconque protection. C'était Giovanni, votre seule protection. Retrouvez-le !

— Et si je refuse ?

— Je vous colle en brigade de nuit jusqu'à la mutation.

— Pardon ?

— Vous m'avez parfaitement compris : je vous colle en brigade de nuit.

— Vous pouvez pas. Zicos ne laissera pas…

— Votre chef de groupe n'est plus en état d'exiger quoi que ce soit. À l'heure qu'il est, Zicos est en train de me remplir un rapport circonstancié en triple exemplaire sur cette fumeuse affaire. À l'heure qu'il est, il ne pense qu'à une chose : limiter les dégâts. Prendre vos patins est le cadet de ses soucis. Alors, bien sûr que si, je vais vous détacher pour vous coller en service de nuit. Et vous pouvez compter sur moi pour vérifier dix fois par nuit que vous êtes bien à votre poste, dussé-je mettre en péril un sommeil réparateur.

— Giovanni dans la nature, ça fout des frissons, pas vrai ?

— Ça veut dire quoi, ce sous-entendu, « inspecteur » Rojevic ?

— Je parlais pour moi, monsieur.

— Bien entendu. Et vous avez parfaitement raison. Vous trouvez pas que ça sent une drôle d'odeur ?

Casanova fit mine d'inspecter les lieux, à la recherche d'une source probable.

— Une odeur ? Comment ça ?

Le Manitou plissa le visage. Il prit une mine dégoûtée, pour ne pas dire horrifiée.

— Une odeur de… de foutre ?

— Une odeur de foutre ?

Casanova voyait très bien à quoi le Manitou faisait allusion. Il n'avait pas eu le temps de prendre une douche après avoir baisé la secrétaire du DRH dans un débarras du second.

— Je vois pas du tout ce que vous voulez dire, monsieur. Je vous assure que je ne sens rien.

— Pourtant…

— Alors, on fait quoi, pour Giovanni ? coupa raisonnablement Casanova, histoire de changer le cours d'une conversation annoncée inconfortable.

— Vous devez comprendre que cette… absence nous inquiète, c'est tout.

Le Manitou laissa passer une minute de silence avant de reprendre :

— Écoutez, nous savons tous les épreuves difficiles que vous avez traversées.

— Vraiment ?

— Oui. Votre situation familiale… Tout ça. Mais vous ne devez pas vous laisser abattre. Ça va s'arranger. C'est pour ça que… je pense qu'une petite coupure… briser la routine vous fera le plus grand bien.

— En somme, vous me rendez service.

— Nous savons que vous avez besoin de vos nuits, Rojevic. Et je n'écouterai pas les mauvaises langues qui pensent savoir réellement à quoi vous les occupez. Moi, je sais combien c'est important pour vous. De… décompresser. De… solder ce qui doit être soldé. Et je ne vous jette pas la pierre. Personne ici ne vous jette la pierre, c'est ça que vous devez comprendre. Mais vous devez comprendre aussi que cette parenthèse que je vous propose, c'est une main tendue, Rojevic. Profitez-en. Ça me chagrinerait vraiment que vous soyez d'astreinte et je ferai mon possible pour aménager au mieux votre temps au sein du groupe 32. Cependant, il faut que de votre côté…

— Il faut que de mon côté, je me fende d'une petite investigation discrète… Et efficace.

— C'est cela. Deux jours, pas plus.

— Un petit break…

— Renvoyer l'ascenseur à un de vos confrères qui est peut-être dans la difficulté, c'est bien le moins, non ? Giovanni a besoin de vous, Rojevic.

— La question est de savoir qui a besoin de Giovanni.

— Arrêtez vos sous-entendus. Trouvez ce qui se passe exactement. C'est tout.

Estimant que la conversation avait atteint son terme, Casanova salua son supérieur d'un geste du menton et tourna les talons. Sur le seuil, le Manitou le rappela :

— Hé, Rojevic…

— Quoi ?

— Vous sortez pas de l'ENP, on est d'accord ?

— Certes, monsieur. L'École Nationale de Police n'est plus pour moi qu'un souvenir lointain et émouvant.

— Bon, je n'ai pas besoin de vous apprendre votre métier, alors… Vous comprenez ce que ça veut dire : allez-y discrètement. Discrètement, hein ?

26

— Cela va sans dire, monsieur.

La tronche que tira le Manitou en regardant son inspecteur quitter le bureau était celle du mec qui vient de jeter une bombe nucléaire dans un océan de merde et se demande s'il aura le temps de se planquer avant qu'elle lui explose à la gueule.

*

En descendant les marches d'entrée du commissariat central, Casanova était encore en train de se demander par quel bout prendre le bâton merdeux que le Manitou venait de lui refiler entre les paluches. Giovanni... Giovanni, le Champion, l'as des as... Connu dans tout le commissariat pour résoudre les affaires quasiment avant qu'elles ne se produisent... Giovanni, qui entretenait des relations aussi obscures que solides avec les principaux chefs de groupe et les taupes infiltrées. Giovanni et son réseau d'influence. Giovanni et ses indics mystérieux. Giovanni, toujours sur un coup ou sur un autre, sans qu'on sache exactement de quoi il retournait. Giovanni et son tableau de service aussi impeccable qu'une robe de mariée... Giovanni qui avait peut-être dû se pencher à son compte sur une affaire de trop. Est-ce qu'il avait dit quelque chose ? Avait-il laissé une indication ? Casanova essayait de se souvenir. Mais les réminiscences de la serveuse vietnamienne et de la vendeuse black qui s'étaient acharnées, à quelques heures d'intervalle, sur son corps ce week-end obscurcissaient son esprit aussi sûrement qu'un shoot de méthédrine pure. Vendredi dernier...

Oui, essayer de se souvenir de vendredi dernier… Casanova avait passé la journée… Bon, OK, ce n'était pas très florissant, mais il avait passé la plus grande partie de la journée avachi dans sa voiture, dans un état second, à se remettre des sévices corporels que lui avait infligés la stagiaire du troisième. Une vraie furie. Il était revenu quand ? Il ne se souvenait plus, mais il était tard. Et là, oui, il avait croisé Giovanni. C'était ça ! Il l'avait croisé sur le perron du commissariat, tandis qu'il se préparait à regagner ses pénates après une journée bien remplie. Qu'est-ce qu'il avait dit, Giovanni ? Il avait dit… il avait dit :

— Attends-moi là, j'en ai pour deux minutes…

C'était ça qu'il avait dit. Et Casanova avait opiné. Il était vanné. Cette journée passée assis dans sa voiture, à cuver les effets secondaires de cette mémorable séance de baise, l'avait essoré pire qu'un rouleau de blanchisserie industrielle. Alors, fallait pas trop lui en demander quand même. Mais il avait opiné. Et puis, Giovanni avait avisé, à l'autre bout du parking, Christian Mendoza… Christian Mendoza dit « Gus », un des chefs de groupe des Mœurs. Un sale fer dont la réputation n'était plus à faire. Il avait eu l'air préoccupé, Giovanni. C'est ça, préoccupé. Il avait juste dit à Casanova :

— Attends-moi là…

Et puis il avait rejoint Gus d'un trot athlétique. Casanova avait attendu… Un peu. Mais il avait un autre rendez-vous avec cette blonde décolorée aux grands yeux vides rencontrée au Copacabana. Alors, voyant que la conversation entre Gus et Giovanni s'éternisait, il était parti. Ça n'était pas la première fois ni la dernière qu'il s'esquivait de la sorte et il savait que Giovanni, ce bon vieux Giovanni, ne lui en tiendrait pas rigueur. Il serait toujours temps d'en reparler lundi. Le problème, c'est que lundi, Giovanni n'était pas venu. Ni mardi... Bordel, s'il avait su, Casanova, quelle eau de boudin cette cuisine allait donner, il aurait fait un effort. Mais sur le coup... Maintenant, à la réflexion, ça lui revenait, cette dernière conversation avec Gus. Gus... Gus... Il bosse où, déjà ? Au quatrième, c'est ça.

Casanova hésita... Reporter au lendemain, et téléphoner à la serveuse black de chez Mambo Jack pour se remettre de ses émotions, pourquoi pas ? Non. Il n'avait que deux jours... Deux jours, avait dit le Manitou. Allez, Casanova, un petit coup de collier pendant deux malheureuses journées, c'est peut-être pas la mer à boire. Mais deux jours... c'est long ! Bon, bouge-toi, parce que sinon, cette histoire va te pourrir la soirée. Et après... après, tu t'octroieras une gentille récompense. Ragaillardi par cette perspective, Casanova s'enquilla l'escalier en colimaçon qui menait au quatrième. L'ascenseur, dans la taule, on l'attendait encore. Le préfet, ce gros lard, prétendait en riant que son absence entretenait la forme physique des agents. Le quatrième. Le bout du monde. Tout droit au repaire de Gus.

*

La carrée du bureau 16 de la section 24 au quatrième étage, c'était le rat-pack de Sinatra. Lorsque

Casanova fit irruption dans la pièce enfumée, les quatre types sapés comme milord au vent mauvais dardèrent sur lui leurs yeux brûlants et enfiévrés. Sous leurs frusques satin de Chine pointaient les crosses modèle MR 357 de chez Manurhin, calibre chasseurs-blancs-cœurs-noirs. Visiblement pas jouasse d'être interrompu en pleine partie de 421, le quatuor infernal officiant sous les ordres de Gus observait l'intrus ralléger comme les prémices de la peste bubonique en plein Moyen Âge. Ne fût-ce l'allure décontractée qu'ils affichaient au cœur d'un bureau très officiel du commissariat central, on aurait pu les prendre, ces affreux, pour un gang de malfrats en préparation d'un gros coup. Rien que les montres estampillées Cartier à chaque poignet, il y en avait au moins pour un mois de salaire. Ces connards prenaient même plus la peine d'être discrets. À se demander comment ça se faisait que l'IGPN n'avait pas encore foutu ses paturons dans leur burlingue. Casanova se dirigea droit vers le seul mec assis, en face du tapis vert.

— Gus ? Faut que je te parle.

— Tu frappes jamais avant d'entrer ? marmonna le dénommé Gus sans lever la tête des dés.

Casanova décida qu'il était vraiment trop fatigué pour se laisser intimider par le chef de groupe le plus vérolé du groupe le plus pourri de la taule. Les Chasseurs de Crânes du bureau 16. Là où circulait plus d'argent sale et de pots-de-vin que dans tous les pays de l'ex-URSS réunis. Casanova observa un moment Gus. Petit et sec, le costard à mille euros pièce qu'il endossait avec naturel ne suffisait pas à masquer ses habitudes d'ex-petite frappe. Une grosse chevalière à son auriculaire gauche représentait un bébé en or. Un bébé en or... Casanova répugnait à s'approcher plus avant du chef de groupe pour la détailler tant il avait peur qu'il s'agisse d'un fœtus momifié ou d'un mongoloïde défiguré. Une vieille cicatrice, souvenir de la BRI, où il avait fait un passage aussi bref que remarqué, barrait le visage de Gus du menton jusqu'au sommet du crâne. On racontait que lors d'un braquage avorté, il avait ébousé trois types. Les mecs étaient tous fichés au grand banditisme et les Uzi dernière génération qu'on avait retrouvés planqués sous leurs vestons n'avaient pas vraiment plaidé en leur faveur. Le seul problème était que par la même occasion, une vieille qui passait par là avait morflé une bastos en plein dentier. Le vrai fondu. Coup de chance, la vieille était veuve et sans famille. L'affaire avait été étouffée, mais ses supérieurs avaient jugé bon de reléguer ce bâton de dynamite ambulant au dernier étage de la taule, là où les explosions ne menaceraient plus l'édifice entier et où son tempérament impulsif serait jugé plus productif. Les méthodes expéditives, il valait mieux en faire étalage la nuit dans les quartiers interlopes qu'en face de la Banque de France. Les gestes sûrs, économes, ce mec était ici chez lui. Ce bureau, c'était son royaume. Et on sentait qu'il n'entendait pas se laisser chatouiller les arpions par le premier type venu.

— En privé, ajouta Casanova, c'est important.

— J'ai rien à cacher à mes collègues et toi, je suis pas persuadé que t'aies quelque chose à glander ici, se contenta de répondre le chef de groupe en relevant les yeux sur Casanova.

Des yeux sombres, profonds comme des abîmes dans lesquels il valait mieux ne pas plonger. Réprimant un frisson, Casanova détourna le regard vers le quatuor de tueurs assermentés qui se marraient sans prendre la peine de faire semblant de se foutre de la gueule de quelqu'un d'autre.

— C'est à propos de Giovanni, précisa l'inspecteur.

Un tic nerveux agita le sourcil gauche de Gus, celui interrompu en son milieu par la cicatrice.

Aussitôt, les rires cessèrent et les monstruosités de chez Prada se dirigèrent vers le fond de la pièce, derrière Casanova.

Gus laissa passer un long moment de silence. Il jouait machinalement avec sa chevalière tel un prêtre avec un chapelet diabolique. Maintenant, ils se taisaient tous et Casanova sentait leur regard brûlant sur lui. Ils l'observaient, comme une meute de hyènes à l'approche du festin.

Casanova serra les fesses. S'il n'avait pas été en plein cœur du commissariat central, il aurait pu croire que pour un regard de travers, un mot de trop, il allait se faire repasser par cette bande de brutes sur un simple ordre de Gus.

Finalement, Gus sourit. Un truc à vous faire jouer des castagnettes avec vos prémolaires. Il soupira :

— Bon, qu'est-ce que tu veux, « Casanova » ?

Il y avait du mépris dans l'emploi de son surnom. Mais Casanova savait que le mépris était une bonne chose. Il diminuait sa valeur aux yeux de son interlocuteur. Il le rabaissait et c'était peut-être grâce à ça qu'il obtiendrait les informations qu'il cherchait.

— Je veux savoir de quoi vous avez parlé vendredi soir.

Un des truands assermentés, probablement le gai luron de la bande, gloussa dans le dos de Casanova.

— Ce con s'est fait muter chez les sidéens et on n'en a pas entendu parler.

Casanova se trémoussa :

— Les types de l'IGPN apprécient moyennement ce surnom. Je crois même qu'officiellement, cette appellation est proscrite…

— Tu vois quelque chose d'officiel, ici ? rétorqua un autre tueur, nettement moins luron.

— Non, balbutia le joli cœur.

Éclat de rire général.

Des rires gras, sales, annonciateurs d'orage.

Seul Gus restait sérieux et imperturbable. Il continuait à scruter Casanova comme s'il pouvait sonder d'un coup d'œil les profondeurs nauséabondes de son âme.

Il continuait à jouer avec sa chevalière. Ses doigts tournaient et tournaient encore autour du visage poupin. Et, bien plus que le regard inquisiteur et les menaces à peine voilées du groupe, c'était ce geste, mécanique et souple — les mains reptiliennes de Gus autour de la bague —, qui mettait Casanova mal à l'aise.

Cette chevalière, elle aurait aussi bien pu être pour sa gueule. En plein milieu du front, telle une poinçonneuse d'abattage.

Gus s'éclaircit la voix :

— Pourquoi je te dirais de quoi nous avons discuté, hein, « Casanova » ?

Se faire humble. Continuer à se dévaloriser. Une serpillière. Tu es une serpillière, Casanova, et tu vas éponger la merde maintenant !

Il adopta une voix tremblante, imitant parfaitement le gosse qui se retient tout juste de chialer.

— Je peux rien faire pour t'obliger. C'est... tout ça est officieux. Je comprendrais que tu...

— Ferme ta gueule, Casanova !

Gus avait dit ça dans un souffle. Un souffle qui ressemblait à un hurlement et Casanova sut qu'il était en train de gagner la partie. Lentement. Inexorablement.

Gus continua d'une voix lourde, persiflante :

— Dans quoi t'es allé fourrer ton nez, hein ? Tu sais pas ! Milou... Milou, faut vraiment porter un nom de clébard pour aller renifler la fiente comme tu le fais.

Rester calme. Ne pas céder à... Garder le ton plaintif. Ce petit ton nasillard et pathétique qui ouvre, petit à petit, une brèche dans la sale caboche de Gus.

— Milou, c'était le chien de Tintin. Moi, c'est Milo.

Gus agita ses mains délicates et vicieuses dans l'air. Signe que, même s'il l'ignorait encore, il ne maîtrisait plus la partie.

— Milo, Milou... On s'en fout de tout ça ! T'as un nom de clébard, un point c'est marre ! T'entends, Casanova ? T'es un chien, un corniaud, un bâtard...

— Entendu, je suis un chien...

— Ouais, un chien à sa mémère, ajouta Monsieur Gai-Luron derrière lui.

Nouveaux rires.

— Un chien à sa mémère, répéta docilement Casanova.

— C'est bien. Bon chien, répliqua Gus.

Casanova se demanda un moment si la conversation irait jusqu'à ce que Gus lui demande de lui lécher les pompes ou de lui renifler le trou de balle. Il réprima un frémissement.

Gus croisa de nouveau les mains. Encore cette chevalière. Il semblait apparemment satisfait de l'humiliation infligée à Casanova. Il se radoucit.

— On a parlé d'une horizontale qui bosse pour nous... à l'occasion...

« Je suis un chien. Je suis une pauvre merde. Je m'aplatis devant mon maître », se répétait mentalement Casanova. La colère montait maintenant en lui. « Ne pas montrer... Surtout, ne pas montrer à Gus comment je me sens maintenant. Ne pas... perdre la boule... »

Gus n'eut pas l'air de remarquer le trouble intérieur de Casanova.

— ... Il voulait savoir comment la toucher. Je suppose que c'était encore pour une de ses enquêtes à la con.

— Vous vous êtes engueulés ?

— On s'est pas engueulés. Je m'engueule jamais avec personne. C'est pas mon genre...

Casanova savait que Gus ne mentait pas. Son genre à lui était plutôt d'enfoncer un calibre chargé dans le fondement du type quand il avait le dos tourné.

Les rumeurs étaient assez nombreuses à ce sujet. Et il savait, lui aussi, que s'il faisait pas gaffe… Lui montrer. Montrer à Gus qu'il était totalement inoffensif. Sans se donner beaucoup de mal d'ailleurs.

Voix geignarde :

— Écoute, Gus… Le Manitou m'a en ligne de mire. Un truc a déconné et il a l'air de croire que j'y peux quelque chose.

— Et t'y peux quelque chose ?

— J'essaie de sauver mon cul, c'est tout. Ces derniers temps, j'ai un peu trop pris les choses à la coule et…

— Je sais. Mais dis-moi pourquoi je t'aiderais.

— Parce que je suis un chien.

— Un chien ?

— … À sa mémère.

— C'est mieux.

Silence. Laisser faire. Laisser Gus s'imprégner de son sentiment de supériorité. Puis en rajouter une petite couche.

— Je te demande rien d'autre qu'un truc à me mettre sous la dent. Histoire de gagner du temps. Pour le reste, je me démerderai… Je te demande…

— Tu te démerderas ? Elle est bien bonne, celle-là. Dis-moi : t'aurais pas l'intention de piétiner mes plates-bandes, hein ?

— Je veux juste… un peu de temps.

— Bien. Parce que c'est ce que j'ai dit à Giovanni. Je lui ai dit : « T'aurais pas l'intention de piétiner mes plates-bandes, par hasard ? » Et cet abruti l'a pris de haut. Tu le prends de haut, Casanova ?

— Non, je le prends d'en bas. Tout en bas. Et j'ai

pas du tout envie de monter. Monter, c'est que des emmerdes.

— Tout juste.

— Cette pute, c'était qui ?

— Je t'aime bien, Casanova. J'aime bien les chiens qui pètent pas plus haut que leur cul et qui vont pas uriner sous le porche des voisins. Alors, je vais te répondre : la fille s'appelle Elena Germikova. C'est une Russe… ou une Polonaise… ou une Roumaine… pour ce que je m'en tape. Enfin bref, elle est spécialisée dans le licencieux…

— Le licencieux ?

— La zoophilie, plus précisément. La zoophilie et ce qui en découle. Elle était dresseuse de chiens, dans son pays, avant qu'ils se convertissent aux joies du capitalisme.

— Merde. Pourquoi Giovanni voulait la toucher ?

— Je sais pas. Il a pas dit. Mais cette fille bosse avec nous. Alors, je lui ai dit : « D'accord pour la toucher. Mais attention… Attention ! »

— Pourquoi t'as fait cette faveur à Giovanni ?

— T'as pas à savoir ! Disons que je lui devais un ou deux services… Comme pas mal de gens dans cette taule. Peut-être aussi que je lui ai dit comment la toucher pour la même raison que je te le dis à toi.

— C'est-à-dire ?

— Parce que ça le mènerait nulle part.

— Mais il a disparu.

— S'il a disparu, ça a rien à voir avec tout ça.

Peut-être était-ce son imagination, peut-être que Casanova commençait à être trop furibard pour penser correctement, mais il lui sembla bien que la voix de

Gus s'était faite hésitante sur la dernière phrase. Oh, une hésitation infime, imperceptible. Mais c'était comme une petite fêlure, une fissure microscopique dans le discours assuré de Gus. Casanova fut incapable de pousser son investigation plus loin car quelqu'un frappa à la porte du bureau puis l'ouvrit sans attendre de réponse. L'intrus, un autre chef de groupe de la Mondaine — Gros Charlie, surnommé Charlie Hebdo car il offrait chaque fin de semaine un repas pantagruélique dans les restaus chic de la métropole à certaines des huiles de la Maison —, s'arrêta au centre de la pièce, visiblement décontenancé par la présence de Casanova.

Gus fit un geste du menton, l'autorisant à parler.

— Heu… Y a une nocturne ce soir à Vincennes. Tu m'accompagnes ?

— Laisse tomber. Ce soir je peux pas. Mais te casse pas. Fais comme si. Prends-moi un tickson.

— Merci, t'es sympa. Je te revaudrai ça.

— En fin de semaine.

— En fin de semaine, comme d'hab.

Visiblement ragaillardi, Charlie Hebdo ressortit du bureau aussi vite qu'il y était entré.

Casanova connaissait bien la technique. Il s'agissait, pour justifier des rentrées d'argent… imprévues, d'emmener des copains aux champs de courses. On restait un moment, on engageait quelques paris minimes et puis, à la fin, on jetait un coup d'œil au tableau d'affichage. Avec un sourire entendu, on se dirigeait alors vers les caisses et on réunissait une somme égale au rapport annoncé. Il suffisait ensuite de revenir vers ses potes, tout joyce, en brandissant les biftons. Au cas où les polyvalents deviendraient, sous le coup d'une directive ou d'une autre, trop regardants sur le train de vie de certains fonctionnaires, on pouvait fournir aux agents, justificatifs et témoins à l'appui, la preuve légitime du pactole. Personne n'était dupe, mais tout le monde fermait sa gueule. Ça marchait comme ça, dans ce putain de panier de crabes. Je te rends service, tu me rends service. Je t'arrose, tu m'arroses…

Certains mecs gagnaient deux ou trois fois par mois. Plus besoin de se demander où les loubards du bureau 16 dénichaient leurs frusques et leur verroterie or massif.

— Giovanni, il en croquait aussi ?

Gus leva sur Casanova des yeux francs. Comme si ce qui venait de se passer sous ses yeux n'avait jamais eu lieu, ou plutôt comme si c'était parfaitement normal.

— Nan. C'était pas sa came. Ce genre de choses l'a jamais intéressé.

— C'est quoi qui l'intéressait, alors ?

— Tout le monde a sa came. Certains marchent à l'adrénaline, d'autres au flouze bien craquant. Certains se plantent une aiguille dans le bras dix fois par jour, d'autres croient dans les vertus du tai-chi et du développement personnel. Pas de quoi en faire un plat. Giovanni, c'était un idéaliste. Ce con se prenait pour un saint. Un putain de croisé. Mais, toi, Casanova, c'est quoi, ta came, hein ? Tu le sais ?

Casanova ne répondit pas. Parce qu'il savait que s'il répondait, il ne pourrait pas rester maître de lui.

Heureusement, Monsieur Gai-Luron fit encore des siennes dans son dos :

— La pâtée pour chien ! Le Canigou, ouais, ça doit être ça, sa came.

Les malabars étaient littéralement écroulés de rire. Cela donna le temps à Casanova de se reprendre et d'adopter son air le plus pathétique. Il baissa les yeux.

— C'est vrai, ça ? susurra Gus, la voix onctueuse.

— C'est vrai, bredouilla Casanova du plus misérablement qu'il put.

Gus s'étira. Une nouvelle fois satisfait.

— Qu'est-ce que tu sais de Giovanni exactement ?

— Pas grand-chose.

— Je m'en doutais. Alors, écoute bien ce que je vais te dire. Mais je le répéterai pas deux fois : cette fille, celle à laquelle vous vous intéressez, toi et ton pote évaporé, elle bosse avec nous. Tu peux la toucher si tu veux, lui poser une ou deux questions, mais attention... Attention !

— Je crois que je comprends.

— Je crois aussi. Elle bosse à mi-temps dans un établissement tenu par une bande d'allumés : le Chamber. Voilà l'adresse.

Il ne lui tendit pas le papier. Il ne le lui donna pas. Il lui jeta à la face.

Gardant son air de pauvre loque, serrant désespérément les fesses en entendant le quatuor de dégénérés se gargariser là derrière, Casanova se baissa pour le ramasser.

Il chuchota un « merci » empli de gratitude.

— Allez, casse-toi. Retourne à ta niche et reviens

pas. L'air est pas sain pour toi, ici. Trop de pollution pour un organisme délicat comme le tien.

Casanova recula jusqu'à la porte. Il dut se frayer un chemin entre les affreux qui lui barraient le passage. Ils s'écartèrent à contrecœur. Non sans lui avoir fait sentir toute leur puissance, toute la haine qu'ils éprouvaient à son égard.

Il n'était pas invité. Il était tout juste toléré.

Au moment où, soulagé, il posait la main sur la poignée de la porte, Casanova entendit la voix de Gus :

— Hé, Casanova !

— Ouais ? répondit calmement ce dernier sans se retourner tant il redoutait de se trouver nez à nez avec un des tueurs.

— C'est le Manitou qui t'a branché là-dessus, hein ?

— Ouais.

— Tu sais pourquoi ?

— Il a dit que j'étais le plus à même de... d'éclaircir cette affaire.

— Et tu l'as cru ?

— Non. Bien sûr que non.

— Je vais te donner un dernier conseil, Casanova : vas-y ! Cherche Giovanni, cherche-le bien. Mais regarde attentivement où tu fous tes panards. Parce qu'il faut que tu te mettes quelque chose en tête...

— Quoi ?

— Tu le retrouverais pas ou tu le retrouverais mort que ça chagrinerait pas beaucoup de monde, ici. Le Manitou moins que quiconque.

Casanova fit volte-face. Cette fois-ci, la peur avait

disparu de son regard. La soumission aussi. Ne restait que cette colère sourde qui grondait maintenant en lui comme un volcan menaçant d'exploser. Il ne savait pas contre qui elle était dirigée. Il ne savait même pas pourquoi exactement elle bouillait en lui. Mais elle était là. Gus et son escadron de fêlés formaient derrière lui un mur compact. Un mur que rien ne semblait pouvoir entamer. Ils étaient hilares. Comme s'il venaient, à son insu, de lui jouer un tour pendable. Comme s'ils savaient, eux tous, des choses que lui, Casanova, ne saurait jamais.

— Ça veut dire quoi, ce sous-entendu à la con ?

Gus sembla, une fraction de seconde, surpris par le changement de ton de l'inspecteur. Surpris mais nullement effrayé. Il écarta ses mains, paumes vers le ciel.

— Rien d'autre que ce que je viens de te bonir. Allez, Casanova, bonne chance… Et n'oublie pas de faire la bise à une ou deux de tes conquêtes de ma part.

*

Lorsqu'il referma la porte du bureau 16, les rires tonitruants des acolytes infernaux résonnaient encore à travers la cloison.

Casanova reprit le chemin du retour. La colère n'avait pas disparu. Au contraire. Il avait envie de hurler. Hurler et hurler encore jusqu'à la fin des temps. S'il n'avait pas été au commissariat, il ne se serait d'ailleurs pas retenu. Ça lui était déjà arrivé plusieurs fois de hurler ainsi, sans raison précise.

Hurler comme un chien à l'agonie, comme un porc qu'on emmène à l'abattage. Hurler dans sa voiture ou des heures en face du miroir de sa salle de bains. À tel point qu'une fois, sa proprio, qui habitait le pavillon d'à côté, l'avait même menacé d'expulsion. Oui, il pourrait encore hurler. Mais pas ici. Pas maintenant. Et il savait, il savait confusément ce qu'il lui fallait pour calmer sa rage…

Il descendit au troisième en pensant à la dernière phrase de Gus :

— Tu le retrouverais pas ou tu le retrouverais mort que ça chagrinerait pas beaucoup de monde, ici…

Gus était connu pour ça : semer le doute dans l'esprit de ceux qui, potentiellement, pourraient lui faire de l'ombre, bâtir des intrigues, jouer sur les rivalités intestines… Mais… s'il avait dit la vérité ? Et si, au bout du compte, il ne devait jamais retrouver Giovanni ou se contenter de ses restes… Quelqu'un porterait le chapeau, inévitablement. Et sa belle tronche de top model à la con pourrait bien être juste à la bonne taille… Non, il était parano, il déraillait complètement. Gus était un givré de première, c'est tout. Casanova se dit encore que c'était sa propre colère qui l'empêchait de penser correctement…

Seulement il y avait aussi cette ultime boutade :

— … N'oublie pas de faire la bise à une ou deux de tes conquêtes de ma part.

Ça voulait dire quoi, au juste ? Que tout le monde, le Manitou compris, pensait qu'il allait passer plus de temps à essayer de sauter sur tout ce qui portait deux jambes surmontées d'un vagin plutôt que de mener une investigation sérieuse et propre ?

Il avait vraiment envie de hurler.

Si c'était ça, ils se foutaient le doigt dans l'œil jusqu'au coude. Tous ! Giovanni comptait sur lui... Il repensa à la dernière phrase de Mathilde et un nouveau lambeau de son cœur s'arracha. Cette phrase qu'elle lui avait crachée au visage quand il s'était pointé en retard à l'enterrement :

— On ne peut pas compter sur toi, Milo ! Personne ne peut compter sur toi ! Je ne veux plus te voir ! Jamais !

Qu'est-ce qu'il aurait dû faire ? Qu'est-ce qu'il aurait pu répondre ? Que l'auto-stoppeuse qu'il venait de tringler sur le chemin de l'aller était une occasion à ne pas laisser passer ? Qu'elle en valait le coup ? Il n'avait rien répondu et avait pris son air de chien battu. Celui qui la faisait toujours craquer... dans le temps. Son ex-femme l'avait giflé comme elle l'avait giflé la fois d'avant. Et, comme la fois d'avant, il n'avait pas réagi.

« Je voudrais que ça soit toi qui sois mort ! Oh, oui, comme je voudrais que ça soit toi qui sois mort... », avait-elle sifflé. Mais, contrairement à la fois précédente, elle ne s'était pas effondrée. Non, elle avait tourné les talons et était partie. Il était resté les bras ballants. Les gens s'éloignaient de lui, ils quittaient la cérémonie par petits groupes ou isolés. Aucun d'eux ne le regarda. Et puis il n'y avait plus que lui, seul, face à la petite pierre tombale qui, curieusement, ne déclenchait aucune émotion. Il pensait encore à l'auto-stoppeuse.

Il n'avait pas revu Mathilde depuis.

Il se remémora aussi Big Jim. Big Jim ne tenait son surnom ni d'une quelconque ressemblance avec les mannequins pour gosses du même nom, ni de sa stature imposante. Cette appellation se référait plutôt à la taille impressionnante de son engin. Big Jim avait été son tuteur dans le groupe des Sexoliques Anonymes qu'il avait été contraint de fréquenter après… l'accident. Big Jim. Big Jim le sage, la bonne âme. Celui qui prônait la compréhension et l'indulgence. Big Jim qui l'avait guidé, qui l'avait chapeauté jusqu'à la troisième des douze étapes du programme. Big Jim qui affichait mille deux cents victimes à son actif et qui aujourd'hui prétendait avoir une relation stable depuis dix ans. Big Jim l'ancien, le pionnier, la voix et l'âme du groupe. Big Jim qui, à la troisième étape, celle qui dit « jour après jour et un jour à la fois », s'était aperçu que Casanova baisait toutes les femmes du groupe. Celles précisément qui étaient là pour guérir. Alors, il n'avait plus été question d'indulgence. Il n'avait plus été question de compréhension ni de travail sur soi. À la dernière réunion, Big Jim l'avait regardé droit dans les yeux et, devant tout le monde, le reste du groupe assis en arc de cercle autour de lui comme un putain de tribunal, il avait employé à peu de chose près les mêmes mots que Mathilde :

— On ne peut pas compter sur toi, Charles… (C'était le prénom que Milo avait adopté pour la thérapie.) On ne peut pas compter sur toi et je… nous ne désirons plus ta présence parmi nous.

Pas un des membres du groupe, pas un de ces hommes qui étaient passés par où il passait, pas une de ces femmes qui avaient pris tant de plaisir, tant de… soulagement avec lui n'avait contesté. Il n'avait pas réagi. Il avait adopté son air de martyr. Ils avaient tous détourné les yeux. Casanova était juste resté planté là, tandis que, un à un, les membres du groupe se levaient et quittaient la pièce en l'ignorant. Jusqu'à ce qu'il soit seul. Totalement seul.

Mais, aujourd'hui, c'était différent. Tout était différent. Et aujourd'hui, il n'était pas question qu'il se dérobe.

Il était encore bien déterminé jusqu'à ce qu'il rencontre, au détour d'un couloir du troisième, cette petite stagiaire, celle qui portait cet étrange collier de perles autour du cou, celle qui, sous ses airs de petite fille sage, lui avait fait subir les plus terribles, les plus exquises tortures, l'autre jour…

Il décida qu'il n'était pas à un quart d'heure près. Pourquoi pas, si elle non plus n'était pas aux pièces, remettre ça ?

*

« Ce qu'elle me faisait… Oh, ce qu'elle me faisait… Chaque perle, grosse comme un œuf de pigeon, qu'elle extirpait de mon anus était une secousse sismique, une nouvelle étape vers la plénitude. Le calme. Le plein. C'était peut-être comme ça que les gens normaux se sentaient la plupart du temps. Nous étions descendus aux archives, désertes à cette heure de la journée, et là, entre les piles de rapports, les milliers de dossiers, les meurtres, les incestes, les cas de

46

mutilations, de mauvais traitements et d'actes de barbarie, j'avais baissé mon froc, comme elle me l'avait demandé. Dans ses yeux brillait une lueur. Une lueur dansante, imprévisible qui aurait bien pu ressembler à de la folie. Et puis, elle m'avait demandé… ordonné de me pencher. Je lui avais juste dit :

— Je vais te baiser. Je vais te baiser comme jamais on t'a baisée.

J'aurais pu employer une phrase plus tendre, un langage moins cru. Mais cette invite, cette promesse brutale, était celle qu'elle attendait. J'ai toujours été doué pour leur dire, selon les situations, exactement ce qu'elles désiraient entendre. Ça a toujours été une sorte de don. C'est peut-être pour cela qu'il était rare que l'une d'entre elles se refuse à moi. À moins que ce ne fût pour ma belle gueule. Casanova, Baby Face, Gueule d'Ange…

Peut-être était-ce juste une histoire de phéromones. Peut-être aussi, comme l'avait lourdement suggéré le psy qui intervenait dans le groupe de Big Jim, que j'avais une tendance inconsciente, comme qui dirait une « propension pathologique à reproduire les schémas fondateurs susceptibles de sublimer une anxiété compulsive ». En d'autres mots, que je me démerdais pour ne tomber que sur des cinglées, des timbrées qui voyaient dans le sexe la même chose que moi. Le regard désaxé de la petite stagiaire avec son collier de perles ne contredisait pas vraiment cette hypothèse. Du reste, je m'en foutais complètement. Seul comptait maintenant ce que j'allais lui faire et ce qu'elle allait me faire subir.

— Je vais te baiser à mort, avais-je encore une fois menacé en faisant ce qu'elle m'ordonnait.

— Je sais. Mais après, avait-elle répondu en détachant le collier de son cou et en remontant sa jupe.

Les perles, elle me les avait enfilées une à une dans le rectum. Patiemment. De l'autre main, elle s'était caressée distraitement. Et puis elle s'était penchée et avait chuchoté à mon oreille :

— Ces perles viennent d'Asie orientale. Tu n'imagines même pas par où elles sont passées avant d'arriver jusqu'à toi.

Alors, elle avait posé sa main sur mon sexe et avait commencé à me masturber. Et, une à une, elle avait extrait les grosses perles de mon cul.

Quand la dernière fut sortie, j'étais au comble de l'excitation. Je ne faisais plus qu'un avec elle. J'étais… extérieur à moi-même. Et c'était reposant. J'aurais pu la tuer pour aller jusqu'au bout et elle le savait.

Elle me retourna brutalement. Je n'aurais pas supposé une telle force chez une personne de ce gabarit. Elle avait soufflé :

— Baise-moi ! Baise-moi maintenant, Monsieur Casanova !

Elle aurait pu me tuer pour aller jusqu'au bout et je le savais.

À combien d'hommes s'était-elle donnée ainsi ? À combien de types avant moi avait-elle enfilé ce collier de perles dans le cul ? Je ne le savais pas et ne voulais pas le savoir. Ma bouche prit possession de la sienne. Ses jambes vinrent s'enrouler autour de mes hanches, les enserrant comme un étau. Mon sexe cherchait frénétiquement l'entrée de sa vulve, le saint des saints, la porte de Jérusalem... quand le téléphone se mit à sonner. *Mast und Anker wollen brechen, Hier versink ich in den Grund, Dort seh in der Hölle Schlund...* « Mât et Encre vont se rompre, Je sombre dans l'abîme, J'aperçois le gouffre de l'enfer... », la *Cantate BWV 21* de Bach. Tout moi, ça. Ma seconde erreur en quelques jours a été de vouloir répondre...

*

Le sexe de Casanova était rentré en elle avec brutalité, comme guidé par un appel d'air, et maintenant, les jambes sur ses hanches, agrippée à lui, elle s'acharnait.

Elle soufflait d'une manière désordonnée. On aurait dit une asthmatique au bord de l'étouffement.

— Hhhh. Hhhh. Plus fort ! Plus fort ! haletait-elle.

D'une main, Casanova la soutenait en enfilant un doigt au creux de son cul. De l'autre, il décrocha.

— Milo Rojevic, j'écoute...

— Hhhh. Plus fort, bon Dieu...

— Milo Rojevic à l'appareil. Allô ? Je ne vous entends pas...

— Hhhh. Mais tu vas y aller, bon sang, plus fort, je te dis !

— C'est quoi, ce bruit que j'entends derrière toi ?

Casanova se pétrifia. En un instant, il stoppa toute activité. Immédiatement, son sexe se dégonfla comme une baudruche à l'intérieur de la fille.

Il avait reconnu cette voix. Il l'avait reconnue et

c'est comme s'il avait reçu un bon jab dans les côtes flottantes. Le souffle coupé, il relâcha la fille qui retomba adroitement sur les pieds.

— Mathilde ? C'est toi ?

— Oui, c'est moi. Tu t'attendais à quoi ? À ce que ce soit encore une de tes putes qui squattent le combiné ? C'est quoi, ces bruits derrière toi ?

La fille perdait la boule. C'était maintenant une folle furieuse à qui il devait faire face. Elle avait d'abord murmuré, comme un félin qui gronde :

— Tu vas finir ce que tu as commencé ! Oh, oui, tu vas finir ce que tu as commencé !

Il lui avait fait signe de se taire mais elle avait ouvert la bouche pour crier. Il lui avait aussi sec plaqué la main sur la bouche en s'efforçant de garder le combiné à l'oreille. À présent, la stagiaire tentait de le griffer et de lui donner des coups de pied dans les couilles. Il n'était pas facile de la maintenir à distance d'une main en essayant de paraître calme et posé au bout du fil.

— C'est rien. Ah, ah, ah… C'est des collègues qui déconnent. Allez, arrêtez, les gars, quoi ! Vous voyez pas que je suis au bout du fil ? Que j'ai une conversation importante…

— C'est encore une de tes putes, c'est ça ? Il y a une de tes putes derrière toi ?

— Mais qu'est-ce que tu vas imaginer là ? Oh, allez, les gars, mettez-la en veilleuse. Les plus courtes sont les meilleures.

Maintenant, elle lui tirait les cheveux et cherchait à mordre la main qu'il avait posée sur sa bouche. Une harpie déchaînée. Casanova réprima de justesse un cri de douleur lorsqu'elle lui laboura le cuir chevelu. Des larmes vinrent s'épanouir au coin de ses yeux.

— Qu'est-ce que tu veux, Mathilde ? Je suis un peu occupé, là. Aïe !

Elle venait de lui mordre la main jusqu'au sang et ne semblait pas décidée à lâcher prise.

— C'est quoi ? Qu'est-ce qui se passe ?

— Rien, c'est rien. Je viens de me brûler avec la tasse de café bouillant.

Il réussit à se dégager. Mais la stagiaire se préparait de nouveau à crier. Casanova prit son élan et, avant que le premier son ne sorte de sa gorge, il lui envoya un splendide direct du gauche à la base du menton. La fille valdingua à travers les piles de dossiers. Elle en renversa une ou deux au passage avant de s'étaler comme une crêpe au centre de la pièce, faisant s'élever un nuage de poussière dense.

— Il y a eu un grand bruit, là ! Qu'est-ce que vous faites ? Vous déménagez ou quoi ?

— Non, non. Ils sont cons. Bouli a... Tu sais comment est Bouli. Il a voulu prendre un dossier au-dessous de la pile et tout le merdier s'est cassé la gueule. Bouli ! Tu peux pas faire ça ailleurs ? Tu vois pas que je suis occupé, là ?

Ça lui faisait bizarre, à Milo, de parler tout fort, la queue à l'air, dans cette pièce déserte où le seul être vivant, lui mis à part, gisait à terre, inanimé, étendu pour le compte.

Il s'approcha de la fille et vérifia qu'il ne l'avait pas tuée. La mâchoire n'était même pas cassée. Elle se réveillerait dans cinq minutes tout au plus avec un joli hématome et une petite migraine pour le restant de la journée. Bien sûr, il ne doutait pas qu'elle lui en voudrait un peu. Mais pour l'instant, son attention était monopolisée par Mathilde. Mathilde à qui il n'avait pas parlé depuis… depuis un an.

— Attends, je sors du bureau, parce que c'est pas avec cette équipe de bras cassés à proximité de moi que je vais arriver à avoir une conversation sérieuse. Oh, les gars, ça va, je plaisante ! Je plaisante, OK ? Ah, ah, ah, ils sont susceptibles ces grands cons, tu peux pas savoir. Attends, je sors…

Casanova rabaissa pudiquement la jupe de la stagiaire. Il enroula un mouchoir autour de sa main ensanglantée et vérifia que son cuir chevelu n'était pas excessivement entamé. La tenue capillaire. On néglige trop souvent la tenue capillaire. Il sortit alors de la salle en refermant doucement et la porte et sa braguette.

*

— Voilà, maintenant on est plus tranquilles pour…
— Arrête ton baratin.
— Ça me fait plaisir de t'entendre, Mathilde. Ta voix… C'est une surprise agréable, je t'assure…
— Arrête ton baratin, je le connais par cœur. Arrête ça ou je raccroche.
— Bon, qu'est-ce que je peux faire pour toi ?
— Je veux qu'on y retourne. Toi et moi.
— Hein ? Qu'on y retourne où ?
— À la plage, Milo. À cette plage. C'est dans deux jours, tu te souviens ?

— Jésus. C'est pour ça que tu appelles ?

— Oui. Tu croyais quoi ? Tu pensais quand même pas que j'appelais pour le plaisir de t'entendre, espèce d'ordure ?

— Tu veux qu'on retourne là-bas ?

— Oui. Pour… se souvenir. Pour ne pas oublier.

— Je ne crois pas qu'on pourra jamais oublier, Mathilde.

— Arrête ça, je t'ai dit. Joue pas au repenti, ça te va très mal…

— Jésus ! Je joue pas… Je… Je crois pas que ça soit bon qu'on y retourne. Ni pour toi ni pour moi.

— La question n'est pas de savoir ce qui est bon ou pas, la question est que je veux que nous y retournions. Rien que toi et moi. Dans deux jours… Dans deux jours ce sera…

— Je sais ce que ce sera, dans deux jours !

— Alors tu viendras. Tu viendras, n'est-ce pas ?

— Et la Feuille, qu'est-ce qu'il en dit ? Tu crois que ça lui plairait de savoir…

— Qui ça ?

— La Feuille, ton mec.

— Roger aimerait pas t'entendre l'appeler comme ça. Il aimerait pas ça du tout. Tu sais comment il est quand il aime pas quelque chose.

— J'y peux rien si c'est son surblaze. La Feuille, la Feuille, moi, je trouve que ça va bien à un équarrisseur.

— Il est pas équarrisseur, il est boucher. Et je t'ai dit d'arrêter de l'appeler comme ça.

— Il en pense quoi, lui ?

— Il a pas besoin de savoir. C'est ma vie… C'est notre vie.

— Y a longtemps que notre vie signifie plus rien, Mathilde.

— Je sais, mais j'y peux rien. J'ai besoin… J'ai besoin d'y retourner, Milo. Ça va faire un an. Un an tout juste. Depuis une semaine, je dors plus. Je mange plus. Je fais rien que penser à ça. Il faut que j'y retourne…

— OK.

— … Avec toi.

— C'est pas une bonne idée.

— Tu lui dois ça, Milo. Tu nous dois ça !

— Je sais pas…

— Je compte sur toi, Milo.

— Merde.

— Je compte sur toi !

— Bon, OK. Mais je voudrais…

— Oui ?

— Je voudrais passer te voir avant. Je veux… clarifier certaines choses avant d'y retourner. Il faudrait qu'on en parle…

— Ne passe pas. Si Roger te voit, il te tue.

— Il me tuera pas. Roger est un équarrisseur, pas un assassin. Et puis je suis flic, non ?

— Ne passe pas !

— À… quatorze heures trente, je suis chez toi.

— Ne passe pas !

— C'est la condition… C'est ma condition. Et après, je te jure que…

— Ne jure pas, Milo. Ne jure pas. Je t'ai déjà trop entendu le faire.

— Je te jure qu'on ira à cette foutue plage. Toi et moi. Et on se souviendra… On honorera sa mémoire comme il faut. Comme il aurait mérité que ça soit…

— Ne passe pas, je t'en supplie, Roger va…

— Il faut que je raccroche maintenant, Mathilde. J'ai deux ou trois trucs à faire avant. À tout à l'heure.

*

Casanova raccrocha sèchement. Il hésita un moment sur le seuil de la salle des archives. Y retourner pour voir si la stagiaire se remettait de… Et puis merde. Il fit demi-tour et redescendit jusqu'au bureau du groupe 32. Son groupe où, il n'en doutait pas, l'ambiance devait être plutôt fraîche. Mais il avait besoin d'y passer pour tenir Zicos au courant de sa nouvelle… affectation. On ne savait jamais.

Comme il s'y attendait, lorsqu'il ouvrit la porte du bureau, personne ne lui adressa la parole. Bouli lui tourna le dos pour se plonger dans une pile de dossiers posée au sol. Zicos, assis à son bureau, ne leva même pas la tête de la feuille qu'il tenait devant lui. Il transpirait à grosses gouttes. Les sourcils froncés dans une posture douloureuse qui le vieillissait d'une dizaine d'années. Il mâchonnait nerveusement un stylobille dont l'encre avait commencé à lui noircir le pourtour des lèvres sans qu'il s'en rende compte. Personne n'avait osé le lui faire constater.

— T'as de l'encre sur les lèvres, lui fit élégamment remarquer Casanova.

Zicos releva sa mine contrite. Il avait gardé son

stylo à la bouche et l'encre progressait en direction du menton. Il n'y prêta aucune attention.

— Qu'est-ce que tu veux, Casanova ? aboya Zicos.

Casanova recula d'un pas pour éviter d'être aspergé par les postillons noirs du chef de groupe.

— Le macchabée du XXe… Y a du nouveau ?

Casanova se demanda un moment pourquoi il avait parlé de ça. Était-ce pour détourner la colère de son supérieur ? Était-ce juste une intuition… une simple intuition ? Merde ! Il était censé être détaché. Cette affaire ne devait plus, en théorie, être la sienne. Seulement, voilà, il s'agissait d'un ordre officieux. Ni Zicos ni personne dans le groupe n'avait l'air d'être au courant des nouvelles orientations prônées par le Manitou. Probable que ce dernier, jouant sur tous les tableaux, s'était bien gardé de les prévenir, préférant, en cas d'avarie, faire semblant de tout ignorer du changement d'affectation de Casanova.

Casanova aurait dû, pour se couvrir, les mettre au courant. Les mettre au courant dès maintenant, avant que cette affaire ne tourne définitivement à la cata pour sa pomme. Le Manitou aurait été bien emmerdé. Mais, pour une raison que lui-même ignorait, il ne le fit pas. Il fit comme s'il était toujours en charge… Comme si Giovanni n'avait jamais disparu.

— À part le rapport d'autopsie, non.

— Vous avez reçu le rapport d'autopsie ? s'étonna le séducteur.

— Vendredi. C'est Giovanni qui l'a pris…

Zicos marqua un temps d'arrêt. Il scruta un moment

Casanova, qui venait juste de se rendre compte de sa bourde et tentait de sourire faiblement.

— Putain de Dieu, me dis pas que t'étais pas au courant ?

— Heu… Si, bien sûr, mais j'avais…

Zicos prit Bouli à témoin.

— Bouli, regarde-moi cet ahuri ! Ils ont reçu un rapport d'autopsie il y a quatre jours, et il est même pas au courant !

— Ça, c'est con, fit Bouli sans sourire.

— Tu te fous de ma gueule, Casanova !

Maintenant, Zicos était hors de lui. Il vitupérait et crachait tant et si bien qu'il n'était même plus question pour Casanova de sauver le veston neuf qu'il avait mis pas plus tard que ce matin.

— T'étais où, bordel ! T'étais où, pendant toute la semaine ? On t'a pas vu une seule fois ! Et maintenant, tu viens me dire que tu savais même pas que le rapport d'autopsie était arrivé ? Mais je rêve, dis-moi que je rêve !

— J'étais occupé à recouper les critères au Traitement des Infractions et à vérifier le Fichier des Empreintes et les Personnes disparues…, plaida faiblement Casanova sans y croire lui-même.

— Vérifier, mon cul ! C'est Giovanni qui s'est occupé du STIC et du FAED puisqu'il m'a fait son rapport vendredi soir.

— Ah oui, c'est vrai, où ai-je la tête… Non, en fait je…

— Arrête ! Arrête ça tout de suite, Casanova, tu vas me faire gerber.

Casanova chercha du regard un appui du côté de

Bouli. Mais il n'y lut qu'une profonde désolation. Presque du dégoût. D'un haussement de sourcils, il intima à Casanova de la mettre en veilleuse s'il voulait pas que Zicos pète un plomb et l'envoie recta chez le dentiste.

— Où t'étais ? Où t'étais, pendant tout ce temps, hein, enflure ? Non, me dis rien, je veux même pas le savoir.

Casanova se tut. Il baissa la tête et se mordilla les lèvres.

— Et prends pas cet air à la con avec moi parce que je vais t'en allonger une. Même s'ils me foutent une demande d'explication au cul, je te jure que je vais t'en allonger une.

Maintenant, Zicos était vraiment hors de lui.

Casanova reprit son air normal. Il attendit patiemment une nouvelle salve du chef d'équipe.

— Tu sais ce que je suis en train de faire, là ?

Il frappa la feuille devant lui du plat de la main.

Casanova fut tenté de répondre qu'il s'en doutait, mais, fort judicieusement, il s'abstint de répondre. Parce que Zicos ne voulait pas de réponse. Il voulait se défouler.

— J'essaie de réparer vos... tes conneries, là. Qu'est-ce que vous avez branlé, tous les deux, hein ? Tu le sais même pas, j'en suis sûr. Il y en a un qui est jamais là. Qui passe son temps à... passe son temps à... je me comprends. Et l'autre qui disparaît dans la nature sans aucune explication. Tout ça juste au moment de la notation semestrielle. Ça va se payer. Oh, oui, tout ça va se payer !

Casanova voulait lever les yeux au ciel. Il voulait

soupirer, tant ce déluge d'insultes et de menaces lui semblait stérile, mais il sentait que ce n'était pas une bonne idée. Aussi se contenta-t-il de fixer son interlocuteur dans les yeux et d'attendre la suite.

Zicos eut un dernier sursaut d'agressivité :

— J'en ai pour la journée. Tu me fais perdre mon temps. Tu me fais perdre mon énergie. Et ma femme va encore me faire la tête comme une pastèque parce que je suis pas à l'heure pour la bouffe. Tu... Tu nous emmerdes tous, Casanova !

Le ton avait baissé. Puis Zicos sembla enfin se calmer. Il eut un geste las. Comme si, soudain, il était fatigué... très fatigué.

— Y a un double du rapport là, dans la pile. Cherche-le et, par pitié, casse-toi dans un autre bureau si tu dois le consulter. Je veux plus te voir. Personne ici veut plus te voir.

Casanova s'exécuta sous le regard réprobateur de Bouli. Il aurait bien fait remarquer à Zicos que le stylo qu'il avait gardé à la bouche durant l'invective lui avait salopé le haut de sa chemise et que pour la ravoir, bernique ! Mais il se contenta de quitter le bureau avec son dossier sous le bras.

Sans attendre, dans le couloir, il l'ouvrit et lut les premières constatations du légiste. Les lettres dansaient devant ses yeux et les mots n'avaient aucun sens.

Sa main, celle enroulée dans le mouchoir, le lançait, et son cuir chevelu le brûlait. Il repensait à la stagiaire, puis, au prix d'un effort surhumain, il se concentra vraiment sur ce qu'il y avait d'écrit.

*

« Les premiers mots du rapport de synthèse fourni par l'Unité Fonctionnelle de Médecine Légale me frappèrent comme une gifle sèche au visage. Les lettres, d'abord indistinctes, se superposaient à la vision de la jupe relevée de la stagiaire et à sa main sous... Le souvenir de cette sensation, à l'intérieur de mon estomac, puis plus bas, au niveau du bas-ventre — cette sensation délicieuse et terrible —, s'estompa un peu pour laisser place aux lettres dactylographiées, puis aux mots et aux phrases.

Mort causée par une rupture de la veine carotide au niveau des vertèbres C2 et C3. Traumatismes au niveau du plexus brachial avec paralysie radiculaire supérieure de type Déjérine-Klumpke... Destruction partielle du rameau carotidien dans la région cervico-thoracique... Morsures et lésions tissulaires visibles sur toute la partie postérieure du cou avec compression des nerfs axillaires et musculocutanés... Déplacement ante mortem des vertèbres au niveau des troisième et quatrième cervicales... Traces de morsures anciennes au niveau de l'infra et du supra-épineux de l'omoplate et du deltoïde droit... Lésions ante mortem à six (6), huit (8) et neuf (9) heures au niveau de l'anus. Déchirures ecchymotiques à trois (3), quatre (4), cinq (5) heures allant jusqu'à la paroi vaginale... Sperme d'origine animale... Morsures d'origine animale...

Je crois que ce furent ces derniers mots qui achevèrent de me réveiller et de me sortir de ma torpeur hétéro-érotique. Il y avait une plaisanterie que nous avions entre nous, dans le groupe de Big Jim. Une de ces plaisanteries un peu tristes qu'on sort à intervalles réguliers, comme pour se rappeler notre condition :

"Après la mort, on raconte qu'on va dans un salon érotique ouvert 24 heures sur 24… Et personne ne te dit s'il s'agit de l'enfer ou du paradis…"

Merde. Morsure d'origine animale. Sperme… Cette conne se faisait enfiler par des animaux ? Elle prenait son pied comme ça, avec nos 30 millions d'amis ? Qu'est-ce que… Je fouillai dans mes poches et sortis le papelard aimablement fourni par Gus. Qu'est-ce qu'il avait dit, sur la fille ? "Elle est spécialisée… dans les trucs zoophiles et tout ce qui en découle… Elena Germikova était dresseuse de chiens, dans son pays…" Et Giovanni était sur sa trace… Giovanni, qu'est-ce que t'as foutu, bon Dieu ? Est-ce que tu la soupçonnais ? Non, je crois pas. Sinon tu m'en aurais parlé. Tu m'en aurais parlé, n'est-ce pas ? Tu voulais peut-être simplement obtenir des tuyaux. Sur ce qui se faisait, ce qui se faisait pas dans ce genre de milieu. Tu pensais qu'elle était peut-être au courant de quelque chose…

C'est là que, insidieusement, je me rendis compte d'une chose : durant tout ce temps, je n'avais jamais été là. J'avais été à côté de Giovanni, je l'avais côtoyé huit heures par jour, mais même présent, je n'avais jamais été présent, si vous voyez ce que je veux dire. Et voilà que je commençai à reprendre l'enquête de Giovanni. Pas à pas. Comme un gosse qui apprend à marcher. Le problème est que j'étais loin d'avoir le savoir-faire et la motivation de

Giovanni. Et cet abruti avait pris la sale habitude d'opérer en dehors des sentiers battus. En dehors des sentiers battus… Je me rendis compte que c'était exactement ce que j'étais en train de faire. J'étais en train de passer là où Giovanni était passé, comme un chien piste la trace de son maître. Passer par là où Giovanni était passé… Plus j'en savais sur le bonhomme, moins j'étais chaud. Pour couronner le tout, il s'était évaporé. La perspective d'un fâcheux incident se précisait de plus en plus. Si je continuais ainsi, si je voulais vraiment plonger dans cette merde, il était fort possible que le même genre de désagrément m'arrive, j'en prenais conscience maintenant. Et si la disparition de Giovanni ne chagrinait personne, comme l'avait insinué Gus, qu'en dire de celle, potentielle, qui pouvait me guetter ?

Je décidai d'arrêter là mes délires et consultai ma montre. J'avais encore un peu de temps pour aller faire un tour où, de toute manière, il était inévitable d'aller, avant de me rendre chez Mathilde. Une secrétaire passa devant moi dans le couloir. Je me retournai. Elle se retourna aussi, sans cesser de poursuivre son chemin. Elle avait un cul, mon Dieu, un de ces culs. Je pouvais presque en sentir l'odeur. Le regard qu'elle me jeta m'indiquait que peut-être… Oui, peut-être que je pourrais en profiter pour… Non. Se concentrer sur l'affaire. On t'a donné une mission, bon Dieu. On compte sur toi, Casanova… »

*

Casanova arrêta sa voiture sur le trottoir. Qu'est-ce que c'était que ce quartier à la con ? Comment Giovanni faisait-il pour se garer en rentrant chez lui ? Il avait fait trois fois le tour, et impossible de trouver une place. Même un scooter n'aurait pas pu se glisser entre les caisses agglutinées comme un banc de morues. Rien que du beau : coupé Maserati 3200 GT, Audi A8 et RS6, Mercedes classe CL, deux berlines... Il descendit de sa vieille R5 fatiguée et, après avoir vérifié le numéro, entreprit de scruter la façade de l'immeuble. Un dentiste, un podologue, deux neurochirurgiens et trois psychiatres. C'était quoi, cette taule ? Une annexe de l'hôpital central ? Il s'emmerdait pas, Giovanni. Il avisa une petite entrée sur la gauche. Il regarda à travers la vitre. Elle semblait donner sur une cour intérieure. Naturellement, il y avait un code. Casanova sonna chez tous les praticiens inscrits. Au premier qui répondit, il marmonna d'une voix quasi inaudible :

— sieur 'Bois, 'ai 'dez-vous...

Un déclic. La porte s'ouvrit. À l'interphone, Casanova laissa les voix des autres se chevaucher dans la plus parfaite cacophonie, chacun lui intimant de décliner son identité au plus vite. En fait de cour intérieure, il déboucha sur un petit parking réservé aux résidents. Immédiatement, il avisa ce qu'il cherchait. Une Opel dernier modèle. Il vérifia l'immat. La voiture de Giovanni. Là, sagement rangée entre une BM 750 Oil et une V6 Honda flambant neuve. Casanova fit le tour de la voiture, examina l'intérieur de l'habitacle où aucun objet étranger aux options du véhicule, aucun papier, aucun document ne pointait son nez. Il effleura le capot aussi froid que la chatte d'une féministe communiste. Il souffla sur ses doigts pour en dégager la fine couche de poussière qui s'était accumulée dessus. Il actionna les poignées des cinq portes, sans succès.

— Vous cherchez quelque chose ?

Casanova se retourna. D'abord, il se crut victime d'hallucinations auditives, avant de baisser les yeux et de voir, deux têtes au-dessous de son champ de vision, une petite bonne femme sans âge affublée d'un tablier à fleurs roses et armée d'un balai. Ses cheveux blancs et clairsemés formaient au-dessus de sa tête comme un halo diffus. Une sorte d'auréole.

Casanova lui fit son plus beau sourire. Il lui sembla bien que, sous sa peau parcheminée, sous l'épiderme flétri, la vieille rosit. Probable qu'un beau gosse comme ça ne lui avait pas souri de telle manière depuis très longtemps. Il exhiba sa carte.

— Bonjour, chère madame…

— Mademoiselle, précisa la vieille avec un petit air pincé. Je suis la concierge de cet immeuble.

La concierge ! Béni sois-tu, Seigneur, se dit mentalement Casanova. Son sourire enjôleur s'élargit.

— Mademoiselle… Je suis un confrère de M. Giovanni…

— Il lui est arrivé quelque chose ?

— Qu'est-ce qui vous fait dire ça ?

— Sa voiture est là depuis vendredi soir. Et M. Giovanni — un homme si charmant, si discret — n'est jamais là le week-end. Jamais.

— Il a eu… un empêchement professionnel de dernière minute, vous savez ce que c'est. Il m'a chargé de récupérer quelques affaires pour lui.

Casanova commençait à examiner son interlocutrice. Ses jambes, des petites jambes desséchées et déformées par l'ostéoporose. Le dessin tortueux de ses veines dont certaines se terminaient en varices boursouflées. La courbe de ses hanches, cassées en un angle improbable. Une étrange odeur, faite de pisse et de détergent, émanait d'elle. Des idées bizarres commencèrent à lui passer par l'esprit. Il avait beau lutter, tenter de se concentrer sur la conversation, il se voyait en train de la... Quel effet ça aurait ? Quel goût ? Et pour elle, pour « Mademoiselle », lorsqu'elle éprouverait son... ? Insensiblement, Casanova sentait son corps se pencher vers elle, vers son visage, ses dents noirâtres, sa bouche distendue... Il s'ébroua.

— Vous allez bien ? demanda la concierge.

Elle semblait ne pas avoir remarqué le manège de Casanova ou, si elle l'avait fait, prétendait ne pas en être indisposée.

— Tout à fait bien, répondit Casanova en se redressant brusquement.

Sourire. Continuer à sourire. Il espérait qu'elle ne baisserait pas les yeux et ne noterait pas le début d'érection qui ébauchait un renflement suspect en haut de son pantalon. Lui-même n'osait pas détacher les yeux de la concierge de peur de se trahir.

— M. Giovanni est actuellement retenu pour une mission à l'étranger et il m'a demandé de lui envoyer certains papiers. Il m'a dit de m'adresser à vous, mentit Casanova.

La vieille sembla réfléchir un instant. Elle s'appuya sur son balai qui ploya légèrement.

— Normalement, je ne fais pas ce genre de choses, mais puisque vous êtes de la police…

— Vous êtes la plus adorable, la plus exquise des personnes…

— Oh, arrêtez ! Charmeur !

— Pas du tout, mademoiselle. J'ose le dire comme je le pense.

Cette fois-ci, Casanova en était sûr, elle avait rougi. Son regard avait pris une teinte pétillante, presque juvénile. Elle lui avait souri. Elle ressemblait à une petite fille, comme ça.

— Venez avec moi, je vais chercher mon passe.

Casanova la suivit en essayant de ne pas regarder ses mollets, ses jambes, sa jupe qui s'agitait dans l'air… Il ne voulait pas imaginer ce qu'il y avait en dessous ni ce qu'il pourrait en faire. Un filet jaunâtre goutta d'entre ses jambes. Qu'est-ce que c'était ? De la pisse. Bon Dieu, cette vieille était incontinente. Elle faisait sous elle sans s'en apercevoir. Loin de dégoûter Casanova, cet incident pimenta encore les fantasmes qu'il tentait de refouler en se traitant de monstre et de pervers.

Ils se rendirent au cinquième dans un ascenseur aussi ancien que peu pratique. Il s'agissait de ces vieux modèles haussmanniens à porte coulissante. Pendant toute la montée, confinés dans cet espace réduit, Casanova souriait à la vieille et elle lui souriait en retour. Aucun d'eux ne parla. Casanova sentait bien qu'il avait l'air parfaitement stupide, à sourire ainsi sans rien dire, mais c'était le seul moyen qu'il avait trouvé pour masquer son trouble, juguler les drôles d'idées, sales, délicieuses et presque douloureuses, qui lui traversaient la tête. Il continua à se traiter de dégénéré pendant tout le long du parcours.

— C'est là, dit finalement la vieille en s'effaçant pour le laisser pénétrer dans l'antre de Giovanni.

Casanova embrassa l'appartement du regard. Il était impeccablement rangé. D'une propreté maniaque. Rien ne dépassait, aucune âme n'émanait de cet agencement purement fonctionnel. Il fut profondément mal à l'aise de constater que cet appartement ressemblait étrangement au sien. Chaque chose à sa place. Chaque angle, chaque cadre, méticuleusement disposé. Et cette absence de tout objet, de tout souvenir personnel qui font la vie d'un lieu. L'endroit faisait penser à un appartement-témoin. C'est cela qui frappa le plus Casanova. Pas une photo, pas une carte postale, pas un Post-it, aucune trace d'être vivant ici. À peu près comme chez lui.

Il erra un moment dans la pièce principale, sans rien toucher, son regard se posant ici ou là, à la recherche... Il ne savait même pas ce qu'il cherchait.

La vieille sembla soudain elle aussi mal à l'aise. Peut-être était-ce de voir Casanova circuler avec tant d'aisance, de familiarité dans un espace qui ne lui appartenait pas. Voir un étranger pénétrer dans l'intimité d'autrui avec cette proximité... malsaine.

Elle bredouilla :

— Bon, je vous laisse. Je... J'ai des choses à faire. Vous... Vous claquerez la porte derrière vous en partant, ça se ferme tout seul. Je compte sur vous.

— Je vous remercie infiniment, mademoiselle.

Casanova lui sourit de nouveau. Mais cette fois, cela n'eut pas le même effet sur la vieille fille. Cette fois, elle parut effrayée. Elle partit sans demander son reste, serrant fermement le passe dans sa petite main fanée et Casanova resta là, au centre de la pièce. Perdu et pourtant tellement à sa place.

Avec précision et méthode, il s'appliqua à fouiller chaque recoin, chaque tiroir, chaque étagère, à la recherche d'un indice possible. Il n'y avait rien, dans cet appartement. Aurait-il fouillé le sien qu'il n'y aurait pas trouvé plus d'éléments personnels. La colère, cette colère sournoise et implacable, commençait à resurgir en lui. Il la sentait affluer par vagues successives, des vagues sans cesse plus grandes. Il avait envie de crier. Il avait envie de tout détruire. Il avait envie de… baiser. Il se concentra pour garder des gestes calmes et mesurés. Le bureau. Un tiroir. Fiches de paie. Assurances. Contrats de garantie… Le tout soigneusement rangé dans des chemises toutes identiques. Noires et étiquetées. Putain, il avait exactement les mêmes chez lui. Et cette manière de ranger tout. De classer, de ne rien laisser en suspens… Cette ordonnance maladive qui laissait présager les pires secrets, qui semblait dissimuler des horreurs abominables, il la sentait ici comme il la sentait chez lui, et il n'aimait pas ça du tout.

Deuxième tiroir. Des factures. Gaz. Électricité. Des contredanses. Probablement des trucs à faire sauter. Et puis d'autres factures encore…

Casanova regarda ensuite les étagères. Des classiques de la Pléiade, pour la plupart. Il éplucha les bouquins à la recherche de papelards, de marque-pages annotés... Rien. Nib. C'était comme si les livres n'avaient jamais été ouverts. Et sur les planches, aux murs : pas une photo, pas un dessin... Rien. Rien. Rien !

Il s'assit dans le divan en Skaï marron. Il se sentait vaguement nauséeux. La colère. La colère. Il se prit la tête entre les mains et pressa son visage : « Putain, mon pote. C'est quoi, que tu caches derrière tout ça ? T'étais qui, bon Dieu ? T'étais qui ? »

La cuisine et la chambre étaient à l'avenant et, après une inspection cartésienne, aussi fatigué que s'il avait couru un marathon, il se résolut à évacuer le domicile de son ex-partenaire. Bordel, il n'y avait même pas, sous le lit, les traditionnels moutons de poussière.

Il referma la porte derrière lui.

Il monta dans l'ascenseur et ce dernier se mit en branle. Casanova se demanda bien ce qu'il allait faire maintenant. Néanmoins, à mesure que les étages défilaient, un sentiment désagréable le taraudait. Comme une mouche invisible qui vient vous bourdonner aux oreilles et qu'on n'arrive pas à chasser. Un truc clochait mais, malgré ses efforts, il n'arrivait pas à mettre le doigt dessus.

Il repassa devant la loge de la concierge comme un voleur et s'empressa de sortir à l'air libre. Il avait l'impression d'étouffer. Sortir n'était plus un besoin, c'était une nécessité impérieuse. Il chancela un moment sous la lumière magnifique de la mi-journée, puis se mit à marcher. Il longea d'un pas pressé les véhicules rangés dans la cour intérieure. La NSX, l'Opel de Giovanni, la 750… Ce n'est qu'au moment où, avec résolution, il posait la main sur la poignée de la porte d'entrée, que ça lui sauta à la gueule. Putain ! Il l'avait vu, il l'avait sous les yeux, et il ne l'avait pas remarqué. Il fit demi-tour et retourna à la loge.

Lorsque la vieille passa la tronche à travers sa guérite, Casanova ne prit pas la peine de sourire.

— J'ai oublié quelque chose… Je suis désolé, mais il faut que je remonte.

La vieille n'était plus aussi amène que la première fois. Elle plissa les yeux.

— Vous croyez que j'ai que ça à faire, jeune homme ?

— Donnez-moi le passe, je vous le ramène dans deux minutes.

La vieille marmonna quelque chose d'incompréhensible qui ressemblait à de vagues insultes proférées dans une langue étrangère et lui tendit la clef. Casanova ne reprit pas l'ascenseur, trop lent. Il monta les marches quatre à quatre et s'engouffra à nouveau dans l'appartement de Giovanni.

Il ouvrit le second tiroir du bureau, envoya sans ménagement valdinguer les papelards et chemises qui s'y trouvaient et puis, enfin, il mit la main dessus. Une petite liasse. Des contraventions pour stationnement interdit.

Casanova vérifia le numéro d'immatriculation… Ce n'était pas celui de la voiture de Giovanni. Ces contraventions ne lui étaient pas adressées. Ça pouvait aussi bien n'être rien du tout. Un ami à qui l'on rend service. (Un ami ? Est-ce que Giovanni avait des amis ?) À moins qu'il ne s'agisse d'un second véhicule. Mais c'était la seule chose dans cet appartement qui ne se rattachait pas en propre à Giovanni. La seule chose qui lui était étrangère. L'anomalie. La petite imperfection qui jure au milieu d'un tableau trop parfait.

*

Galvanisé, Casanova reprit le chemin du retour, fermant cette fois-ci définitivement la porte du deux-pièces. Il rendit le passe à la vieille qui ne lui adressa pas la parole. Dehors, le soleil avait disparu. De gros nuages glaireux s'amassaient au-dessus des buildings de la mégapole. Quelle heure il était ? Putain, déjà deux heures. Ça allait être juste.

La pluie se mit à tomber. De grosses gouttes boueuses, d'abord, qui ne firent que pastisser le pare-brise de la R5, puis le véritable déluge. C'était l'été. L'averse serait aussi brève que violente. Mais, pour l'instant, c'était la déferlante diabolique.

Sur le chemin, Casanova contacta Mickey la Défonce : une des rares connaissances fiables qui lui restaient à la Maison. Mickey la Défonce tenait son surnom d'une hypertrophie flagrante des pavillons auditifs et d'un passage mémorable chez les Zombies — ces gars chargés d'infiltrer les dealers. Il y était resté sept ans. Un record. La notoriété publique voulant qu'il n'en soit pas sorti intact, l'administration avait préféré, plutôt que de payer des indemnités exorbitantes, fermer les yeux et le muter à l'identification minéralogique. Si l'on faisait abstraction de ses petites séquelles, Mickey la Défonce s'était révélé être de ceux qui, en périodes fastes et munis d'un numéro de plaque, d'un clavier ainsi que d'un combiné téléphonique, pouvaient faire des miracles au Service Central Automobile. Coup de chance, le polytoxico était relativement lucide. Casanova lui donna le numéro, et, dix minutes plus tard, Mickey le rappela avec un nom et une adresse. Il s'agissait d'une femme. Il s'agissait d'un quartier chic, sur les hauteurs de la ville. Le séducteur nota le tout sur son calepin, continuant à conduire de l'autre main, plissant les yeux pour ne pas s'emplafonner le premier venu à travers le mur d'eau qui lui bouchait la vue.

Il avait dit quatorze heures trente à Mathilde. Il était quatorze heures vingt-neuf lorsqu'il partit en aqua-planing devant le petit jardin, le jardinet, plutôt, qui circonscrivait la villa Phénix de son ex et faisait, d'après ce qu'il en savait, la fierté de son nouveau mec, la Feuille. La R5 monta en hurlant sur le trottoir et défonça le portail en bois cernant le coin de verdure. Un portail qu'il avait peint lui-même… il y avait longtemps. Il s'extirpa difficilement de son véhicule, détruisant à coups de portière les derniers restes de la palissade. Immédiatement, ses pieds s'enfoncèrent dans vingt centimètres d'eau. Casanova s'abrita du mieux qu'il put sous son veston. Il jura. Cette intempérie allait lui niquer sa mise en plis, lui qui s'était juré de se présenter à son avantage à Mathilde. Il progressa de manière incertaine à travers le jardinet. Il y avait tellement de flotte qu'il n'arrivait plus à distinguer le chemin de la pelouse. C'était plus un jardinet, c'était un véritable marécage. Il faillit s'y vautrer une ou deux fois, mais se rétablit de justesse. Lorsqu'il arriva sur le perron, Casanova était déjà réduit à l'état de loque détrempée.

Il n'eut même pas le temps de frapper que Mathilde jaillissait sur le perron, telle une diablesse sortant de sa boîte. Elle portait une jupe à fleurs qui lui arrivait jusqu'au bas des cuisses. Ces jambes, mon Dieu. Un truc à se damner.

— C'est toi qui as fait ça ? hurla-t-elle.

— Jésus, Mathilde ! On s'est même pas encore dit bonjour que tu me cries déjà dessus, s'exclama faiblement Casanova.

— C'est toi qui as fait ça ? hurla-t-elle de nouveau en montrant le véhicule de Casanova, rangé en travers du jardin, des débris flottant tout autour.

— Je réparerai, plaida le responsable. Ne t'inquiète pas… Enfin, quoi, c'est juste quelques morceaux de bois.

— Quand Roger va voir ça !

— Roger, Roger, t'as que ce nom à la bouche. Tu crois que c'est la Feuille qui va me faire peur ?

— Tu devrais avoir peur, cria Mathilde. Tu devrais vachement.

Casanova soupira. La conversation s'engageait mal. C'était toujours comme ça avec elle. Il s'en souvenait maintenant. Quand elle n'était pas là, il oubliait. Elle devenait alors pour lui une sorte de paradis perdu. Mais il suffisait qu'ils se voient quelques secondes, et c'était l'enfer à nouveau.

— Tu comptes me laisser là sous la pluie, ou est-ce que je peux rentrer, au moins le temps d'éviter la pneumonie ? demanda Casanova.

Mathilde fit demi-tour en serrant les poings et rentra chez elle d'un pas énergique.

Casanova baissa la tête. Plic. Ploc. Les gouttes tombaient sur ses pieds qui n'étaient plus à ça près. Il murmura pour lui-même : « Je suppose que ça veut dire oui. »

Casanova entra dans la cuisine. Cette cuisine qu'ils avaient aménagée ensemble. Ça lui faisait tout drôle. Une seule chose avait changé. La Feuille avait cru bon d'ajouter sa note personnelle à la déco, et un calendrier trônait au-dessus de l'évier. Un calendrier avec une tête de cochon en gros plan. Un cochon mort qui tenait une pomme dans la margoulette. Au-dessus de la photo, de grandes lettres jaunes indiquaient :

LA CONFÉDÉRATION
DES BOUCHERS DE FRANCE
VOUS SOUHAITE
UNE BONNE ANNÉE 2006.

« Quel con ! » songea Casanova. Il s'abstint, bien entendu, de formuler cette profonde réflexion à voix haute.

— Tu me sers un café ? s'enquit-il.

— Tu sais où c'est. T'as qu'à te servir, bougonna Mathilde.

Elle était adossée à l'armoire du fond, celle où ils

rangeaient les casseroles, les verres et la cocotte-minute. À la lumière de la cuisine, il la voyait mieux, maintenant. Avec ses longs cheveux noirs lui tombant en cascade sur le front et les épaules, elle était toujours aussi belle. Plus, peut-être parce qu'elle portait en elle cette brisure, cette cassure que rien ne pourrait refermer. Casanova remarqua un hématome sur sa pommette droite. Un gros bleu taille de phalange juste en dessous de l'œil. Il réprima une grimace. Inutile de lui demander si elle s'était fait ça en tombant dans les escaliers... Elle croisait les bras et fixait le sol. Elle ne voulait pas le regarder et Casanova savait que, même avec des œillères, il n'arriverait pas à l'y obliger.

« Posture défensive, pensa Casanova en se servant le breuvage. Elle a peur de moi. Merde, je suis pas si méchant que ça, pourtant. »

— Tu as dix minutes pour m'expliquer ce que tu fais ici, après, tu caltes. Roger va plus tarder, dit Mathilde.

— Je suis ici parce que tu m'as appelé.

— Je t'ai pas appelé pour que tu repointes tes guêtres ici.

— J'avais besoin de te voir.

— Ben, c'est pas réciproque.

— Pourquoi tu m'as appelé, alors ?

— Pour que... pour qu'on retourne là-bas.

Casanova baissa les yeux sur le liquide fumant. Des gouttes continuaient à tomber de ses cheveux et avaient formé une petite flaque autour de la tasse.

— T'en as vraiment besoin ?

— Je pense qu'à ça.

— Pourquoi… Je veux dire, pourquoi tu veux y aller avec moi ?

Mathilde éclata.

— Parce que tu es responsable, espèce d'ordure ! Tu es responsable et tu vas y faire face…

— Je… Jésus, c'était un accident. Un ac-ci-dent ! Tu me parles comme si ça me faisait rien, à moi. Comme si je crevais pas chaque fois que j'y pense, et j'y pense tous les jours. Tu me parles… comme si je ne l'avais jamais aimé. Comme si je vous avais jamais aimés.

La voix de Casanova contredisait ses propos, il en avait bien conscience. Elle était décharnée, mécanique. Comme s'il récitait un texte appris par cœur.

Mathilde leva le visage. Mais ses traits n'étaient plus qu'un masque de souffrance. Une grimace sans identité. Elle ne pouvait plus parler. Et elle ne le fit pas. Elle se contenta de le regarder, comme ça, en pleurant silencieusement.

Finalement, les mots sortirent. Faiblement. Comme un renvoi à jeun.

— Pourquoi tu fais ça, hein ? Pourquoi tu fais ça…

Casanova prit son regard. Celui qui… Il aurait voulu faire autrement. Il aurait voulu être quelqu'un d'autre, là, maintenant. Mais il n'y pouvait rien. C'était lui, ce grand regard triste, ces immenses yeux humides qu'il posait sur elle comme un voile vaporeux.

— Ne me regarde pas comme ça. Je t'en prie… Arrête…

Il se leva pour l'enlacer, mais elle se recula aussi vivement que sous l'effet d'un tison ardent.

— Ne me touche pas… Ne… me… touche… pas !

Casanova resta là. Impuissant. Impotent. Vieille souche vide. Il ouvrait la bouche puis la refermait sans qu'aucun son n'en sorte. Il ignorait pourquoi il se comportait comme ça. Il voulait… Il voulait juste être sûr. C'était ça : savoir si elle l'aimait encore un peu. Mais ça n'était pas une question d'amour. Il en avait l'intuition. C'était une question de… de pouvoir. Il éprouvait de la colère. Une colère qui allait et venait, comme des vagues éclatant sur un rocher, l'érodant lentement. Mais cette colère n'était pas dirigée contre Mathilde, non.

Il tendit les mains vers elle. Yeux de cocker famélique.

— Tu me manques. Vous me manquez tous les deux tellement…

Mais il y avait toujours cette intonation froide. Comme s'il mentait. Comme s'il n'avait jamais cessé de mentir.

— Va-t'en !

— Ma vie n'a plus aucun…

— Va-t'en ! Maintenant !

Mais Casanova ne partit pas. Il se rassit, ou plutôt, il s'effondra sur sa chaise. Et ils restèrent là, en silence.

Au bout d'un moment qui lui sembla une éternité mais qui en fait ne dura que quelques minutes, Casanova le vit à la pendule — leur pendule, celle avec les fleurs de lys dessus —, Mathilde parla à nouveau. Sa voix n'exprimait plus le ressentiment. Elle n'exprimait plus la haine. Restait une grande lassitude. Et une indifférence. Une indifférence terrible.

— Il faut que tu partes, maintenant. Il va rentrer.

Casanova regarda la fenêtre. La pluie s'était arrêtée et une lumière aveuglante, radieuse lui avait succédé.

— Je m'en fous qu'il rentre.

Elle jetait à présent des coups d'œil plus fréquents à l'horloge. Ses mains s'agitaient nerveusement à la base de sa jupe. Ses jambes. Ce corps plein qu'il avait étreint tant de fois et qu'aujourd'hui encore il avait besoin de... Non, il n'avait pas besoin de le faire encore avec elle. Il avait besoin de la preuve qu'il pouvait le faire. Qu'elle l'y autoriserait. Il se haïssait pour ça. Mais c'était une haine confuse, incertaine. Quelque chose qu'il n'arrivait pas à définir précisément.

— S'il te trouve ici, il va...

— Qu'il me trouve ou pas, c'est du pareil au même, tu crois pas ? Moi, je suis là pour toi.

Sa voix était glacée lorsqu'elle répondit :

— Pourquoi tu veux me faire du mal comme ça ?

— Je veux pas te faire du mal.

— Ça te fait plaisir, de me faire souffrir encore ?

Elle allait pleurer de nouveau. Son regard à l'horloge n'était plus impatient. Il était terrifié.

— Je veux pas te faire souffrir.

— Tu crois que tu peux me détruire encore ? Mais il n'y a plus rien à détruire, Milo. Je n'ai plus rien en moi, tu comprends ça ?

Oui, Casanova comprenait. Il comprenait pourquoi elle restait là, dans cette maison emplie de souvenirs douloureux tandis que lui s'était débarrassé de tout... tout ce qui pouvait lui rappeler... Il comprenait pourquoi elle avait laissé la Feuille s'installer ici. Un mec condamné déjà trois fois pour violence conjugale avec trois femmes différentes. Il avait vérifié. Sans rien dire à Mathilde. Il comprenait pourquoi rien de ce que pourrait lui faire la Feuille ne pourrait la heurter et pourquoi lui était la dernière personne au monde à pouvoir lui faire du mal. Il comprenait et il en tirait, mystérieusement, une sorte de sombre satisfaction.

— Je veux pas te détruire.

— Tu crois que j'ai encore quelque chose en moi, une once de vie que tu pourrais prendre ?

— Je t'aim...

Il n'eut pas le temps de finir sa phrase. Il entendit la porte s'ouvrir avec fracas, et, avant de le voir, perçut la voix tonitruante de Roger. Roger dit la Feuille.

— Lerdemuche ! Qu'est-ce que c'est que ce coup de foin dans la boîte à chagrin, Mathilde ? Y a une voiture dans le jardin !

La Feuille s'arrêta net sur le seuil de la cuisine. La Feuille ne tenait pas son surnom d'une épaisseur caractéristique de sa carcasse ni d'une hypothétique surdité. La Feuille n'était ni sourd ni malingre : il devait mesurer dans les deux mètres dix pour cent cinquante kilos et ses bras ressemblaient à ceux d'un orang-outan, en plus poilus et plus puissants. La Feuille tenait son surnom d'une habileté réputée à manier le hachoir typique de la corporation bouchère. Et Casanova n'avait pas besoin qu'on lui explique les subtilités du langage fleuri qu'il affectionnait pour en comprendre l'esprit.

La gravure de mode ne bougeait pas d'un poil.

— Qu'est-ce qu'il fout là, c'culard ? gronda la Feuille.

— Je suis passé prendre des nouvelles…

— Lurdoc ! C'est pas à toi que je parle, broutard, c'est à « *elle* » !

Il n'y avait aucun respect dans l'emploi de ce pronom. Il y avait de la peur. Il y avait une certaine forme de négation. Il y avait du mépris. Mais pas de respect. Et Casanova se demandait si son ex supportait vraiment cet argot à longueur de journée ou si la Feuille ne l'employait que pour les invités.

— Il s'en va… il s'en va, Roger, dit Mathilde.

Sa voix trahissait une angoisse que Casanova n'avait jamais vue chez elle.

La Feuille se tourna vers Casanova :

— C'est à toi, la voiture dans le jardin, pampeline ?

— C'est à moi, confirma calmement l'inspecteur.

— T'as défoncé la barrière et t'as écrasé mes bégonias, franchemulle, s'égosilla la Feuille. J'espère que t'as la mie, tu vas payer, pour ça ! Tu vas rembourser jusqu'au dernier centime, et en allongeant les manches !

— Pas de problème.

— Qu'est-ce que t'attends pour filer ta gline, maintenant ? Ma bonne à la mâche et moi, on a à causer.

Casanova savait que c'était une mauvaise idée. Il savait qu'il n'aurait pas dû faire ce qu'il faisait, mais il agissait sous le coup d'une sorte de pulsion mystérieuse.

Il resta immobile. Il resta immobile le temps qu'il fallait. Et puis, lentement, il se mit à sourire. Mathilde réalisa ce qui allait se passer bien avant la Feuille ou Casanova. Elle supplia une dernière fois.

— Milo, pars ! Je t'en prie, pars !

— Le monsieur veut te causer, railla Casanova sans quitter la Feuille des yeux. Parce que monsieur « *cause* », t'entends ça, Mathilde ? Cause-moi à moi, la Feuille, cause-moi un peu.

— Comment tu m'as appelé, boyau du cul ? rugit la Feuille.

Casanova sentit les vibrations de son organe puissant jusque sous les orteils.

— Tu crois que parce que t'es flic, ça va m'empêcher de t'écafiotter la pisseuse du cinquième quartier ? Mais j'vais te faire visiter le pays du sourire, moi. Les flics, je les embosse à la remballe, tous !

— Je sais, répondit Casanova d'un ton égal. Je sais tout ça. T'es connu, par chez nous.

La Feuille observa un moment Casanova. Il plissa les yeux, indécis.

Casanova fit ce qu'il fallait pour qu'il se décide. Doucement, très doucement, parce que, malgré tout, il n'avait pas envie qu'un coup accidentel parte, il sortit son flingue et le posa sur la table, devant lui.

— C'est une menace, tranche de carron ? tonna la Feuille.

— Prends-le comme tu veux.

— Mathilde, t'es témoine, ton ex me menace avec une arme. Je peux me défendre. Ch'uis en droit de m'tailler une coupe glacée sur sa manche de compétition, t'es témoine, hurla le mastodonte.

Mathilde tenta de s'interposer.

— Je vous interdis à tous les deux de…

Casanova n'eut pas le temps d'intimer à Mathilde de ne pas bouger. D'une claque magistrale, la Feuille l'écarta de son chemin. Casanova esquissa un geste pour se lever, mais la Feuille souleva la table à laquelle il était assis et Casanova se la prit en pleine tronche.

Avant qu'il puisse se relever, il encaissa un premier coup au niveau de la tempe. Il crut que sa tête allait éclater. Un autre coup lui écrasa la bouche et il sentit ses lèvres s'ouvrir délicatement sur ses dents comme des fruits bien mûrs. Il fut ensuite soulevé de terre comme un fétu de paille. Alors qu'il se voyait traverser le couloir à vitesse grand V, il se demanda un moment où était passé son flingue. Il n'eut pas le temps de pousser la réflexion plus loin car sa tête défonça la porte d'entrée avec un bruit d'os et de bois brisés. Il atterrit sur la pelouse détrempée.

À peine avait-il rouvert les yeux que la Feuille était à nouveau sur lui. Un nouveau coup au visage lui fut assené avec le plus parfait manque de courtoisie. Il tenta bien de ramper, mais la Feuille le retint par le pantalon.

— Reste ici, bœuf failli ! J'vais te fignoler une préparation façon bitoke ! Tu vas faire un tour à tam-tam sur tringle, demoiselle ! J'vais te faire jouer Gagarine sur une allonge ! À la dent de loup, la verte ! Où tu crois que tu vas comme ça ?

Maintenant, il s'esclaffait. Casanova devait lui rappeler les morceaux de barbaque qu'il taillait à longueur de journée.

Le tombeur leva les yeux et il vit, tournoyant, tous les voisins de cette putain de rue, dans leur putain de jardinets identiques, en train de regarder paisible-ment le lynchage. Ils semblaient apathiques, comme s'ils avaient assisté à un match de boxe télévisé.

Mathilde sortit de la maison en hurlant :

— Faites quelque chose ! N'importe qui, appelez la police !

Entre deux coups, par-dessus les rires déments de la Feuille, Casanova criait en retour :

— C'est… (une grande claque sur l'oreille) moi, la police… (le retour qui m'arrache la moitié du tarin). J'ai… (un coup de genou dans le ventre) la situation… (et un coup de pied dans les côtes) en main, Mathilde… (un grand vol plané dix mètres plus loin, mon corps qui défonce les restes de la palissade) ne t'inquiète pas…

Casanova roula sur le dos, et il vit la Feuille qui marchait encore sur lui.

Mathilde supplia :

— Arrête, Roger ! Arrête ! Tu vas le tuer !

La Feuille se retourna.

— Tu fais ses marbres ? Tu prends la défense de ce tordu ? T'es malade.

— Tu vas le tuer…, implora-t-elle.

Comme rendu fou, la Feuille reprit son implaca-ble progression vers le policier. Il vociférait :

— Tu crois que tu souffres, poil de chat ? Tu crois que c'est ça, la douleur ? Mais t'as encore rien vu. Oh non, t'as encore rien vu. J'vais te bistourer comme il faut, couillard ! Ton cornet, j'vais l'élaguer et en faire un collier pour dames ! C'est un bikini tartiné au beurre, que j'vais te mitonner !

Soudain, Casanova se mit à rire lui aussi. La gueule

défoncée, crachant ses ratiches comme des noyaux de cerise, il riait.

La Feuille marqua un temps d'hésitation. Il l'attrapa par le colbac et colla son immense tête de brute contre la sienne.

Casanova hoquetait :

— T'aimes ça, frapper, hein, la Feuille ? Ça te fait bander, pas vrai ? Y a que ça qui te fait bander, hein ?

— Ferme ta gueule, kako ! chuchota la Feuille en le secouant.

— Frappe-moi ! Vas-y, défonce-moi la gueule ! Frappe ! Frappe, je te dis ! Efface-moi la tronche…, insistait Casanova sans cesser de rire, s'étouffant à moitié avec son propre sang.

La Feuille s'arrêta brusquement.

— Tu peux me cogner, la Feuille. Tu peux me marteler la façade tant que tu veux. Et Mathilde… À elle aussi, tu peux lui péter la tronche en mille morceaux : elle ne t'appartiendra jamais comme elle m'appartient encore.

Il relâcha Casanova qui s'écroula dans l'eau rougie comme un pantin désarticulé.

Casanova continuait à rire. Il riait aux éclats.

— Frappe-moi, la Feuille. Frappe-moi au visage ! le provoquait-il.

La Feuille le regardait. Vacillant légèrement. Comme sonné. Il le regardait non plus comme un ennemi, mais comme un objet de terreur. Une terreur sans nom. Soudain, il fit volte-face. Fort judicieusement, Mathilde s'écarta de son chemin.

Quelques secondes après, la Feuille ressortit. Il tenait le flingue de Casanova à la main. Dans la foule des spectateurs qui s'amassaient tout le long de la rue maintenant, quelques cris d'horreur ou de contentement — Casanova ne savait pas très bien — fusèrent. Il crut un moment que la Feuille allait le flinguer, mais ce dernier jeta l'objet aux pieds de Milo. Le pistolet disparut dans l'eau, juste entre ses jambes.

— Reprends-le, dit la Feuille.

Curieusement, sa voix était redevenue calme. Il ne semblait plus du tout déterminé à faire passer Casanova au mixer spécial dix doigts.

— Si tu reviens ici, je te tue, marelle.

Casanova était trop exténué, trop meurtri pour continuer à rire. Il acquiesça.

— Si tu revois Mathilde, je te sèche, rossignol.

— D'accord.

— Si tu lui reparles, je te passe au flambard, crevard.

— D'accord.

— Si je te recroise, je te décolle comme les gobets d'un trèfle à Bethléem, bibou.

— D'accord.

Sur ce, la Feuille fit demi-tour et, ignorant totalement Mathilde, assise, recroquevillée, le visage au creux des bras, rentra comme une bourrasque dans son pavillon dévasté.

On entendit, par la fenêtre ouverte, un cri. Un cri sauvage. Un cri de bête à l'agonie. Le cri de la Feuille qui se répercuta dans toute la rue et donna le signal aux spectateurs présents d'évacuer et de regagner paisiblement leurs pénates.

Casanova se releva du mieux qu'il put. Il regarda

encore, de loin, Mathilde. Il attendit un moment, mais celle-ci ne bougea pas. Son visage resta enfoui.

Claudiquant, Casanova regagna alors sa voiture. Il y monta et s'examina dans le rétroviseur. Sa belle gueule n'était plus qu'une sorte de bouillie sanguinolente. L'œil gauche était totalement fermé. Ses lèvres, ses belles lèvres de chérubin, étaient fendues en plusieurs endroits et pendaient lamentablement sur son menton. Au milieu de sa tronche, son nez était une grosse fleur mauve sur le point d'éclore. Dans quelques heures, sa tête aurait doublé de volume. Curieusement, cela ne lui fit rien. Il y avait une époque où une simple égratignure d'après-rasage le mettait dans un état de fébrilité intense. Là, il ne ressentait rien. Même pas de douleur. Il n'y avait en lui qu'une colère blanche, aveuglante. Une colère qui gommait tout sur son passage. Il se demanda quand elle cesserait. Si un jour elle cessait.

Casanova mit le contact et il partit sans regarder derrière lui. Non sans avoir opéré un splendide dérapage, histoire de ruiner définitivement les plantations de la Feuille.

*

Quand Casanova arriva en bas de la splendide résidence entourée de palmiers et autres plantes exotiques, il hurlait encore.

Il avait hurlé tout le long du trajet, les vitres grandes ouvertes, déclenchant les regards courroucés, curieux ou amusés des passants. Casanova les avait ignorés avec superbe, les yeux fixés sur la route.

Ses hurlements continus et sa tronche défoncée : étonnant qu'il n'ait pas encore été pris en chasse par une patrouille de PM ou une paire d'ambulanciers solidement équipés.

Ce ne fut que lorsqu'il coupa le moteur de la voiture qu'il cessa de hurler.

Un jardinier asiatique, occupé à bichonner les plantes du parc verdoyant, le scruta avec un air impénétrable.

Casanova s'éclaircit la voix et lui lança un grand bonjour en souriant. Ou du moins en lui offrant une parodie de sourire. Ses plaies se rouvraient et il sentait le sang goutter sur son menton, dans son cou.

Le bridé se replongea avec précipitation dans ses opérations de jardinage.

*

« Quand j'étais reparti de chez Mathilde, j'avais cette boule, ce poids incommensurable sur la poitrine. J'avais repensé à ses paroles, aux miennes. Si on m'avait demandé d'expliquer pourquoi j'étais allé la voir, j'aurais pas su quoi répondre. Je voulais la voir, c'est tout. Pourtant, je savais que je risquais la méchante algarade. Je savais ce qui m'attendait si je tombais sur la Feuille. Mais j'y étais allé quand même. Qu'est-ce que je cherchais au juste ? Qu'est-ce que je cherchais, putain ? Je ne le savais pas moi-même, mais ce passage à tabac m'avait fait l'effet d'une séance de baise avortée. Oui, c'était exactement comme ça que je me sentais quand, pour une raison ou pour une autre, je n'arrivais pas à aller au bout de mon entreprise. La colère grandissait. Elle grandissait en moi, et il fallait que je crie, que je hurle jusqu'à ce que ça se calme.

L'image de Benji m'était revenue avec une acuité, une violence spectaculaire. Était-ce d'avoir revu Mathilde ? Je ne sais pas, mais en un éclair, j'avais revu sa bouille. Sa bouille de gosse barbouillée au chocolat. Son regard, grand ouvert et — sans que je m'explique pourquoi — très triste. Un regard que je peinais parfois à soutenir tant j'avais l'impression de me regarder dans un miroir miniature. C'était exactement de cette manière qu'il m'avait regardé ce jour-là, sur la plage de la Salice : un regard triste et résigné qui disait : "Ne m'abandonne pas, papa. Ne m'abandonne pas." J'avais fermé les yeux. J'avais fermé mes oreilles. J'avais fermé mon cœur. J'avais tout cadenassé en moi comme j'avais pris l'habitude de le faire si souvent depuis quelques années, et je lui avais dit, calmement, d'un ton rassurant : "Papa revient, Ben. Ne t'inquiète pas. Papa revient dans deux minutes." Je lui avais donné sa pelle et son seau. Je lui avais dit : "Assieds-toi là." Je lui avais dit : "Ne bouge pas." Je lui avais dit : "Surtout, ne t'approche pas de l'eau, tu entends, Ben ?" Il avait fait oui de la tête. Mais son regard était insoutenable. Alors, j'avais détourné le visage, je m'étais redressé et j'avais fait un signe du pouce aux deux filles qui se tenaient en retrait, un peu à l'écart, à proximité des bungalows.

Elles étaient jeunes. Elles étaient aussi enveloppées l'une que l'autre et je regardais avec appétit leur cul flasque me précéder tandis que nous marchions vers les dunes.

— Il est pas un peu jeune, pour rester tout seul ?
m'avait demandé la plus pâle des deux.

— Sa mère revient dans deux minutes. Et puis il
écoute. Il sait écouter, c'est un bon petit.

— Sa mère ? s'était étonnée la plus bronzée. Ça
va pas faire d'histoires, au moins ?

— Nous sommes un couple très libéré, avais-je
assuré.

Et elles avaient gloussé en se trémoussant devant
mon nez.

J'aurais plutôt dû dire : "Je suis un couple très
libéré." Ça aurait été plus exact. Mais, à l'époque,
j'étais peu porté sur ce genre de subtilité.

Je les avais suivies. Aurais-je voulu faire autrement
que cela m'eût été impossible. J'étais aimanté. Littéralement possédé. Les visions de ce que j'allais
faire m'obsédaient par anticipation. Je n'étais plus
moi-même. J'étais mon sexe, ma queue, mon chibre,
mon vit, mon braquemard tout-puissant, mon phal-
lus omniscient, ma poussée de fièvre… J'étais tout
cela et uniquement cela. Penser que Ben était resté
seul ou que Mathilde pouvait arriver à l'improviste
n'était tout simplement plus dans mes capacités.

Cela faisait six ans que Mathilde et moi étions
ensemble. Le temps de se connaître pendant deux
longues années joyeuses et sans nuages, puis le temps
que Ben ait quatre ans. Une longue, sournoise et
implacable dégringolade. Mais, sur le coup, à l'époque, vous devez comprendre que je ne voyais pas
les choses ainsi. Je n'avais pas encore entamé ma
thérapie. Je ne savais même pas que j'étais quelqu'un
de… malade. Bien sûr, je sentais que quelque chose

n'allait pas. Bien sûr, je faisais parfois des choses totalement absurdes. Bien sûr, je sentais que tout cela n'était… pas bien. Mais je n'avais pas l'impression de faire le mal, non. Je n'avais pas l'impression que ce fût si dramatique que ça. J'avais l'impression d'être tellement fort. J'avais l'impression de faire exactement ce qu'il fallait pour… rester en vie. Juste rester en vie.

Ce poids… Ce poids sur ma poitrine. J'étouffe. Il faut que je hurle. Il faut que je hurle.

La R5 tangua dangereusement sur la route. Je doublai par la droite.

Je ne pensais plus à Ben.

Je ne pensais plus aux deux filles de la plage. À celle qui m'avait sucé. À celle que j'avais sodomisée. Je ne sais plus dans quel ordre.

Je ne pensais plus au goût du vent salé dans ma bouche.

Je ne pensais plus à Mathilde.

Je ne pensais plus à ce jour-là, il y a un an.

Les cheveux au vent, la vitre de la R5 ouverte, le sang coulant en de longues éclaboussures écarlates le long de mon visage, tout était clair, soudain. Limpide.

Je hurlais, tout simplement. »

*

Casanova avait avisé un petit ruisseau surplombant un bassin dans le jardin superbement agencé. Un truc jap à la con. Avec des petits rochers çà et là, de la mousse et des arbres pas plus gros que le poing.

Il s'aspergea la figure, nettoya ses plaies et plaqua ses cheveux en arrière. C'était frais, c'était bon. Casanova regarda les poiscailles s'égailler dans le petit bassin. Il les avait visiblement dérangés et l'eau rougie semblait être pour eux une expérience singulière.

— Vous n'êtes pas supposé faire ça.

Casanova se tourna vers celui qui avait parlé d'une voix calme et un peu précieuse.

Le jardinier asiatique se tenait à quelques mètres de lui. Droit comme un i.

— Cas de force majeure, mon pote. J'ai rendez-vous avec une des ladies qui habitent votre charmante résidence. T'inquiète pas, je suis flic. Mais je voudrais pas faire mauvaise impression, si tu vois ce que je veux dire. Tiens, file-moi ton torchon, que je m'essuie un peu.

Le jardinier ne bougea pas d'un poil. On aurait dit une statue.

— Êtes-vous vraiment sûr de vouloir faire cela ? demanda-t-il d'une petite voix flûtée.

— Tout à fait, mon pote. J'ai juste besoin de me sécher. Donne !

Le petit Asiatique lui tendit le chiffon.

Casanova le passa avec délectation sur son visage, sur ses plaies qui se rouvraient au contact de l'étoffe et l'imbibaient immédiatement. Il rendit le chiffon souillé au jardinier.

— Désolé pour ton torchon.

— Désolé pour vos plaies.

— Ça guérira.

L'employé laissa un léger sourire effleurer son

visage. Un sourire que Casanova, pour une raison qui lui échappait, n'était pas certain d'aimer. Il soupira.

— Fais-moi plaisir, reste pas planté là. Retourne à tes pots de fleurs et à ton terreau.

— C'est ce que je vais faire, monsieur. Je vous souhaite une bonne journée.

— Bonne journée à toi aussi, mon pote.

Le jardinier disparut si vite qu'on pouvait se demander s'il avait jamais été là, et Casanova reprit sa route. Revivifié, il ressentait maintenant un petit picotement pas agréable du tout sur le bord de chaque plaie. Il n'y prêta pas attention. En passant devant le hall d'entrée, il s'examina dans le grand miroir qui faisait office de mur. Ça allait, il était à peu près présentable ou, tout du moins, pas trop effrayant. Il examina les boîtes aux lettres et trouva ce qu'il cherchait. Il n'y avait pas d'interphones ni de codes ici. Probable que les résidents se croyaient trop riches pour craindre quelque chose. C'est comme ça, quand tu atteins un certain niveau de respectabilité.

Il prit l'ascenseur. Un ascenseur qui devait bien faire la taille de son salon. Putain, on aurait pu donner une réception, là-dedans. Lorsque les portes s'ouvrirent, il jeta un coup d'œil dans le couloir. Bâti à l'identique, tout dans cet immeuble semblait fait pour les géants. Il le parcourut d'un pas incertain, comme perdu dans un décor trop grand pour lui.

Les portes se succédaient, anonymes, simplement surmontées d'un chiffre. Il s'arrêta lorsqu'il trouva celui qu'il cherchait. Il transpirait un peu maintenant, et ses blessures le démangeaient. Elles le démangeaient terriblement. Putain, il y avait quoi, sur ce torchon ? Il résista à l'envie de les gratter, sachant que des plaies ouvertes et sanguinolentes sur sa tronche feraient mauvais effet à un interlocuteur éventuel.

Il frappa à la porte. Sèchement.

Il écouta. Rien.

Il frappa une seconde fois.

Toujours rien.

Il se préparait à filer des coups de pompes dans la lourde, lorsque celle-ci s'entrebâilla.

Casanova fit son plus beau sourire, espérant que son visage n'allait pas se fendiller et dévoiler ses chairs, ses muscles et ses os comme les monstres de Body Snatcher.

— Bonjour, madame Dubois. Inspecteur Milo Rojevic. J'aurais aimé entrer pour vous poser quelques questions.

— Des questions à propos ?

Son interlocutrice n'avait émis aucune protestation lorsqu'il l'avait appelée par son nom. Il s'agissait donc bien de la personne indiquée. Un bon point. Casanova ne voyait que ses yeux et une partie de son visage. Elle semblait belle. Extraordinairement belle. Une amie ? Une maîtresse ?

— À propos de M. Aldo Giovanni.

Il y eut une hésitation. Ses cils, ses immenses cils soigneusement maquillés, battirent l'air.

— Je ne connais pas cette personne.

Elle mentait, mais Casanova se garda d'y faire allusion. Il fouilla dans la poche intérieure de son veston, puis sortit la liasse. Il en tira une contravention qu'il glissa dans l'entrebâillement.

— C'est à vous, je crois. C'était chez lui.

— Pourquoi n'est-ce pas lui qui vient me les donner ?

Elle mentait encore en prétendant ne pas se douter du motif de la visite.

Casanova sourit de manière plus prononcée. Il sentit qu'il n'était plus question de finasser s'il ne voulait pas passer des plombes dans ce couloir.

— Il a disparu. Cela fait quatre jours maintenant. Mais je pense que ça, vous le savez déjà, madame Dubois.

— Qu'est-ce qui vous fait dire ça ? rétorqua la femme.

Elle restait parfaitement maîtresse d'elle-même. Elle n'était pas impressionnée. Elle n'avait pas peur de lui. Elle avait l'habitude. L'habitude des flics ? L'habitude de garder son sang-froid ? L'habitude de ne pas s'en laisser conter ? Un peu de tout ça à la fois, probablement.

— Votre calme, peut-être, répondit Casanova.

Nouveaux battements de cils.

— Vous avez une CR ?

Casanova ne put réprimer un petit rire.

— Une CR ? Je vois que vous êtes familiarisée avec le jargon de notre respectable institution. Mais, non, madame Dubois. Je n'ai pas de commission rogatoire, et je ne pense pas que vous voudriez que j'en aie une. Je ne pense pas non plus que vous voudriez que cette conversation se prolonge dans ce couloir où l'isolation n'est pas aussi bonne qu'il y paraît. Je…

La porte claqua. Belle manière de lui rabattre le caquet. Casanova se demanda s'il ne l'avait pas froissée et si, désormais, il n'aurait d'autre choix que de repartir, sa queue sous un bras et sa liasse de contredanses sous l'autre. Mais la porte se rouvrit presque immédiatement. En grand, cette fois.

— Entrez, fit la maîtresse de maison.

Casanova s'introduisit dans l'appartement. Il se glissa sur le côté pour éviter de l'effleurer. Il eut tort. Le reste de son corps, de son visage était à l'image de ce qu'il avait entr'aperçu. Cette femme était une déesse. Sa longue chevelure, d'un blond soyeux et parfaitement naturel, masquait à peine la perfection un peu froide de son visage. Ses lèvres pulpeuses et charnues semblaient s'étirer au-dessus de son menton délicat comme deux reptiles exotiques. Elle était un peu plus petite que lui mais pas beaucoup. Son corps, dissimulé sous un tailleur impeccable de facture luxueuse, dégageait une impression de force, de santé que Casanova avait rarement vue. Oui, il aurait dû la frôler. Ne serait-ce que pour éprouver un avant-goût… Se faire une idée des possibilités infinies de sa physionomie. Sentir son parfum, peut-être, la texture de sa peau satinée… Mais il ne le fit pas. Vaguement impressionné, il s'écarta respectueusement d'elle et la précéda dans le vestibule. Un vestibule où l'on aurait pu, sans se sentir à l'étroit, disputer un match de tennis en cinq sets.

Dans le salon, elle lui indiqua d'un geste de la

main un sofa de la taille d'une piscine olympique où il prit place.

Elle fit de même. Près. Un peu trop près de lui, lui sembla-t-il.

Il fit mine d'admirer la déco : un truc à la fois sobre et élégant où rien ne jurait. Sur les côtés, des étagères remplies de livres soigneusement ordonnés dont il n'osait détailler les titres. Un tableau de Kandinsky — un original ? — occupait tout le mur en face de lui. Un cube oblong d'un noir d'encre qui avait tout l'air d'un Philippe Stark faisait office de table basse. Pas question de poser les pompes dessus, se dit-il instinctivement. Rien que le mobilier de cette taule pouvait égaler le PNB du Honduras. Il avait du mal à se concentrer. À nouveau ces visions. Ne pas laisser ces visions brouiller…

— Que désirez-vous, monsieur Rojevic ? demanda la femme en tirant d'un étui plaqué or une longue Saint-Laurent.

— Ce que je désire… ce que je désire…, bredouilla Casanova en ayant la conviction d'être parfaitement grotesque.

Sa queue s'agitait dans son pantalon et il croisa ses jambes en respirant profondément.

— Aldo, vous m'avez parlé d'Aldo.

— Ah oui, se reprit Casanova. Giovanni. Je… Voyez-vous, certaines personnes, à son travail, s'inquiètent pour lui. On ne l'a pas vu depuis quatre jours et il n'est pas dans ses habitudes…

— Je connais ses habitudes, monsieur Rojevic. Je ne les connais que trop bien.

— Ah… Vraiment ?

La déesse ne répondit pas. Elle exhala un nuage de fumée. Un long nuage de fumée voluptueux, alangui, un nuage qui avait la forme de… Merde, Casanova, redescends sur terre !

— Enfin, bref, je suis son partenaire et il semble que ces personnes, les personnes qui s'inquiètent, je veux dire, aient jugé utile de…

— Je sais qui vous êtes.

Elle souriait maintenant. Un sourire presque imperceptible. Quelque chose de très subtil. Casanova remuait sur son siège, comme victime d'une crise aiguë d'hémorroïdes. Elle souriait. On aurait dit qu'elle se préparait à le bouffer. C'est ça, elle souriait pareille au chat qui se prépare à boulotter le piaf. Il décida de reprendre le dessus.

— Vous savez beaucoup de choses, décidément. Vous n'en saviez pas autant, tout à l'heure.

— Tout à l'heure, je ne vous avais pas bien vu, par l'entrebâillement de la porte. Maintenant, je vous vois bien.

— Bien… Bien… C'est un bon début, alors ?

À quoi elle jouait, cette conne ? Parce qu'elle jouait, c'était évident. Elle coupa court à la réflexion de Casanova.

— Je suis sa femme. Plus exactement, j'ai été sa femme pendant une dizaine d'années, expliqua-t-elle en soufflant un nouveau nuage de fumée.

— Giovanni a été marié ?

— En partie, monsieur Rojevic. Seulement en partie…

— Et vous…

— Nous sommes divorcés aujourd'hui. J'ai repris

mon nom de jeune fille, si vous voulez savoir. Mais nous sommes restés… en contact. Et Aldo continuait, de temps à autre, à me rendre… de menus services. D'où ces papiers que vous avez trouvés chez lui.

— Et… vous n'avez pas une petite idée de ce qu'il a pu…

— Pas la moindre, monsieur Rojevic. Mais, si je puis m'exprimer ainsi, sa disparition… s'il a vraiment disparu, m'indiffère. Elle serait même plutôt un soulagement.

— Comment ça ?

Casanova n'aimait pas du tout le tour que prenait la conversation. Giovanni avait été marié à cette… créature et il ne lui en avait rien dit ? Qu'est-ce que Giovanni faisait d'ailleurs avec cette déesse qui ne paraissait pas appartenir, même de loin, à son monde ? Elle semblait en savoir trop. Beaucoup trop et ça ne plaisait pas à Casanova. Il la scruta. Il la scruta attentivement. Cette femme était une prédatrice. Casanova reconnaissait ce genre de personne à mille lieues à la ronde. Il en avait côtoyé pas mal. Mais celle-ci était d'un autre standing. Et elle avait trop d'avantages sur lui. Elle était, comment dire, au-dessus de la mêlée.

Cette pensée ne fit que l'exciter encore plus et il perdit une nouvelle fois le fil de son raisonnement. Sa jupe s'entrouvrait juste au-dessus de ses cuisses. De longues cuisses galbées qui avaient l'air interminables. Bronzage naturel. Muscles qui jouent sous la peau. Il suffirait d'un geste. Vingt centimètres, pas plus, pour que ses mains la touchent…

— Monsieur Rojevic, êtes-vous encore avec nous ?

Casanova papillota. La redescente fut rude, mais il y fit face avec dignité.

— Vous disiez que c'était un soulagement ?

Elle le fixa un moment, plissant les yeux à travers la fumée. Elle semblait l'évaluer. Soupeser ses chances. Sa tronche, tout le côté gauche de sa figure, le brûlait comme si on en avait arraché la peau.

— Que vous est-il arrivé au visage, monsieur Rojevic ?

— Rien. Rien qu'un petit... accrochage. Votre jardinier m'a d'ailleurs aidé à nettoyer...

— Dong ? Vous avez rencontré Dong ?

— Si c'est comme ça qu'il s'appelle.

Elle se mit à rire. Un rire délicat. Profond. Distingué. Un rire racé comme il en avait entendu peu dans sa vie.

— Dong n'est pas jardinier. Enfin, il n'est pas que cela. Il est aussi le gardien de cette résidence.

— Il est pas très efficace, si vous voulez mon avis. Je lui ai dit que j'étais flic et il m'a laissé entrer. J'aurais pu tout aussi bien mentir.

Elle rit à nouveau.

— Si Dong vous a laissé entrer, c'est qu'il a jugé que vous pouviez le faire. Dong est très doué pour jauger les intrus, vous pouvez me croire.

— Il m'a aidé à... me nettoyer. Je suis désolé.

— Ne le soyez pas. Mais vous n'auriez pas dû demander à Dong de vous aider. Il peut être parfois... un peu farceur.

— Il m'a juste donné un chiffon.

— Dong vous a donné un chiffon avec lequel vous vous êtes nettoyé avant de venir ici ?

— C'est ce que j'ai dit.

— Vous devriez soigner ces plaies au plus vite. Elles ne sont pas belles. Et elles risqueraient d'altérer votre physique. Un physique dont vous auriez toutes les raisons d'être fier. Mais ça, vous le savez déjà, n'est-ce pas ?

C'était quoi, ces conneries ? Des avances ? Casanova ne rougit pas. Ça n'était pas son genre. Mais sa queue était maintenant dure comme du béton et il eut peur. Peur de ce qu'il pourrait faire. Peur de perdre la boule.

Ne pas se laisser avoir. Cette foldingue est en train de te retourner comme une crêpe, tu t'en rends compte, au moins, connard ? Alors, réagis ! Réagis !

— Merci. Merci pour vos conseils et pour le compliment. Mais… si on en revenait à votre ex-mari.

— Que désirez-vous savoir ?

Belle mécanique. Froide comme un tesson de bouteille, cette pute.

— Quel… De quel genre de soulagement vouliez-vous parler ?

De nouveau, elle se tut. De nouveau, elle se mit à l'observer. Il soutint son regard. Il avait envie de se pencher vers elle, là, tout de suite…

— Je n'aime pas la manière dont vous me regardez, monsieur Rojevic.

D'un coup, Casanova récupéra ses facultés. Faire l'étonné, le mec qui débarque à la fraîche, ça, il savait faire.

— La manière dont je vous regarde ? Je ne vois pas du tout de quoi vous voulez parler.

— Vous me regardez avec le même regard qu'avait Aldo.

Cette salope ne répondait jamais aux questions et ça commençait à l'indisposer.

— Je…

— Il avait ce regard qui indiquait qu'il était là, mais en même temps totalement absent. Il avait le regard d'un homme étranger à lui-même. Et être étranger à soi-même est douloureux, mais c'est encore plus douloureux pour ceux qui vous entourent…

Casanova nota mentalement l'emploi de l'imparfait, mais se garda de l'interrompre.

— Son regard était un gouffre. Un gouffre que rien, jamais, ne viendrait combler. Quoi qu'il fasse. Et il le savait…

Elle se tut un instant, puis reprit :

— Giovanni était un… idéaliste. Il pensait qu'il allait sauver le monde et que le monde n'attendait que lui pour être sauvé… Il aurait fait n'importe quoi pour s'acquitter de la mission qu'il pensait lui être assignée.

Casanova la laissait parler. Il ne bandait plus.

— … Et le pire, pour lui, c'est qu'il savait qu'il n'y parviendrait pas. Que c'était perdu d'avance. Mais il ne pouvait pas s'empêcher de lutter et lutter encore. Une sorte de Don Quichotte moderne, vous voyez. Mais comment voulez-vous sauver le monde si vous n'êtes pas capable de sauver les personnes qui vous sont le plus proches ? Si tant est que l'on puisse être proche de quelqu'un comme Giovanni… Après dix ans de mariage, après la défaite de nos

101

illusions, qui, comme toutes les illusions, sont la réalité jusqu'à ce qu'elles s'écroulent, Giovanni est resté une énigme. Un mystère. Je ne crois pas que ça lui plaisait, mais il n'y pouvait rien. Il était, d'une certaine manière... malade. Malade de lui-même. Malade du monde qui l'entourait. Un malade incurable qui cherche sans le désirer un remède qui n'existe pas. C'est ça que je voyais dans son regard.

Elle s'arrêta brusquement. Essoufflée. Un peu ébranlée. Et il était curieux de percevoir enfin une faille chez une femme de cet acabit. Casanova se surprit à éprouver... des sentiments pour elle. Des sentiments qui n'avaient rien de sexuel.

— C'est pour cela que nous nous sommes quittés sans nous quitter vraiment. Et c'est pour cela qu'aujourd'hui, son hypothétique disparition n'est pas une source d'inquiétude. Elle est un espoir. Un apaisement.

— Je crois que je comprends.

— Bien entendu, que vous comprenez, monsieur Rojevic. Vous le comprenez dans votre chair. Vous le comprenez avec vos tripes. Vous le comprenez avec les seules choses qui vous restent et qui font que vous êtes encore un homme.

— Vous avez de l'éducation, madame Dubois. De l'éducation, de l'argent et un intérêt certain à analyser vos contemporains. Je vous remercie d'ailleurs pour ce brillant diagnostic.

— Ma famille est riche. Oui, j'ai de l'argent. Beaucoup d'argent. Bien plus que vous ne pourriez en gagner en plusieurs vies. Oui, j'ai aussi de l'éducation. Et je travaillais, lorsque j'ai connu Aldo. J'étais neuropsychiatre.

— Alors pourquoi Giovanni ? Vous auriez pu…

— Vous ne comprenez pas, monsieur Rojevic. Giovanni était un de mes patients. Et j'étais son thérapeute. Et puis le temps a fait son œuvre. Et autre chose aussi. Une chose que les esprits les plus éclairés comme les profanes ne pourront jamais comprendre : l'amour, monsieur Rojevic. Savez-vous ce qu'est l'amour ?

Casanova réfléchit. Il réfléchit intensément pendant qu'elle le détaillait non plus comme un objet de convoitise, mais comme un être humain. Juste un être humain. Il réfléchit et décida de ne pas répondre. Parce qu'il avait peur de la réponse qu'il aurait pu donner.

— Alors, j'ai arrêté de travailler, continua-t-elle. Parce que je ne pouvais tout simplement plus. Je ne pouvais pas travailler sur quelqu'un et l'aimer en même temps. J'ai choisi. J'ai choisi la plus terrible et la plus délicieuse des solutions. J'ai choisi l'amour, monsieur Rojevic. Ce fut le plus gros échec de ma vie.

Casanova ne la désirait plus. Les visions avaient disparu. Il l'écoutait, il l'observait, fasciné, comme hypnotisé par son propre reflet. Cette femme n'était pas une déesse, elle était une sorcière. Il ne savait même plus pourquoi il était venu.

— Giovanni m'a toujours échappé. Il a toujours échappé à tout le monde et il vous échappera aussi. Savez-vous pourquoi ?

— Non, mais vous allez me le dire.

— Parce qu'il n'a jamais été là. Vous comprenez, monsieur Rojevic ? Il n'a jamais été là.

— Je le retrouverai.

— Vous savez bien que non.

— Je le retrouverai !

Casanova sentait, lentement, insidieusement, ses vieux démons resurgir. La colère… Ne pas la laisser revenir maintenant… Ne pas…

— Vous ne le retrouverez pas parce que je ne vous laisserai pas faire.

— Pardon ?

— J'ai… certains appuis. Ma famille jouit encore de quelques privilèges. Et s'il le faut, je…

— Des privilèges ? Vous croyez réellement que ce sont des privilèges et des appuis qui vont m'arrêter ?

— Oui. Et si ça ne suffit pas, je serai navrée, mais toute disposée, néanmoins, à utiliser d'autres moyens… Des moyens moins… diplomates. Des gens peuvent se charger de ça pour pas cher, de nos jours. Suis-je claire ?

— Pas vraiment, mais je suppose qu'on peut considérer ça comme une menace ?

La main de Casanova, celle qui portait le bandage sommaire, se serra. Elle se serra à lui en faire péter les jointures. Il allait la frapper. Il allait la frapper ! Il ne manquait plus que ça à son pedigree. Tu parles d'une enquête propre.

— Mum !

Casanova sursauta. Sur le seuil du salon se tenait l'être le plus gros, le plus immonde, le plus terrifiant qu'il lui ait jamais été donné de voir. Une sorte de croisement entre le batracien préhistorique et la baudroie des hauts-fonds.

— Je vous présente mon fils... notre fils, monsieur Rojevic. Comme vous pouvez le constater, il n'est pas tout à fait normal. Il s'appelle Népomucène.

— Salut, Népomucène, marmonna Casanova en cachant sa main comme un exhibitionniste honteux et en essayant de sourire.

Jésus ! Voilà que Giovanni avait un fils, maintenant. Et quel fils ! Quelle était la prochaine étape ? Il allait le découvrir chef de secte intermittent ou agent secret ?

— Mum ? Le 'sieur y t'embête ?

— Népo est impressionnant comme cela. Mais il est encore plus effrayant lorsqu'il s'énerve. Il me semble d'ailleurs que j'ai oublié de lui donner ses médicaments, aujourd'hui.

Casanova observa l'ex de Giovanni du coin de l'œil, n'osant pas se détourner tout à fait du monstre. Le regard de la déesse brillait maintenant d'une lueur amusée. Le policier se leva doucement.

— Dites-lui de pas s'approcher, madame Dubois. Je voudrais pas...

— Aldo n'a jamais pu le supporter. Il aurait voulu... un fils normal. Il a bien entendu toujours prétendu le contraire, mais moi, j'ai toujours su. Aldo était pathologiquement incapable d'aimer sa progéniture. D'aimer quiconque, d'ailleurs. Et il était incapable d'accepter que Népo fût le fruit de ses œuvres...

Casanova se retint in extremis de préciser qu'il comprenait ça.

— ... Cela fait d'ailleurs partie des raisons pour lesquelles... Népo est ce que j'ai de plus cher. Aldo, avec le temps, n'était plus qu'un... périphérique.

— Mum ? 'veux que j'tape, dis-moi ?

— Votre propre mystère vous regarde, monsieur Rojevic. Mais le mystère de Giovanni était son essence même. Sa raison d'être. Et je ne vous laisserai pas le déflorer.

Elle haussa les épaules. Ce fut comme si elle avait été secouée par un bref frisson.

— Je crois que notre conversation touche à sa fin. Je ne vous raccompagne pas, monsieur Rojevic. Népo s'en chargera.

— Tu sais ce que je crois, espèce de folle tordue ?

Maintenant, Casanova ne refrénait plus ses pulsions. C'était comme si un frein, un frein qu'il avait à l'intérieur de lui, lâchait soudainement et qu'il laissait partir la machine en roue libre. Cette sensation n'était ni désagréable ni terrifiante. Elle était juste un fait. Il sentait que, de toute manière, il était parfaitement inutile d'essayer plus avant de se maîtriser. Alors il la laissa venir à lui. Il lui ouvrit les bras. Tout grand. Et la laissa l'envahir, l'engloutir. La colère.

— Adieu, monsieur Rojevic.

— Je crois que tu sais où est Giovanni, connasse. Et je crois que tu sais exactement ce qui lui est arrivé.

— Quand bien même, monsieur Rojevic. Quand bien même... Mais n'allez pas considérer cela comme un aveu implicite. Je vous répète une fois encore que j'ignore ce qui a pu lui advenir.

— T'es qu'une pute. Une morue qui a besoin d'un bon coup dans le…

— Népo ! Il est temps. Le monsieur n'a plus tous ses moyens.

Avant que Casanova ait pu faire un geste, le monstre l'avait ceinturé. C'était pas un être humain, c'était une presse hydraulique, cette aberration. Casanova sentit quelque chose craquer au niveau de son thorax. Il envoya sa tête en arrière et fila un superbe coup de boule dans le tarin du monstre.

— Oh, le 'sieur a tapé Népo…, constata le mongol sans desserrer son emprise. Ce fut une simple remarque. « Le 'sieur a tapé Népo… », comme s'il avait trouvé une fleur par terre ou un truc de ce genre. « Oh, une fleur… »

— Népo ! Explique mieux au monsieur.

Casanova rua comme un canasson barge pour essayer d'atteindre les roustons de l'horreur — si toutefois il en possédait. Cela n'empêcha pas le mutant transgénique de le retourner d'un coup. Sa main, plus large qu'une pizza de chez Hut, Casanova la vit tout juste arriver. Sa tête claqua. Sur la main de Népo d'abord, puis sur le mur d'en face. Il sentit ses blessures se rouvrir. Seconde claque. Casanova progressa de dix mètres à travers l'appartement et la voie lactée illumina son ciel intérieur. Troisième claque. Son nez explosa comme une pastèque. La porte s'ouvrit. Quelque chose — Un train ? Une formule 1 ? Un putain de troupeau de bisons en furie ? — percuta son dos et il alla s'écraser au bout du couloir. Un million d'années-lumière plus loin.

Casanova se débattit. Il frappa le vide. Il boxa un peu l'atmosphère, puis, se ressaisissant, dégaina son flingue. La déesse et le monstre se tenaient sur le seuil. Calmes. Immobiles. Casanova hurlait :

— M'approche pas, putain de monstre. M'approche plus. Tu fais un pas et je t'explose la rotule, t'entends ?

Ils le regardèrent d'un air triste. Un peu compatissant. Casanova agita son flingue dans l'air comme un malade atteint de Parkinson. Il voyait bien que des voisins étaient sortis dans le couloir. Il voyait bien qu'ils le regardaient tous avec cette légère lueur condescendante dans le regard.

— Un problème, madame Dubois ? Voulez-vous que nous appelions la police ? demanda un vieux à la porte d'à côté.

— Non merci, monsieur Arnolfsky. Ce monsieur va partir. Il va partir immédiatement, mais je vous remercie de votre sollicitude, répondit aimablement la déesse.

Casanova hurlait. C'en était trop pour lui. Il venait de se faire péter la gueule, sa belle gueule, pour la deuxième fois en quelques heures, et ces ravagés du ciboulot s'échangeaient des politesses comme dans un salon de thé.

Franchement, là, il trouvait qu'il y avait de l'abus.

— Ferme-la, vieux con. Ferme-la ou je fais un carton dans ta perruque. C'est moi, la police, compris ? Même si ça a l'air d'échapper à tout le monde, c'est moi !

Le vieux n'avait pas l'air impressionné. Personne d'ailleurs n'avait l'air de s'en faire outre mesure.

— Madame Dubois ? interrogea le vieux comme si Casanova n'avait rien dit, comme s'il n'était pas là. Carrément comme s'il n'existait pas !

— Oui, monsieur Arnolfsky, ce monsieur est bien de la police. Ne vous en faites pas. Il s'agit d'un malentendu. Un simple petit malentendu…

— Vous êtes sûre ?

— Tout à fait sûre, monsieur Arnolfsky. Il n'y a pas d'inquiétude à avoir.

Pas d'inquiétude… Pas d'inquiétude… Ils auraient dû s'inquiéter, au contraire. Ils auraient dû être terrorisés. Ils pensaient que ce qu'il avait à la main était un pistolet à eau ou quoi ? Casanova toucha son nez. Il n'avait plus aucune consistance. Aussi mou que du papier mâché.

— Tu m'as ruiné le nez, Népo ! Viens ici, viens ici que je t'arrange.

Népo fit un pas en avant. Sa mère, elle, regardait Casanova… Elle le regardait par-dessus l'épaule de son fils comme si elle lisait en lui des choses qu'il ignorait. Des choses qu'il ignorait et ne voulait pour rien au monde apprendre. Népo fit un nouveau pas vers lui, puis deux. Froidement, Casanova pointa son arme sur sa jambe droite. Il arma le chien.

— Népo ! le rappela sa mère.

Instantanément, la montagne humaine stoppa sa progression.

— Arrête. Je crois que M. Rojevic a compris. Je crois qu'il a parfaitement compris.

Son regard continuait de le transpercer.

Casanova rengaina son flingue. Il renifla. Il eut l'impression que la moitié de son cerveau s'engouffrait dans ses sinus, puis il cracha sur le mur un énorme mollard fait de sang, de cartilage et de matière organique indéterminée. C'était toujours ça de pris.

Il fit ensuite demi-tour, remontant son pantalon, dont la ceinture n'avait pas résisté au pugilat, et partit sans se retourner.

*

« Il y avait toutes ces femmes. Ces petites, ces grosses. Des vieilles, des moins vieilles et des carrément prépubères. Elles étaient en troupeaux, frileuses et trémoussantes comme des oies sauvages. Il y en avait qui étaient en couple : des hétéros, des bi... Il y en avait d'autres qui se baladaient seules, se rendaient à leur travail, rentraient chez elles, allaient à une soirée ou bien au restaurant. Il y avait celles qui avaient du fric. Celles qui n'en avaient pas. Et celles encore qui faisaient semblant d'en avoir. Il y en avait qui riaient. Certaines en regardant le ciel, d'autres au téléphone. Leurs yeux brillaient lorsqu'elles passaient dans les zones d'ombres qui s'étendaient dans la ville à mesure que le jour déclinait. Elles portaient des bijoux. Ostensibles. Parfois discrets. D'autres fois, il s'agissait juste d'un tatouage. Une rose ou un scorpion... des conneries de ce genre. Sur l'omoplate, à l'épaule, au creux des reins ou, plus rarement, à la jambe. Il y avait toutes ces femmes qui passaient dans la rue, toutes ces femmes, entourées ou crevant de solitude, mais n'espérant qu'une chose... Ouais. Il y avaient celles qui passaient devant mon capot lorsque je m'arrêtais au feu rouge. Il y avait celles qui longeaient le trottoir et que je suivais du regard un instant. Juste pour voir… Juste pour voir. Il y avait celles qui attendaient. Des putes, des patronnes. Des chômeuses, des femmes au foyer avec plusieurs gosses à la maison. Il y avait des avocates, des secrétaires. Des go-go dancers et des profs. Et elles avaient toutes un vagin !

Sur le chemin du retour, je les observais. Je les suivais parfois un instant et puis je les perdais dans la foule ou simplement parce qu'elles bifurquaient sur une route qui n'était pas la mienne. Je les observais et j'imaginais. Je les imaginais dans toutes les positions. J'imaginais leurs gémissements ou leurs cris. J'imaginais leur odeur, celle de leur liquide séminal, j'imaginais leurs tétons dressés sur les civières ou les lits conjugaux comme des loups hurlant à la lune. Je les imaginais dans l'obscurité ou à la lumière carnassière d'un néon. Je les imaginais sous le feu, la lave et le sang. Je les imaginais sous moi. Je les imaginais comme je les avais si souvent imaginées par le passé. Seulement, cette fois, mon rêve était inaccessible. Il ne se concrétiserait pas et, curieusement, je n'en concevais aucune amertume. Je les imaginais, puis chacune d'elles m'échappait. Inexorablement.

Lorsque l'une d'elles croisait mon regard, je lui souriais. Mais là, elle détournait la tête. Certaines avaient l'air dégoûtées. Ou simplement effrayées. Il y en avait qui s'enfuyaient tandis que d'autres s'arrêtaient et me toisaient, stupéfaites, restant immobiles le temps qu'il fallait pour que leurs yeux s'emplissent, tels des calices argentés, de haine et d'incompréhension. J'étais parfois menacé ou insulté. Le plus souvent simplement fui. Et j'aimais ça !

J'aimais cette sensation nouvelle. Peut-être finalement que c'était cela que j'attendais depuis si longtemps. Qu'elles me honnissent. Qu'elles me repoussent. Qu'elles… se libèrent de moi.

Je tournais le volant calmement, roulant au ralenti, savourant l'horreur qui se peignait sur leurs traits tandis qu'elles réalisaient. Pas une, je dis bien pas une, en apercevant mon visage souillé, crevassé, détruit… ce visage qui n'était plus qu'un champ de ruines après la bataille, pas une ne supportait ne serait-ce que le fait d'être regardée par moi. Parce que j'étais dévoilé. Elles me voyaient enfin comme j'étais. C'était comme si mon visage était marqué du sceau de l'infamie. Comme si une grosse enseigne clignotait au-dessus de mon faciès avec marqué dessus : *Attention : monstre à proximité !*

J'aurais dû me sentir mal. J'aurais dû être terrifié. J'allais probablement être défiguré pendant un petit bout de temps. Peut-être même que mon visage ne serait plus jamais ce qu'il avait été. Peut-être que les putes spécialisées dans l'extrême — des putes que je paierais à prix d'or — allaient être les dernières à vouloir de moi pour le restant de ma vie. Mais je me sentais bien. Je me sentais mieux que je ne m'étais senti durant des années. Je me sentais… à ma place. Je ne trichais plus. Je n'escroquais plus personne. J'avais l'impression d'être moi !

Ma tronche devait avoir commencé à enfler car

je n'en sentais plus les contours. Je devais être plus proche de John Merrick que de James Dean, à l'heure qu'il était. Mon visage me lançait. Il s'agissait en quelque sorte d'une douleur extérieure à elle-même, rendue diffuse par les endorphines qui devaient m'anesthésier partiellement. Une pointe déchirante me perforait le côté droit si je respirais un peu fort. Pourtant, je me sentais… en paix.

Je me mis à rire tout seul dans ma R5 cabossée. Je me demandais si c'était ça, être fou. Oui, peut-être que j'étais finalement en train de devenir fou. Et c'était tellement bon. »

*

Lorsqu'il était rentré chez lui, la nuit était déjà tombée. Il avait ouvert la porte et allumé la lumière. Toutes les lumières. Il avait examiné son intérieur. Et c'était vrai qu'il ressemblait étrangement à celui de Giovanni. Pas de photo, aucune carte, aucun souvenir personnel. C'était comme si celui qui avait habité ici n'avait jamais existé. Qu'est-ce qu'elle avait dit, la femme de Giovanni ?

— Vous ne le trouverez pas parce qu'il n'a jamais été là…

« Il n'a jamais été là », oui, c'était ça qu'elle avait dit. Il s'était dirigé vers le mur blanc immaculé, et il avait fait la chose la plus stupide qu'il ait jamais faite. Sur le coup, cela ne lui sembla ni bien ni mal. Juste nécessaire. Il avait passé sa main sur son visage et avait arraché une croûte fraîche. Immédiatement, la plaie s'était remise à pisser. Il avait trempé son doigt dans le sang, et puis il avait tracé une longue marque rouge sur le mur. Elle n'avait aucun sens. Elle ne figurait rien. C'était juste une marque. Les premiers hominidés n'avaient pas dû s'y prendre autrement, dans leurs putains de grottes. Il l'avait refait une fois, deux fois, trois fois. Puis il s'était reculé pour évaluer le résultat.

— Enfin un peu de vie, ici, avait-il murmuré, satisfait.

Et puis il était allé se coucher. Et, pour la première fois, il ne rêva pas.

*

« Le rêve que je faisais était toujours le même. Et il était différent, si vous voyez ce que je veux dire. J'ignorais pourquoi, il revenait… Il avait commencé juste après… l'accident. Et puis, rapidement, en l'espace de quelques semaines à peine, il s'était installé. Il avait pris ses quartiers au cœur de mes songes, et il ne se passait pas une nuit sans qu'il revienne me hanter. Dans mon rêve, il y avait toujours une femme. C'était toujours une femme, mais jamais la même. Tantôt elle était blonde, tantôt elle était brune. Parfois elle était rousse, mais c'était plus rare. J'arrivais, et je m'asseyais à côté d'elle. C'était sur une plage. Pas la plage de la Salice. Une autre plage, je ne savais pas laquelle. Elle changeait tout le temps, elle aussi. Il y avait tantôt des dunes, tantôt des galets. Parfois, ça sentait l'iode ou le poisson pourri. D'autres fois, ça ne sentait rien du tout. J'arrivais, je m'asseyais, et je me penchais

114

vers elle. Ça n'avait rien de sexuel. Ça n'était pas un rêve érotique. Pas du tout. Je me penchais et posais ma tête contre sa poitrine. Tout près de son cœur. Alors, elle m'embrassait. Elle m'embrassait le front. Puis le crâne. Puis elle redescendait vers mes joues. Tendrement. Je passais mes bras autour d'elle et elle passait ses bras autour de moi. Ça n'était jamais la même femme, mais le rêve était toujours identique. Elle commençait à me serrer. Doucement, puis plus fort. Elle m'étreignait, elle s'agrippait à moi comme si elle avait peur de me perdre. Je faisais de même. Et, dans mon rêve, je me sentais bien. Dans mon rêve, je me sentais exister. Dans mon rêve, mon cœur battait à tout rompre et j'étais en vie. Alors, elle chuchotait. Elle chuchotait tout contre mon oreille... Sa bouche était tantôt pulpeuse, tantôt mince comme une plaie au rasoir... parfois, sa langue sortait un peu d'entre ses dents... elle me disait :

— Je t'aime, Casanov...

Invariablement, c'était là que je me réveillais. Et, invariablement, après avoir récupéré mes esprits, je me sentais mal, si mal que j'avais envie d'aller dégueuler. Pas parce que la réalité était trop déprimante ou parce que je n'avais pas baisé, dans le rêve. Mais parce que sa voix, ses bras, sa bouche, son souffle, la douceur de ses baisers étaient si réels, son étreinte si forte qu'il était impossible, de par le monde, qu'ils n'existent pas. C'était juste impossible. »

*

115

Lorsque Casanova s'éveilla, aux alentours de deux heures du matin, si ce qu'indiquait son radioréveil était exact, il s'aperçut que, pour la première fois depuis un an, le rêve n'était pas revenu. Il avait dormi comme un bébé. Il avait dormi comme après une veille de douze mois. Il lui semblait néanmoins s'être égaré, à un moment ou à un autre, dans une espèce de songe semi-comateux. Un truc totalement absurde. Il se voyait en train de rire tout seul en face du mur de son salon et puis il se voyait en train d'y barbouiller, avec son propre sang, des figures abstraites, dénuées de sens. Un vrai délire.

Sa tête, par contre, bourdonnait comme un essaim d'abeilles. L'acouphène allait et venait, ça tournait comme un manège fou. Il se leva en chancelant. Il vit avec étonnement les traces de sang… Quelle saloperie. Il croyait ne pas l'avoir vraiment fait. Il croyait à un nouveau fantasme, mais, là, il s'aperçut avec effroi qu'il l'avait vraiment fait. Ça n'était pas un de ces songes aberrants qu'on fait après une expérience traumatisante. Qu'est-ce qui lui avait pris ? Il ne s'en souvenait plus. Quelle merde ! Il y en aurait pour des heures, à nettoyer tout ça. Si jamais il réussissait à ravoir la peinture. Il se dirigea vers la salle de bains. Groggy. Bordel, il avait pas bu, pourtant. Non ? Si ? Ce n'est que lorsqu'il vit sa bobine dans le miroir que tout lui revint en mémoire, Mathilde, la Feuille, et puis la raclée administrée par Népomucène… Il se souvenait aussi, vaguement, d'avoir un peu perdu la tête. Mais c'était confus. Maintenant, il était redevenu lucide. Horriblement lucide.

Il poussa un cri d'horreur.

Le retour des morts vivants. La nuit des zombies… Sa tête avait doublé de volume, mais ça n'était pas symétrique. Un seul côté avait gonflé et c'était comme s'il s'était miré dans une de ces boules de couleurs qu'on accroche aux sapins au moment des fêtes. Il ressemblait à Two Faces, le givré de Batman. Sa peau avait pris une teinte violacée, mais ça n'était pas uniforme. Il s'agissait plutôt de plaques qui auraient pu faire penser à une mappemonde imaginaire. Ses plaies avaient séché. Sans se refermer totalement, elles avaient adopté un pourtour allant de toutes les nuances comprises entre le jaune presque blanc et le noir d'encre. Son nez s'était tordu sur le côté et il ne semblait pas du tout décidé à se redresser. Les mains tremblantes, du mieux qu'il put, Casanova déboucha une bouteille d'alcool à 90 ° dont il s'aspergea. Il gémit. La douleur était proprement insoutenable. Enculé de Jap ! T'avais mis quoi, sur ton torchon ?

Il éventra ensuite une boîte à pansements et déchiqueta une bande Velpeau. Il se mit en tête de dissimuler toutes les plaies, tous les trous, toutes les bosses qui déformaient sa face. Au bout d'un moment, il décida d'arrêter le massacre. Maintenant, il ressemblait à la Momie. Ou du moins au portrait qu'aurait pu en faire un cubiste période bleue. Heureusement, la partie droite de son visage était presque intacte. Pour ne pas voir plus longtemps ce gâchis, Casanova entreprit de partir tout de suite, sans prendre la peine de se pomponner, se coiffer ou se parfumer délicatement comme il avait l'habitude de le faire à chacune de ses sorties. À quoi bon, d'ailleurs ?

*

Arrivé à l'adresse donnée par Gus — une ruelle de la vieille ville qui ressemblait fort à un coupe-gorge — il se gara et se résolut, à pied, à y passer une fois, deux fois… Le temps de se faire une idée. S'il y avait un établissement appelé le Chamber par ici, il n'était indiqué nulle part. Pas de panneau, pas d'enseigne, aucune raison sociale. Il avait lu et relu le papier fourni par Gus, histoire d'être sûr de pas se gourer d'adresse. Mais non, c'était bien censé être ici. Le papelard ne portait aucun numéro : juste un nom de rue et une phrase sibylline — un titre de chanson : *Love Me Tender*. Est-ce que c'était encore un des sous-entendus humoristiques de Gus ? Les portes cochères étaient sombres comme des culs de négresses et tout puait le moisi et la pisse. Casanova gageait que le soleil devait jamais ramener sa fraise par ici. En longeant la ruelle, il rasait les murs, s'enfonçant involontairement dans l'ombre chaque fois qu'il entendait un bruit. Il avait peur. Il avait peur maintenant. Ça n'était pas une véritable peur, mais une sorte d'appréhension inexplicable. Il craignait de croiser quelqu'un. Oui, c'était ça : il avait peur de ce qu'un promeneur pourrait dire ou faire en voyant sa tronche défoncée. Et si c'était une femme, qui venait à le… débusquer, là. Ce serait… Eh bien ce serait encore pire.

Ce ne fut qu'au troisième passage qu'il avisa une

porte blindée à double battant. Il avait d'abord cru qu'il s'agissait d'un garage ou d'une cave, mais, en s'approchant mieux, il vit qu'il s'agissait bien d'une porte blindée d'où ne pointait qu'un minuscule judas clos... presque une meurtrière. La porte était peinte dans les tons sombres et vierge de toute inscription, si bien qu'il ne s'étonna pas de ne pas l'avoir remarquée lors de ses précédents passages.

Il était en train d'en inspecter la façade lorsqu'une voix surgit dans l'obscurité.

— Monsieur ?

Casanova sursauta. Un œil, un œil énorme qu'il n'aurait pas été surpris de voir appartenir à un cyclope, l'observait fixement à travers le judas.

— Je cherche...

— Bienvenue au Chamber, monsieur.

La porte restait close. L'œil, à travers le judas, le fixait sans ciller. Le cyclope, derrière la porte, semblait attendre quelque chose.

Casanova se dandina d'un pied sur l'autre.

— C'est Gus qui m'envoie.

— Gus ?

— Christian Mendoza, Gus.

— Je suis navré, monsieur, mais nous ne connaissons aucun Christian ni aucun Gus ici. Ceci dit, même si nous en connaissions un ou plusieurs, je crains bien que votre réponse soit insuffisante. Et il semble que vous n'ayez pas le dress code.

— Le dresse-coude ?

Casanova se demandait bien ce que pouvait être cet animal, mais il n'osa pas réclamer plus de précisions.

— Le dress code, monsieur, confirma l'œil.

Casanova commençait à se trémousser. Il était de plus en plus mal à l'aise. Ici, dans cette rue, dans son état, à cette heure, il se sentait… nu. Plus nu qu'il ne l'avait jamais été. Nu et vulnérable. C'était un sentiment absurde, mais Casanova le sentait croître en lui. Et avec lui, cette autre sensation, bien connue celle-là. Une sensation électrique. Comme une surtension qui menaçait de lui faire perdre le contrôle. La colère. Cette bonne vieille colère. Il passa la main derrière son dos et sentit, sous ses doigts, le contact rugueux de la crosse du flingue sous sa ceinture. Si ce connard de cyclope se décidait pas à débrider sa lourde incessamment sous peu, il allait… il allait… Non, ça n'était sûrement pas de cette manière qu'il obtiendrait ce qu'il désirait.

— Autre chose, monsieur ? demanda l'œil.

Casanova eut une illumination. Après tout, ça ne coûtait rien d'essayer. Il s'éclaircit la voix et commença à chantonner :

— *Love Me Tender*…

Pour la première fois, l'œil cligna. Casanova le remarqua soudain : il n'avait ni cils ni sourcils.

Casanova se préparait à réitérer sa performance, mais la porte s'ouvrit instantanément, sans lui en laisser le temps.

Il hésita. Le portier ressemblait à un acteur de snuff movies. Il portait une combinaison de cuir d'où n'émergeaient que deux longs bras poilus — de longs poils bruns qui montaient jusqu'aux épaules — et une tête intégralement rasée. Il transpirait énormément. Casanova fut surpris de constater que l'homme possédait deux yeux. Sa voix contrastait étrangement avec son physique de sadique invétéré. Elle était chaude et douce. Presque rassurante. L'homme se tenait totalement immobile, maintenant la porte grande ouverte d'où filtraient, au loin, le halo d'une lumière tamisée rouge sang et des rires, des chuchotements.

Casanova entra finalement.

— C'est par ici, indiqua le sadique d'un large geste de la main. Si monsieur veut bien se donner la peine.

— Et le dresse-coude ? demanda Casanova dans l'espoir d'obtenir plus de renseignements.

— Vous ne le possédez pas, mais puisque vous connaissez le mot de passe et que vous venez de la part de Gus, ça n'est pas un problème.

— Mais, vous avez dit tout à l'heure que vous ne connaissiez pas…

— Tout à l'heure, vous n'aviez pas donné le sésame première catégorie de la semaine, monsieur.

Casanova n'était pas plus avancé, mais, une nouvelle fois, le sadique lui indiqua le chemin d'un geste de la main.

Casanova s'engouffra dans un petit couloir voûté, simplement éclairé par des chandelles. Cet endroit devait être une ancienne cave à vin ou un truc de ce genre. Il se dirigea d'instinct vers la lumière et les bruits, de l'autre côté d'une tenture en velours pourpre.

Lorsqu'il écarta la tenture, il fut un instant ébloui. La lumière, ici, était éclatante. Mais il s'agissait d'un éclat paisible. La salle était immense. Les tables

rondes, disposées avec soin, étaient toutes surmontées de chandeliers style XIXe. Tout était luxueux.
Luxueux et raffiné. Les chromes impeccablement
briqués d'un bar, au bout de la salle, brillaient de
mille feux. Casanova leva les yeux. Au plafond — un
large plafond surélevé — de petits anges s'ébat-
taient et des nuages splendides, d'un réalisme sai-
sissant, semblaient flotter doucement dans un ciel
d'azur. On aurait dit une reproduction miniature du
plaftard de la chapelle Sixtine.

— C'est votre première visite parmi nous, monsieur. Laissez-moi vous mettre à l'aise.

Casanova sursauta à nouveau alors que deux mains
délicates et expertes le soulageaient de son veston
sans même qu'il le sente. La fille était belle. Une
brune d'une beauté à couper le souffle. Elle sourit
aimablement.

— Tous ceux qui viennent ici pour la première
fois regardent le plafond. Une pièce d'une belle
facture, n'est-ce pas ? L'œuvre d'un artiste local.

Pris d'un doute, Casanova releva les yeux.

C'est alors qu'il vit que les anges n'en étaient pas
vraiment. Ils avaient tous un sexe. Quelques-uns
figuraient une minuscule érection qui se tendait vers
les nuages blancs du ciel pur. D'autres avaient
des vulves. Soit ils se masturbaient discrètement en
voletant, soit ils paraissaient observer leurs pairs
avec une gourmandise équivoque. Il y en avait qui
portaient des tatouages que Casanova ne parvenait
pas à distinguer. Voire des modifications corporel-
les — implants, scarification, burning, branding… —
mais il n'était pas sûr. Tout semblait peint avec

une minutie, un luxe de détails proprement terrifiants. Les nuages… En regardant mieux, les nuages pouvaient représenter — et il s'agissait à n'en pas douter d'un acte volontaire — … ils représentaient… Casanova regretta de ne pas avoir d'échelle pour aller voir de plus près la peinture.

— Désirez-vous une table ou bien préférez-vous le bar ?

Casanova posa les yeux sur la femme. Elle était grande, bien plus grande que lui. Ses jambes, ses bras étaient recouverts de tatouages, mais cela n'avait rien de disgracieux. Au contraire, le contraste entre son visage, presque un visage de petite fille innocente, et ce corps qui respirait une sorte de sensualité perverse, attisait le désir, l'appétit et la folie. Comme si elle pouvait lire dans son esprit, la fille sourit à nouveau. D'une manière totalement aimable et exquise :

— Je ne fais pas partie des services offerts par la maison, mais si monsieur veut bien se laisser guider, je suis sûr qu'il trouvera ce qu'il désire parmi le grand choix de prestations offertes. Tout ce qu'il désire.

Malgré la sérénité régnant sur les lieux, malgré l'affabilité affichée par l'hôtesse, Casanova se sentait mal à l'aise. Un peu comme lorsqu'il arpentait la ruelle, tout à l'heure. Il savait de quoi il avait l'air. Il savait tout à fait de quoi il avait l'air. Mais la fille ne fit aucune remarque à ce sujet. Elle se comporta exactement comme s'il était normal.

Casanova se demanda un moment quelles choses pouvaient être normales, dans un lieu pareil.

— Je prendrai une table, décida le policier.

Ce ne fut que lorsqu'elle le conduisit à sa place que Casanova se rendit compte, en slalomant à travers les tables, que l'endroit était bondé. Toutes les places étaient occupées. Certains clients étaient vêtus de trois pièces impeccables, d'autres torse nu, d'autres encore carrément à poil. Il y en avait qui portaient à même la peau des harnais de cuir cloutés, des anneaux… Des femmes arboraient des robes de soirée. Mais pas toujours. Quelques consommateurs étaient masqués : loups de velours soyeux, PVC, cagoules de latex à fermeture Éclair ou masques à l'effigie de personnalités diverses. D'autres œuvraient à visage découvert et n'avaient pas l'air de s'en porter plus mal. Il passa près d'un homme seul qui mangeait goulûment quelque chose qui semblait être un plat d'huîtres. Il portait, à chacun de ses tétons, des pinces hérissées de pics. Certains clients discutaient calmement, de manière polie, entre gens de bonne compagnie, pendant que leur voisin mangeait à quatre pattes dans une gamelle de chien.

Il vit un autre homme, dans un coin, totalement nu à l'exception d'un masque chirurgical sur le bas du visage, attaché à une laisse de cuir nouée à un anneau fiché dans le mur. Il se penchait en avant de manière singulière. En passant sur le côté, Casanova vit qu'il avait, plantés dans le dos, un dos osseux à la peau desquamée, des crochets. Ce gars n'était maintenu en équilibre que par les crochets le rattachant au mur et étirant sa peau de manière improbable. Néanmoins, il ne semblait pas souffrir. Casanova détourna la tête.

Quatre convives — deux hommes et deux femmes dans la fleur de l'âge en tenue de soirée — s'extasiaient autour d'une table. Casanova jeta un œil discret. Au centre de la table, deux gros monticules poilus dépassaient du plan. Une légère odeur de propane vint lui chatouiller les narines. Les convives poussaient des exclamations onctueuses en allumant à tour de rôle des petits briquets dorés au sommet des excroissances. C'est alors que Casanova se rendit compte que les deux monticules n'étaient rien d'autre qu'une paire de fesses humaines. Jésus : ils étaient en train de cramer les poils du cul d'un mec accroupi sous la table. À chaque fois que le mec pétait, le postérieur tremblait comme un flan géant et un petit geyser enflammé jaillissait. Le quatuor poussait alors des petits cris et s'esbaudissait. Casanova n'osa pas se pencher pour voir de quoi le type avait l'air en dessous de l'installation.

À une autre place, une femme âgée d'une soixantaine d'années, dont les seins ballottaient comme deux gros sacs de ciment de part et d'autre de la table, riait de manière précieuse à la plaisanterie probablement subtile de son voisin. Une flûte de champagne à la main, elle portait des gants de latex blancs, un petit loup de couleur sombre et un énorme vibromasseur rose pendait à son cou.

La fille indiqua à Casanova une place libre à une petite table du fond. Une place qui semblait n'être libre que pour lui. Lui être destinée. L'attendre.

Elle s'éclipsa alors en lui précisant que le menu arrivait.

Casanova embrassa la salle du regard. Les conversations étaient discrètes. Les rires feutrés. Il y avait ici des gens de tous âges... Des gens à l'apparence singulière et d'autres d'une banalité affligeante. Et personne ne le regardait. Aucun regard réprobateur. Aucun coup d'œil furtif. Aucun jugement. Tous agissaient comme s'il était un client lambda. Curieusement, le malaise que Casanova avait éprouvé depuis qu'il s'était éveillé se dissipa lentement. Il eut l'étrange sensation d'être ici à sa place. D'être exactement là où il devait être. D'être... dans son droit. C'était une sensation bizarre... Une sensation qu'il n'avait jamais ressentie... aussi pleinement.

Il haussa les épaules. Après tout, ce genre de confort devait faire partie des options de la maison... Un argument de vente comme un autre. Mais c'était une sensation délicieuse.

La fille réapparut. Elle lui tendit un large carton comprenant plusieurs pages.

— Je vous laisse choisir. Si vous avez besoin de moi pour quelque chose... n'importe quoi, appelez. Je vous souhaite une bonne soirée, monsieur.

Casanova ouvrit le menu. Ce n'était pas vraiment ce à quoi il s'attendait. Mais à quoi s'attendait-il en venant ici ?

Il y avait une partie *Soft* : *Jeux érotiques... Toys... Partie à trois...* Une catégorie *Homme*, *Femme*, et une catégorie *Indifférencié*.

Et puis, en tournant la page, il y avait une partie *Spécialités de la maison*.

Casanova se pencha plus avant sur la carte.

Ming Li et ses ligatures orientales. Le bondage comme art de vivre...

Les massages extrêmes du docteur Kurtz. Douleurs exquises et torsions langoureuses. Luxations, claquages et foulures en option...

La frappe savante de Charlie P., Vice-champion interrégional poids lourd/moyen 1991. Un maximum de douleur pour un minimum de séquelles...

Monsieur Jacques : l'Étrangleur de Pessora. Le gasping ultime en compagnie d'un des meilleurs experts...

Cynthia et ses couteaux magiques. La fine lame de la côte Est en exclusivité dans cet établissement jusqu'au 15/09/2006 inclus...

Le Bûcher des Vanités : burning, scratching, peeling... Votre peau est votre identité. Découvrez-la avec Valérie et ses assistantes. Effets pyrotechniques garantis...

La Ferme d'Elena. Retrouvez les saveurs animales et le goût de la nature. Elena et ses chiens savants seront heureux...

Casanova plissait les yeux. Est-ce qu'il lisait bien tout ça, ou était-ce la lumière ? S'agissait-il d'une grande farce destinée à le ridiculiser une fois de plus ?

— Monsieur a fait son choix ?

Casanova aurait dû sortir recta sa carte tricolore. Il aurait dû décliner son identité sans plus attendre et arrêter là ce cinéma, mais, pour une raison qui lui échappait, il ne le fit pas.

— Les spécialités, là, c'est quoi exactement ?

— Ces prestations ne sont offertes qu'aux clients aguerris, je le crains...

— Aux clients aguerris ?

— Mais il est possible que l'on vous fasse une dérogation si vous avez déjà… consulté d'autres établissements, ce qui semble être le cas.

— Mais je n'ai pas…

Casanova se reprit de justesse. La fille croyait… Elle croyait que sa tronche était le résultat de… consultations précédentes, comme elle disait.

— Oui, c'est ça, oui. J'aimerais… J'aimerais obtenir une dérogation, si c'est possible.

— Pour cela, il faudra que vous traitiez avec notre directeur, là-bas, vous voyez, le monsieur avec la veste blanche et les étoiles lumineuses ? Vous pouvez l'appeler Elvis.

Elle désigna un petit homme accoudé au bar qui riait en compagnie d'un couple. Une femme déguisée en truie et un homme avec une fausse barbe en costume de fermier. Il ressemblait effectivement… à Elvis Presley. Un Elvis un peu plus petit que l'original. Elvis période occlusion intestinale et barbituriques. Sa banane oscillait au rythme de son rire. Un rire franc et décontracté.

— Désirez-vous un entretien avec lui ?

— Si c'est possible.

— Je vous prie de bien vouloir attendre un instant, monsieur, je vais voir.

Casanova regarda la fille se diriger vers le dénommé Elvis. Elle se pencha à son oreille et le montra du doigt. Avec un sourire immaculé, Elvis le regarda et lui fit signe d'approcher.

Casanova se leva.

— Elvis. Je suis le gérant du Chamber. Je n'ai pas le plaisir de vous connaître, monsieur… monsieur ?

— Monsieur Durant, répondit Casanova en tendant la main vers le directeur.

Une poignée de main massive. Puissante. Ça se voyait comme le nez au milieu de la figure que Casanova avait filé un faux blaze, mais Elvis ne sembla pas s'en formaliser.

Des prospectus de couleur jaune étaient mis à disposition dans un petit présentoir sur le bar. Casanova en prit un, histoire de s'occuper les mains. Il jeta un coup d'œil ; il s'agissait apparemment d'une sorte de programme : *Lauch parties : le 13 février. Fetish Factory et 14 février : Secret Room d'Atlanta. Forfait 1 000 $ tout compris. 30 mars : V^e édition du Torture Garden de Londres, à deux heures de Paris par l'Eurostar... Dark Side Club. Bus spéciaux pour Berlin les 8, 9 et 10 juin... 15 juin : Europerve d'Amsterdam : guests performers Marilyn, Rubberella et Vesperi... 28 et 29 août : Rubber Ball de Londres. Tarifs de groupes et comités d'entreprises. Renseignements au... 2 septembre : Ball Bizarre. Solingen. Organisée par W. Czernich et le magazine* O, *performances, body art, uro, shaved P... 10 septembre : XIXe nuit Demonia...*

Jésus, c'était quoi, ce truc ? Une convention itinérante ? Une industrie florissante ? Un réseau occulte ? Il imaginait ces gens, tous ces gens, étrangers et pourtant du même clan, payant cash, voyageant de ville en ville, manif après manif, ne faisant rien d'autre que se croiser et se recroiser, s'adonnant à toutes sortes de déviances entre vieilles connaissances, migrant de par les cités et les continents, comme une grande famille de nomades incestueux.

Casanova reposa le morceau de papier avec précaution. Il releva les yeux sur Elvis.

Ce dernier le regardait. Son visage n'exprimait rien. Il ne semblait ni curieux, ni amusé, ni étonné. On aurait juré qu'il était né comme ça : avec cet air de neutralité parfaite collé sur la tronche.

— Cythère me dit que vous désirez une dérogation ? s'enquit finalement le sosie.

— C'est cela, si c'était possible, bien entendu, répondit Casanova.

— Tout est possible, monsieur Durant. Tout est possible au Chamber.

— Ravi de l'entendre.

— Vous devez savoir avant tout que nous demandons à tous nos clients qui désirent accéder aux « Spécialités de la maison » de signer une décharge.

— Une décharge ?

— Effectivement. Il arrive parfois que... certains petits désagréments surviennent à la suite de pratiques... inhabituelles. Et nous tenons à ce que nos clients soient parfaitement informés, avant d'engager toute procédure, de leurs droits et devoirs.

— En somme, il s'agit d'une... couverture.

— On pourrait voir ça comme ça. Mais il s'agirait d'une vision erronée de la chose. Nous désirons simplement nous assurer que... nos clients sont pleinement au fait de la prestation requise, c'est-à-dire que cette dernière correspond parfaitement à leurs attentes. Il arrive parfois que certains veuillent surpasser... leurs capacités. Nous serions affligés de les voir repartir insatisfaits. Quelle qu'en soit la raison.

— Il n'y a pas de problème. Va pour la décharge.

Elvis observa un moment Casanova. Ce n'était pas un regard scrutateur, non. C'était un regard courtois. Courtois mais professionnel.

— Vous dites que vous avez déjà pratiqué ?

— Heu, oui. En amateur, si je puis m'exprimer ainsi.

Elvis réprima une moue. Elle aurait pu être dégoûtée s'il l'avait menée à son terme. Mais ce ne fut qu'un imperceptible tressaillement.

— Je vois ça. Il ne s'agit pas — excusez-moi de vous le dire, mais j'ai la réputation d'être franc et c'est pour cela que mes clients m'aiment — d'un travail très propre.

— Je sais. Je suis désolé.

Casanova baissa la tête et adopta sa posture favorite. Celle du Droopy de base.

Elvis soupira. Il avait l'air sincèrement embêté pour lui.

— Vous auriez dû venir nous voir avant. Charlie P. aurait fait quelque chose de beaucoup plus soigné. La conscience professionnelle se perd. C'est ça, le drame d'aujourd'hui.

— Charlie P., le champion de boxe ?

— C'est cela même.

— Serait-il possible de… d'obtenir une séance avec lui ?

Casanova ne savait pas pourquoi il disait ça. Il aurait dû… Enfin merde ! Il était censé mener une enquête. Il était venu ici pour voir Elena. Il n'était pas venu ici pour…

Elvis adopta une mine attristée.

131

— Je crains que cela ne soit pas possible, monsieur Durant. Du moins, pas pour l'instant. Vous m'en voyez navré, mais il vous faudra attendre un mois ou deux. Le temps de... réparer ces vilains bobos. En l'état actuel des choses, vous comprenez bien qu'il m'est impossible d'accéder à votre requête. Nous sommes des professionnels, monsieur Durant, pas des bouchers. Mais si autre chose vous tente...

— Elena ! J'aimerais bien voir Elena, répondit du tac au tac Casanova, soulagé du refus d'Elvis.

— Elena... Elena et ses dobermans... C'est un bon choix, monsieur Durant.

Elvis se tourna et récupéra, de l'autre côté du bar, une liasse de papiers.

— Il va me falloir une petite signature...

Casanova se préparait à sortir son stylo, mais Elvis continua :

— ... ainsi qu'une pièce d'identité.

Casanova resta un moment interdit.

— ... Simplement pour vérifier la validité du paraphe, rassurez-vous. Toutes ces informations sont strictement confidentielles.

— Je... Je ne m'appelle pas vraiment Durant.

— Ça n'a aucune importance, monsieur.

Casanova fouilla dans sa poche. Il fouilla une deuxième fois. Putain, c'était pas vrai, une guigne pareille ! Il avait oublié son larfeuille à la maison et la seule pièce d'identité qu'il possédait était sa carte de police. Il allait être grillé. Grillé comme un bleu.

— Je... Je n'ai que ma carte professionnelle sur moi.

— Ça n'a aucune importance, monsieur.

Casanova se lança. Il décida qu'il valait mieux, maintenant que le mal était fait, balancer la totale plutôt que de s'exposer à une réaction négative due à une mauvaise surprise.

— Je... Je suis flic.

— Ça n'a aucune importance, monsieur. Nous avons plusieurs policiers parmi nos clients. Des gens très corrects au demeurant.

— Ah...

Ce fut la seule chose que put répondre Casanova. Des flics. Oui, des flics. Il se demanda qui était passé avant lui. Giovanni ? Putain, est-ce que Giovanni, Giovanni le croisé, Giovanni le saint, avait fait la même chose que lui ? Et Gus ? Gus qui semblait connaître Elena très bien. « Je bosse avec elle... à l'occasion », avait-il dit. Gus était-il lui aussi un adepte des lieux ? Giovanni, Gus... Et qui d'autre, encore ?

Casanova signa et fila ses fafs à Elvis. Il n'y jeta qu'un coup d'œil distrait.

— Vous... Vous gardez toutes les décharges dûment validées, si je comprends bien ?

— C'est tout à fait ça, monsieur... Rojevic. Ou préférez-vous que je continue à vous appeler monsieur Durant ?

— Non. Appelez-moi Milo, ça ira. Je suppose qu'il est impossible à quiconque de les consulter.

— Vous supposez bien, monsieur Milo. Je vous l'ai dit : ces informations sont totalement confidentielles et personne, à part moi et certains membres du personnel dignes de confiance, n'y a accès.

— Bon... Je vais attendre, alors ?

— C'est cela, mettez-vous à l'aise, monsieur Milo. Elena et ses chiens seront à vous dans… un petit quart d'heure. Prenez un drink, je vous en prie, c'est offert par la maison.

Il descendit alors d'un bond de son tabouret et se déhancha comme un putain de handicapé moteur. Casanova réprima un sursaut.

— *A wop bop a loo bop a lop bam boom !* s'exclama le rocker.

Puis il resta figé dans une posture grotesque qui rappelait un peu celle du mec qui s'est pris un coup dans les roubignoles et ne sait plus s'il doit bouger ou non. Après un long moment de silence Casanova comprit que c'était sans doute sa manière à lui de dire « au revoir ».

Il fit demi-tour pour regagner sa place. Dès qu'il tourna le dos, il vit du coin de l'œil Elvis qui reprenait une position normale et se rasseyait sur son tabouret.

*

Casanova patienta, enfoncé dans son fauteuil. Un fauteuil large et rembourré. Le vin maison n'était pas de la piquette. Et il se sentait bien. Juste bien.

Il observait paisiblement ces gens, tous ces gens attablés comme à une réception mondaine. Il scrutait les détails : la bague au doigt de l'homme nu attaché au mur, le collier luxueux que portait une femme qui se faisait lécher les pieds par un nain planqué sous la table, le maquillage raffiné et de bon goût d'une autre qui caressait deux hommes assis à

134

ses côtés. Elle se faisait nourrir par chacun d'eux à tour de rôle à la petite cuillère. Son rouge à lèvres impeccable ne bougeait pas. C'était quoi, qu'elle avait sur la table ? C'était un pot de bébé. Jésus ! Un pot de nourriture pour bébé !

Il essayait de deviner, sous l'apparence de leur folie paisible, ce qui pouvait se cacher. Celle-là, avec les gros seins, le loup et les gants de latex, elle était quoi, dans la vraie vie ? Retraitée ? Consultante ? Celui-là, avec son collier de chien, ses crochets dans le dos et son masque chirurgical, était-il marié ? Est-ce que sa femme était là, quelque part ? Et sinon, que lui racontait-il, lorsqu'il rentrait à l'aube, épuisé, comblé ? Le type déguisé en fermier et la femme avec le masque de cochon au bar se connaissaient-ils, au-dehors ? Étaient-ils amants, collègues de travail ? C'était impossible à dire. Ici, les gens se mélangeaient. Il ne semblait plus y avoir ni distinction physique, ni hiérarchie sociale. Seules cohabitaient les folies, les obsessions… dissimulées avec un soin maniaque le reste du temps. C'était peut-être pour ça qu'il se sentait bien. C'était peut-être pour ça qu'il avait l'impression — fugace, il en avait conscience — d'être à sa place. Pleinement et complètement à sa place. Il avait la certitude que rien de ce qu'il pourrait dire ou faire ne serait jugé, refusé. Il avait l'impression d'être enfin autorisé, ici, à être vraiment lui sans que cela dérange personne. Il effleura son visage. Le contour des pansements et des cicatrices.

— Elena vous attend, monsieur. Si vous voulez bien me suivre.

Casanova regarda un moment Cythère, qui se tenait debout à côté de lui. Il n'avait plus envie de la baiser. Il avait envie... d'être un client normal. Il se leva et la suivit. Ils passèrent derrière une tenture bleu nuit au fond de la salle — une tenture qu'il n'avait pas remarquée et qui dissimulait l'entrée d'un couloir large et obscur.

Des cris, des gémissements, des râles surgissaient par moments d'un côté ou de l'autre du couloir puis s'éteignaient sans qu'il puisse en localiser l'exacte provenance.

Un type passa juste à côté de lui. Il le frôla en le saluant d'un signe de tête poli. Casanova reconnut Charlie P., ce champion de boxe qu'il avait vu plusieurs fois à la télé quand il était jeune. Charlie se massait les mains pensivement. Casanova entrevit, sur ses jointures, des taches noires qui auraient pu passer, dans l'obscurité, pour du cambouis, mais qui pourraient se révéler n'être, à la lumière du jour, rien d'autre que du sang.

Cythère s'arrêta finalement devant une porte capitonnée. Elle tendit la main en signe d'invite.

— Si vous voulez bien vous donner la peine, monsieur.

Puis, sans attendre de réponse, elle repartit d'un pas silencieux.

Après un temps d'hésitation, Casanova poussa la porte.

D'abord, il ne vit rien. La pièce était encore plus sombre que le couloir, et Casanova resta immobile, totalement immobile, le temps que ses yeux s'accoutument.

Il entendit un grognement sourd suivi d'un raclement qui ressemblait fortement aux griffes d'un animal glissant sur une surface carrelée.

Sans bouger le visage, il tourna ses yeux et, du coin de l'œil, il les vit.

Quatre dobermans, assis, alignés dans le noir. Pétrifiés comme des statues d'ébène.

— Entrez, monsieur Rojevic. Ils ne sont pas méchants. Du moins tant que vous ne le désirez pas.

La voix était grave. Un peu rauque, si bien qu'on ne pouvait être certain qu'elle appartienne à un homme ou à une femme.

— Approchez, monsieur Rojevic, approchez. C'est votre première séance, mais je sais, nous savons tous les deux que cela va bien se passer. Cela va bien se passer, n'est-ce pas, monsieur Rojevic ?

Casanova fit un pas en avant, puis deux. Les chiens ne bougèrent pas d'un poil.

— Appelez-moi Milo, je préfère.

— Venez plus près, Milo, que je vous voie.

Casanova s'approcha jusqu'à distinguer, allongée sur ce qui semblait être un sofa voluptueux, une femme. Dans l'obscurité, il n'aurait pu dire si elle était belle ou repoussante.

— Plus près, Milo.

Casanova entendit, dans son dos, le bruit râpeux d'une langue qui passe sur des babines.

Il vint s'asseoir à côté d'Elena.

— Plus près, si quelqu'un va vous manger, ce ne sera pas moi.

Ces allusions ne mettaient pas vraiment Casanova à l'aise. Il n'avait de toute manière jamais été à l'aise avec les bêtes, ni avec ceux qui en possédaient, d'ailleurs. Il refréna son appréhension et glissa sur le sofa, presque jusqu'à effleurer Elena.

— Là, c'est mieux. Puis-je… puis-je toucher votre visage, Milo ?

Casanova ne répondit pas. C'était quoi, ce manège ?

— Ne vous inquiétez pas, dit la femme. C'est juste que… j'aime bien connaître mes clients. Car, si vous êtes bien celui que vous prétendez être, je pense que nous serons amenés à nous revoir. Il y a peu de clients qui ne reviennent pas.

C'est là que Casanova se rendit compte qu'Elena était aveugle. Ses grands yeux blanc laiteux fixaient le vide devant elle. Une putain d'aveugle ? Gus et Elvis lui avaient caché ce détail… Sans doute que pour eux, comme pour ceux qui venaient ici, ça n'avait pas grande importance.

Il scruta son visage. Un visage anguleux et une mâchoire légèrement prognathe lui offraient un profil canin qui n'était pas désagréable à contempler. Elle était belle, probablement. De ce genre de beauté qu'on qualifie d'originale. Son corps, ou ce qu'il pouvait en voir, était athlétique. Un peu trop musclé peut-être. Un corps androgyne, probablement sculpté à force de coups de laisse et d'empoignades brutales dans la poussière des chenils avec des animaux puissants et dangereux. C'est du moins ce qu'imaginait Casanova.

Il approcha son visage du sien.

Il se dégageait d'elle une odeur. Une odeur de bête fauve que le parfum luxueux dont elle s'était

138

aspergée ne suffisait pas à masquer. Une odeur, d'une certaine manière, excitante.

En s'approchant, Casanova crut déceler, sur son visage, sur sa peau, de longues cicatrices. Quatre balafres anciennes qui couraient en croix le long de son visage, partant des quatre points cardinaux pour se rejoindre au-dessus de la lèvre supérieure qui se terminait en bec-de-lièvre. Il n'en était pas sûr, il faisait trop noir. Il réprima un frisson. Les deux plus grandes cicatrices, celles du haut, passaient juste sur ses yeux. Ses yeux blancs, sans vie.

Des cicatrices de morsure. Des morsures animales, Casanova en était maintenant pratiquement sûr.

— Vous regardez mon visage ?

— Oui.

— Vous savez alors d'où me vient la petite... infirmité qui m'afflige.

— Oui, je pense.

— N'ayez crainte. Ce léger handicap ne m'empêche pas de faire mon travail plus que correctement. Il est même... un atout. Mes clients et mes employeurs pourront vous le confirmer...

— Je vous crois.

— Maintenant que vous avez vu mon visage, puis-je voir le vôtre ? À moins, bien entendu, que cela vous indispose.

— Faites.

Casanova ferma alors les yeux et laissa Elena parcourir les renflements boursouflés de son faciès. Les doigts d'Elena couraient sur sa peau, légers comme des papillons. Ils laissaient derrière eux une légère trace de sueur qui s'évaporait aussitôt.

— Oui, oui, murmurait Elena, comme pour elle-même.

Soudain, elle retira ses mains. Casanova rouvrit les yeux. Elle souriait.

— Enchantée de faire votre connaissance, Milo.

Casanova s'éclaircit la voix.

— Je viens… Je ne suis pas là pour les chiens.

— Je sais pourquoi vous êtes là.

— Je suis policier. Je viens de la part de Gus.

— Je sais qui vous êtes. Elvis m'en a touché deux mots. Rassurez-vous, il ne s'agissait pas là d'une indiscrétion de sa part, mais d'une simple information destinée à mon usage personnel… Pour que la séance soit plus… efficace. La psychologie fait aussi partie de mon métier.

— Je ne suis pas là pour une séance.

— Vraiment ?

Ça n'était pas une question. Casanova voulait se lever. Il voulait partir sans entendre un mot de plus. Mais il fallait qu'il reste. Il fallait qu'il reste !

— Je suis chargé d'enquêter sur la disparition d'un confrère. L'inspecteur Giovanni. Et Gus…

— Giovanni…

— Oui. L'avez-vous rencontré ?

— Rencontré n'est pas le mot. Mais il est venu ici, oui. Il y a trois jours.

— Vous a-t-il dit pourquoi il venait ?

— Oui et non. Tout comme vous.

Cette femme n'arrêtait pas de faire des sous-entendus à la con et Casanova n'aimait pas ça. Il n'aimait pas non plus ce qu'il sentait naître en lui. Une vague. Une vague puissante et destructrice qui balaierait tout s'il la laissait faire… S'il restait trop longtemps.

— Je sens… Je sens en vous beaucoup de colère, Milo. Quelque chose que vous n'arrivez pas à contrôler et qui, pourtant, est nécessaire à votre survie. Aussi nécessaire que l'eau et la nourriture. Giovanni aussi avait du mal à… contrôler ce qui l'animait.

— Vous a-t-il dit pourquoi il venait ? répéta Casanova.

Il sentait que sa voix devenait sourde, menaçante, mais il ne parvenait pas à la modérer.

— Il y a en vous deux personnes, Milo…

— Deux personnes ou mille, ça fait aucune différence.

— Il y a une psyché, votre moi intime. Ce que vous êtes vraiment et essayez désespérément de cacher. Et puis il y en a une autre. Quelqu'un d'extérieur à vous. Celui que vous ne pouvez vous empêcher d'être. Celui que vous haïssez et qui vous hait en retour. Il y a l'homme que j'ai senti sous mes doigts… et puis il y a l'autre.

Casanova se demanda pourquoi aucun de ceux qu'il interrogeait ne voulait répondre à ses questions. Il se demanda aussi pourquoi elles se mettaient toutes en tête de l'analyser. De l'analyser ou de lui casser la gueule. Il se demanda tout ça puis laissa la colère monter en lui. Il n'y avait qu'un moyen, pour lui, s'il ne voulait pas exploser. Le seul et unique moyen qu'il connaissait. Il fallait qu'il… Il fallait qu'il… Non, pas ici. Pas maintenant. Pas… avec elle.

— Vous essayez, vous essayez sans le savoir vraiment, de réunir ces deux êtres. De les réunir pour qu'ils ne forment plus qu'un. Laissez-moi vous aider, Milo. Laissez-moi vous aider comme j'ai aidé Giovanni.

— Qu'a fait Giovanni ? Qu'est-ce qu'il a fait quand il est venu ici ?

Sa voix tremblait. Et il avait peur. Il avait peur soudain de ce qu'il allait entendre.

— Vous savez ce qu'il a fait, Milo. Vous le savez mais vous ne voulez pas le réaliser.

— Répondez à la question, Elena…

Casanova allait la frapper. Il allait la frapper, et puis après, il la…

— Il a fait ce que vous allez faire.

— Ça m'étonnerait.

— Il s'est dévêtu…

— Hein ?

— … il s'est mis à quatre pattes, là, devant moi…

— Vous êtes complètement cinglée.

— … il s'est dévoilé. Il s'est offert. Il a enfin accepté de se montrer, de se montrer vraiment…

— Vous mentez.

— … alors, j'ai appelé Sultan. Sultan est le plus puissant, le mieux membré de mes bébés…

— Vous mentez !

— … et puis il s'est laissé faire. Il m'a laissée… le révéler. Vous laisserez-vous faire, Milo ?

Casanova esquissa un geste pour frapper Elena, mais un grondement sourd, dans son dos, l'empêcha d'accomplir son geste.

— Je ne ferais pas ça, si j'étais vous. Mes bébés peuvent devenir… très méchants lorsqu'on s'en prend à leur maîtresse. Et, même s'il ne s'agissait que

142

d'une plaisanterie, Milo, mes bébés n'ont pas du tout le sens de l'humour. Alors, restez assis, et gardez calmement vos mains sur vos genoux.

Casanova demeura prostré, pétrifié sur le sofa. Elena était sérieuse, il le savait. Son corps était animé de soubresauts épileptiques et il crut qu'il allait rendre, là, sur le parquet, sous le regard féroce et impitoyable des clébards.

Elena le regarda. Elle le regarda avec ses grands yeux d'un blanc stérile. Son visage n'exprimait rien.

— Voulez-vous faire l'amour avec moi, Milo ?

Ça n'était de nouveau pas une question. Casanova peinait à respirer. Il fallait, oui, il fallait…

— Oui, je crois.

— Vous ne paierez aucun supplément. Cette option vous est offerte par la maison. Le sexe ne fait pas partie de mes habitudes, mais je ferai une exception. Pour vous, juste pour vous, Milo.

— Qu'est-ce qui me vaut tant de privilèges ?

— On pourrait dire que je vous ai pris en sympathie. On pourrait aussi dire que j'ai envie de soulager… votre souffrance, parce que vous souffrez, Milo. Vous souffrez le martyre, n'est-ce pas ?

Casanova ne répondit pas. Il dirigea la main vers sa braguette et l'ouvrit. Son sexe déjà à demi dressé s'extirpa du vêtement avec un *flop* charnu.

— On pourrait aussi dire que puisque c'est Gus qui vous envoie… Ou alors, on pourrait dire que je ne souhaite rien d'autre que votre satisfaction… Mais aucune de ces réponses ne conviendrait et vous le savez.

Casanova avait commencé à se masturber et son

143

outil répondait parfaitement à ses sollicitations. Il essayait d'éviter de regarder les chiens parce qu'il savait que leur vision aurait sur lui un effet néfaste. Il se concentrait sur la bouche d'Elena. Cette bouche qui se terminait en bec-de-lièvre.

— Quelle est la bonne réponse, alors ?

— Je vous permets cette faveur parce que vous êtes l'un des nôtres, Milo. Vous avez toujours été l'un des nôtres…

D'un geste brusque, Casanova la renversa sur le sofa. Elena se laissa faire. Les chiens se mirent à gémir, sans toutefois bouger.

— Giovanni s'est pointé ici parce qu'il enquêtait sur une femme trouvée morte dans un terrain vague…, souffla Casanova.

Elle guida son sexe, la pointe de son dard vers l'entrée de sa chatte. Elle ne disait rien. Elle ne montrait aucun désir, mais n'opposait aucune résistance.

— … Une morte dont le cou avait été broyé par une mâchoire animale. Une morte qui avait du sperme de chien dans le con.

— Oui… Oui, c'est tout à fait ce que Giovanni a dit. Mot pour mot.

D'un coup de reins, un coup brutal et vicieux, Casanova s'introduisit dans le vagin d'Elena. Elle poussa un petit cri. Un cri qui ressemblait à un jappement.

— Il pensait que tu savais quelque chose. Il pensait… Il savait que dans ce milieu, dans votre milieu de siphonnés, il était possible… certain que tu saches quelque chose…

— Oui. C'est ce qu'il pensait.

Casanova avait commencé à aller et venir en elle sans se soucier de ce qu'elle pouvait ressentir. Ou faire semblant de ressentir. Ce n'était pas un acte sexuel, non. Ça n'était même pas une nécessité biologique. C'était une tactique de survie. Une tactique de survie qu'il avait adoptée depuis trop longtemps. Il essaya d'effacer de son esprit les mots qu'Elena avait prononcés... « Vous êtes l'un des nôtres... Vous êtes l'un des nôtres depuis toujours... » En vain. Dans son dos, les chiens gémissaient plus fort maintenant.

— Il pensait même peut-être que tu y étais pour quelque chose...

— Il arrive... Oui, il arrive parfois que les chiens deviennent fous. C'est l'un des risques de notre pratique. Il arrive que, pendant l'acte, le sexe les rende fous, sanguinaires... Personne ne sait pourquoi, mais c'est comme ça.

Casanova eut l'impression diffuse qu'elle ne parlait pas vraiment des chiens, là. Et si elle ne parlait pas des chiens, il ne désirait surtout pas savoir à qui elle pouvait bien faire allusion.

— Et... Oui... oui ! continua Elena, une bête mal dressée peut broyer la nuque de la personne qu'elle couvre... Elle peut la broyer comme on casse une allumette... Chez les canidés... le buccinateur de la mâchoire est le muscle le plus puissant... la pression exercée peut aller... jusqu'à 900 kg/cm^2... L'animal assurera d'instinct sa prise dans les zones vitales du cou : platysma, foramen jugulaire ou... rameau carotidien... Il paralysera... sa proie en compressant le nerf axillaire ou radial et cherchera le trajet le plus court vers les gros vaisseaux de la région… cervico-thoracique. Pour finir, au moment de l'éjaculation… quand l'excitation est à son comble, alors là, il…

— Un de tes mastards a viré dingo, c'est ça…

— Non. Mes chiens sont bien dressés… Mais un amateur… Un amateur peut très bien perdre le contrôle…

— Giovanni est venu te voir. Et puis il a disparu. Giovanni est venu chercher des renseignements…

— Non… non, ça n'était pas ça qu'il cherchait.

— Il cherchait quoi ? Il cherchait quoi, bon Dieu ?

— Tu le sais…

— Tais-toi.

Casanova accéléra le mouvement. Un des chiens se mit à aboyer. Faiblement, d'abord.

— Il cherchait… Oui… il cherchait la même chose que toi.

— Tais-toi.

— Il se cherchait… lui-même.

— Tais-toi.

Maintenant, Casanova ne la baisait plus. Il la clouait, il la pilonnait. Ce n'était plus une séance de baise, c'était une entreprise de destruction destinée à infliger le plus de pertes possible à l'ennemi.

Les râles d'Elena se transformèrent en aboiements.

Un premier chien se mit à hurler à la mort.

— Qui… Qui d'autre est venu te voir ?

— Tu sais qui d'autre.

— Réponds à la question.

Coup de reins.

— Gus... Et puis un autre, un type qui faisait partie de la même maison que toi...

— Qui ?

Saillie sauvage.

— Et tous, tous ceux qui sont venus me voir ne posaient pas vraiment de questions. Ils cherchaient simplement... aouuuuh... des réponses.

— Qui ça ?

Maintenant, les quatre chiens hurlaient de concert. Quatre chiens. Alignés dans le noir. Qui hurlaient à la mort.

Elena les accompagnait de sa voix rauque. Elle aussi hurlait à la mort. Aouuuuh. Aouuuuh.

Casanova accélérait et accélérait encore. Son sexe le brûlait. Tout son bas-ventre le brûlait...

— Un commissaire. Un commissaire principal.

— Dis-moi son nom.

— Tu le sais.

— Dis-le !

— Il se faisait appeler... aouuuuh... le Manitou. C'était comme ça qu'il voulait qu'on l'appelle.

Casanova était au bord de la rupture, mais il savait qu'il ne devait pas céder. Pas encore.

— Pourquoi tu me dis ça ? Tu sais ce que tu risques ?

— Continue... Continue, Casanova. Aouuuh...

Casanova ne s'étonna pas qu'elle l'appelle par son surnom. Comment elle le connaissait, il ne se posa même pas la question. Maintenant, c'était un véritable bordel autour de lui. Les chiens qui hurlaient. Elena qui en rajoutait. Et qui semblait y prendre du plaisir... Oui, y prendre du plaisir de la manière la plus sauvage, la plus primaire qui soit. C'était le bordel partout. Autour de lui et dans sa tête.

— Pourquoi tu me dis tout ça ?

— Aouuuh… Parce que tu me baises…

Casanova, dans un sprint final, redoubla d'efforts. Il voulait la faire taire, à présent. La faire taire à coups de boutoir. La faire taire à force de plaisir. Mais elle ne se tut pas.

— Parce que… aouuuuh, rrrrh, je suis protégée. Et tu vas…

Les chiens ne hurlaient plus, ils aboyaient. Des aboiements de bêtes prêtes à toutes les extrémités. Des aboiements de bêtes retenues par un filin ténu… Le dernier dressage. Le stade ultime de la soumission.

— Tu vas découvrir qui tu es… Alors, ça n'a plus aucune importance désormais. Je viens… Je viens, aouuuh… Sultan ! Milord ! Chabrol ! Misha !

Les ordres claquèrent sèchement dans l'air et, immédiatement, les cris rageurs des fauves cessèrent. Elena planta ses dents dans le bras de Casanova, secouant furieusement le biceps meurtri comme pour arracher un morceau de barbaque. Il n'y prêta aucune attention. Encore une fois, il n'était pas venu. La colère. Oui, la colère maintenant. Lorsque le premier chien s'élança, la gueule grande ouverte, crocs en avant, pour venir à la rencontre de son vulnérable postérieur, Casanova pointait déjà son flingue.

*

« Qu'est-ce qui fait un homme ? Un poète à la con genre Bob Dylan pourrait écrire que la réponse se barre avec le vent... Mais je suis pas poète et je suis pas Bob Dylan. Cette nuit, pourtant, il me semble bien m'être approché de la réponse.

Après avoir flingué les quatre chiens d'Elena, l'un après l'autre à mesure qu'ils s'élançaient sur moi, la bave aux lèvres, dans un ordre qui semblait avoir été chorégraphié longtemps avant ma venue, j'étais resté totalement immobile, avec mon P38 fumant à la main. J'étais resté immobile et j'avais attendu.

Avec ce barouf, les musclés, les pervers et tout ce que la taule comptait de vicieux experts allaient pas tarder à se ramener.

— J'ai mis dix ans... Dix ans de ma vie à dresser ces animaux. À les élever avec plus d'amour, plus d'attentions que tu n'en pourras jamais donner. Mais cela n'est pas grave. J'ai d'autres ressources. Beaucoup d'autres ressources...

La voix d'Elena n'était pas coléreuse. Elle ne pleurait pas. Elle ne semblait même pas m'en vouloir. Elle énonçait ça comme un fait inéluctable. Le fruit d'une fatalité dont elle connaissait depuis longtemps l'issue.

Mon bras gauche, celui qu'elle avait mordu, était tout engourdi et, lorsque je voulus le lever, je m'aperçus que j'en étais incapable.

— Je suis désolé pour tes chiens. Heu... comment on sort de cette taule ?

Moi-même, je me trouvais calme. Anormalement calme. J'aurais dû être paniqué à la perspective du lynchage qui se profilait, mais je n'y arrivais pas.

— Il n'y a aucun autre chemin que le nôtre. Cela, tu le sais. Et si ce n'est pas le cas, tu vas l'apprendre.

Il n'y avait aucune menace dans sa voix. Juste cette même constatation. Comme si, bien avant que je le sache, mon destin avait été scellé et que plus rien ne pourrait l'infléchir.

Lorsque la porte s'ouvrit, je ne vis d'abord rien. Je fus ébloui par la lumière extérieure. Ils avaient allumé des projos là-derrière, ou quoi ? Je fermai les yeux. Lorsque je les rouvris, ils étaient tous là. Elvis, Cinthia, Cythère, Charlie P. et les autres. Tous les autres. Ils se tenaient immobiles et me fixaient. Paisiblement. Je lisais dans leur regard… une sorte de compassion, de bienveillance. Et c'est peut-être ça qui m'effraya le plus.

— Restez… Restez où vous êtes ! Tous ! Il s'agit d'une méprise.

— Il n'y a aucune méprise, monsieur Milo, répondit Elvis, avec sa voix de commercial averti.

— Je sais que les apparences jouent pas en ma faveur, mais je me fous que vous me croyiez ou pas. Il va… Il va falloir que vous me laissiez partir. Je n'ai pas envie de tuer quelqu'un.

— Bien sûr que non, monsieur Milo. Vous n'allez tuer personne… Pas aujourd'hui, du moins… Elena ? Que pouvons-nous faire pour ce monsieur ?

Sa banane bougea en direction de la dresseuse.

— Il n'a pas compris… Il s'agit effectivement d'une méprise. Milo n'a pas compris que la route qu'il a choisie, il l'a choisie il y a très longtemps et qu'elle est à sens unique. Il pense encore… Il pense encore qu'il a le choix. Mais ça n'est qu'une question de temps. Il comprendra que nous n'avons rien contre lui. Il comprendra ce que signifie d'être parmi nous. Il le comprendra bientôt…

— Nous devons donc expliquer à M. Milo qu'il n'a pas le choix, c'est cela ? Nous devons… l'aider à comprendre ?

— Hé, je suis là… ! m'exclamai-je.

Pourquoi… Pourquoi tous ces gens agissaient comme si je n'étais pas là ?

— … Je suis là et j'ai un flingue.

Elvis se retourna vers moi.

— Cela n'a aucune importance, monsieur Milo.

— Oui, il va falloir… que nous l'aidions, Elvis. Que nous l'aidions à comprendre. Comprendre et accepter. Ce n'est pas une chose facile.

— Je sais, Elena, soupira Elvis. Laissons faire Charlie P. Charlie P. est quelqu'un de très diplomate, quand il veut.

Il se déhancha brusquement comme il l'avait fait auparavant.

— *A wop bop a loo bop a lop bam boom !*

Je vis avec un effroi mêlé de jubilation l'ex-champion s'avancer vers moi, de cette démarche souple et coulée qu'ont tous les boxeurs, ceux qui ont appris à danser comme il faut pour éviter les coups.

Je vis les poings de Charlie P. Ses jointures mal nettoyées où subsistaient peut-être les lambeaux de chair de son dernier client.

Sans savoir pourquoi, je me mis à sourire. Je me mis à sourire et cela me fit mal.

— C'est comme ça, alors ?

Je souriais de plus belle. Charlie P. s'avançait vers moi.

— Décontractez-vous, monsieur. Relâchez vos muscles, ce sera mieux.

Je pris mon flingue délicatement, entre le pouce et l'index, me penchai et le fis glisser à terre dans une flaque de sang, juste à côté de la cervelle d'un des chiens. Ce sourire, ce sale sourire qui me faisait mal à crever, je n'arrivais plus à l'effacer. Qu'est-ce que c'était ? Un sourire de contentement ? Un sourire de fou ? Ou bien le sourire résigné d'un type qui n'a plus rien à perdre ?

Je me redressai alors. Est-ce que je voulais vraiment que Charlie P. termine de me démolir ? Espérais-je encore pouvoir me tirer de ce guêpier ? Je n'en savais rien. La seule chose que je savais était ce que je faisais et disais à l'instant présent.

— Ouais, viens, Charlie. Viens prendre ta raclée, Charlie P. ! lançai-je de manière absurde, comme on accomplit une ultime provocation.

Je me mis en position de combat. Ou du moins ce que je me souvenais être approximativement une position de combat. Les films de Bruce Lee sont une piètre école.

— Ça n'est pas comme cela qu'il faut vous y prendre, monsieur…, dit tranquillement Charlie P. en esquivant adroitement le premier direct que j'essayai d'allonger. Vous auriez dû faire ce que je vous ai conseillé. On me juge généralement de bon conseil.

— Je m'en souviendrai, répondis-je, boxant une nouvelle fois le vide.

Ce con était plus rapide qu'une fusée.

C'est alors que j'entendis la voix d'Elena, derrière.

— Pas au visage, Charlie ! Évite le visage à tout prix !

Et Charlie P. qui répondait, tournant autour de moi comme une toupie folle :

— C'est entendu, Elena. Il sera fait selon ton désir.

— Arrête de bouger..., criai-je, rendu fou furieux par l'ordre d'Elena.

De quoi elle se mêlait, cette conne ? C'était mon combat ! C'était mon destin !

— ... Arrête de bouger, Charlie ! Tu boxes comme une tapette !

Cette appréciation fut mon dernier fait de gloire. Tandis que je me préparais à balancer un crochet du droit à cet enfoiré de Charlie P., quelque chose vint percuter mon ventre. Bien avant de ressentir une quelconque douleur, ce que j'éprouvai, ce fut un vide. Un immense vide au creux de l'estomac. Et puis l'air... L'air qui ne rentrait plus dans mes poumons. Et mes jambes. Mes jambes qui ne me soutenaient plus. Un autre coup vint me cueillir au niveau des côtes flottantes, juste au foie, et Charlie P., aussi calmement que s'il était en train de remplir un formulaire d'aptitude, qui disait :

— Vous auriez dû vous décontracter, monsieur, cela aurait été moins pénible...

Mais je n'étais déjà plus là. Je m'étais évaporé. J'avais disparu du monde des vivants... »

*

« Lorsque je m'étais éveillé, tout était blanc. C'était le paradis, ou l'enfer, là ? J'essayais de bouger, de me redresser, mais une voix, une voix douce et pourtant autoritaire, m'intima de rester allonger.

— Il ne faut pas bouger, monsieur Rojevic. Vous êtes à l'hôpital central. Tout va bien maintenant. Vous avez une légère commotion. Une de vos côtes est fêlée et vous avez subi des chocs importants au niveau de la face. Mais il n'y a rien là d'irrémédiable. Heureusement que vos amis étaient là.

Je tournai légèrement la tête et la pièce — une pièce vierge de tout mobilier avec juste une petite télévision éteinte au mur en face de moi et un miroir coulissant sur le côté — se mit à danser la tarentelle.

Il y avait, à gauche du lit — un lit, j'étais dans un grand lit blanc, sous des draps frais —, assis sur deux tabourets, une femme et un homme vêtus de blanc. J'avais du mal à faire le point sur leur visage.

— Mes amis ? balbutiai-je.

C'était comme si j'avais la bouche remplie de papier mâché. Ma langue, je ne la sentais plus.

— Oui, dit l'homme. Une certaine… (il consulta une fiche devant lui) Elena Germikova. Elle était accompagnée de deux hommes. Charlie Polowsky et André Lamothe. Ils semblaient bien vous connaître. Le dénommé Lamothe portait un costume… Comment pourrait-on qualifier ça, Anna ? (il se tourna vers la femme en pouffant) Eh bien, un costume original. Un costume de scène, avec des paillettes et des franges partout… Ça ne vous dit rien ? Vous ne vous souvenez pas ?

— Elvis... L'homme avec le costume, c'était Elvis.

— Elvis... Comme Elvis Costello ? demanda l'homme en regardant une nouvelle fois la femme avec un clin d'œil primesautier.

— Elvis Presley. C'était Elvis Presley.

— Elvis Presley ? Vous vous sentez bien, monsieur Rojevic ? En quelle année sommes-nous ?

— Et ça n'était pas mes amis.

— En tout cas, vous pouvez les remercier. Ils ont nettoyé vos plaies avec un soin, comment dirais-je, hein ? Comment on pourrait dire ça, Anna ? Quasi professionnel. C'est ça : avec un soin quasi professionnel.

— Ils ont fait quoi ?

— Ils ont nettoyé vos plaies. Ils les ont recousues. Ils les ont pansées. Du beau travail, vraiment. Nous n'avons pas eu grand-chose de plus à faire. Ils s'étaient déjà occupés de presque tout.

Je fermai les yeux. Maintenant, je me souvenais bien. Tout me revenait avec netteté. Elena, les chiens. Et puis Elvis, et Charlie P. Jésus ! J'avais tiré des coups de feu dans leur établissement. J'avais abattu quatre de leurs chiens... Je les avais menacés avec mon arme... Et eux, qu'est-ce qu'ils faisaient ? Ils me soignaient et m'emmenaient à l'hôpital... Qu'est-ce que c'était que ce monde ?

Je rouvris les yeux et accommodai ma vision. La femme était petite — beaucoup plus petite que l'homme — et elle portait des lunettes à double foyer qui, si elle avait eu une peau moins disgracieuse, auraient pu la rendre... belle d'une certaine manière.

155

L'homme, quant à lui, présentait un crâne ovoïde surmonté d'une calvitie importante. Il me regardait droit dans les yeux, avec une insistance presque cruelle. La femme, elle, ne levait pas les yeux du dossier qu'elle tenait ouvert devant elle.

— Ils ont dit qu'ils avaient fait de leur mieux mais... nous avons trouvé de l'acide fluorhydrique dans vos plaies... Vous avez passé du fluorure d'hydrogène sur vos plaies, monsieur Rojevic ?

— Pas moi... Dong, c'est Dong.

— Dong ?

— Oui, le jardinier chinois... Celui de la résidence de Dubois et Népomucène...

— Qui sont tous ces gens dont vous parlez, monsieur Rojevic ?

— Ce sont eux qui ont fait disparaître Giovanni !

— Quelqu'un a été tué, mon Dieu !

— J'ai pas dit qu'il était mort, j'ai dit qu'ils l'avaient fait disparaître.

— Qui ça ?

— Tous. Eux tous... Le Manitou, Gus. Dubois. Elena et Elvis...

— De quoi parlez-vous, monsieur Rojevic ? Vous êtes un peu confus, mais c'est normal, après le traumatisme que vous avez subi. Il faut vous reposer. Reposez-vous et dans quelques jours, il n'y paraîtra plus...

— Qu'est-ce que vous avez dit ?

— Dans quelques jours, vous aurez retrouvé votre visage...

— Mon visage ? Mais qui vous a dit de toucher à mon visage ?

— Mais… monsieur Rojevic, nous sommes un hôpi…

— Qui vous a dit de toucher à un poil de barbe de mon putain de visage ?

— Inutile de crier, monsieur Rojevic.

Effectivement, j'avais crié, mais ce ne fut que lorsque l'homme en blouse blanche me le fit remarquer que je m'en aperçus. La colère, néanmoins, cette colère que je croyais disparue, semblait maintenant m'accompagner sans discontinuer.

— Je suis là depuis quand ?

— Calmez-vous, monsieur Rojevic. Je vais… Nous allons appeler les infirmières afin qu'elles vous administrent un petit sédatif pour…

— Je suis là depuis quand ?

— Deux jours… Vous êtes là depuis deux jours.

— Putain ! Il est quelle heure ?

— Il est… presque seize heures.

— Mathilde… Il faut que je voie Mathilde. Je dois… Elle compte sur moi. Où sont mes affaires ?

— Je… Elles sont là, dans un sac, dans l'armoire. Vos amis ont été assez aimables pour les emballer. Rien n'a été touché. Mais vous ne pouvez pas…

— Ce ne sont pas mes amis.

— Ils ont même été consciencieux au point de ramener votre voiture. Elle est là-dehors, sur le parking. Laissez-moi vous dire que si j'avais des amis comme ça, moi, je remercierais…

— Ce ne sont pas mes amis, dégénéré des lobes temporaux !

— Infirmière !

Je me levai d'un bond. La douleur fut fulgurante.

Je tombai une première fois et me raccrochai de justesse à la femme qui cria sans lever les yeux de son dossier. Je chancelai jusqu'à l'armoire et, l'espace d'un instant, me vis dans le miroir. C'était vrai, mon visage avait été nettoyé, pomponné, bichonné comme celui d'un nouveau-né. Ne subsistaient des avaries que de légères contusions bleutées, des estafilades presque invisibles et quelques pansements discrets.

— Qu'est-ce que vous avez fait à mon visage, espèces de… barbares ! hurlai-je.

— Infirmière !

— Qu'est-ce que vous avez fait à mon visage ? répétai-je, la voix tremblante, en me ruant dans le couloir.

Les gens s'écartaient de moi. D'autres détournaient les yeux. Ils étaient tous… morts ou sur le point de l'être. Depuis le temps que je déconnais, j'aurais pu crever trente fois de la syphilis ou du sida. J'aurais pu me faire plomber par un mari jaloux. J'aurais pu me faire trancher la gorge dans mon sommeil par un des cas sociaux que je m'envoyais. Mais rien de tout cela ne m'était arrivé. Rien. Rien. Rien, jusqu'à aujourd'hui ! J'étais toujours vivant et en bonne santé. C'est peut-être ça que les gens appellent la chance.

— Sécurité ! Sécurité ! entendis-je dans mon dos tandis que je sprintais parmi tous ces morts vivants.

À mesure que je m'éloignais, les foulées se faisaient plus franches, plus assurées. La forme revenait. Ouais, elle revenait à la vitesse grand V.

Ce fut la dernière chose dont je me souvins.

L'instant d'après, j'étais en train de courir sur le

parking, mon sac sous le bras. Blouse au vent et fesses à l'air. Quelque chose de frais sur mon visage. Quelque chose de frais coulait sur mon visage. C'était quoi, ça ? Des larmes ? »

*

Casanova essayait de se concentrer. Il passait machinalement sa langue sur ses lèvres craquelées et ses mains se cramponnaient au volant de la R5 comme à une bouée de sauvetage. Garé sur le parking du commissariat central, il hésitait. Il voulait y rentrer — Mathilde ne l'attendait qu'en début de soirée, c'était ce qu'elle avait dit sur le message qu'elle lui avait laissé lorsqu'il avait écouté son répondeur après être parti... après s'être sauvé de l'hôpital. Et maintenant, il avait la sensation que ce volant, ses mains aux jointures blanchies par la pression sur le caoutchouc étaient la dernière preuve de son existence. De son existence réelle dans le monde réel. Il plissait son visage dans un effort désespéré pour tenter de clarifier ses idées, mais il n'y parvenait pas. Tout tournait et tournait dans son esprit comme les pièces d'un puzzle qu'on n'arrive pas à assembler.

Reprendre les choses dans l'ordre. Reprendre les choses dans l'ordre chronologique, c'était la meilleure stratégie.

D'abord, il y avait Giovanni qui disparaissait. Non... D'abord, il y avait cette femme, ce cadavre sans nom ni identité qu'ils avaient découvert en lisière du terrain vague de l'Escofier, dans le XXe.

Oui, tout partait de là… Et tout y revenait. Invariablement. Une adepte des pratiques extrêmes… une amie des animaux qui n'en était probablement pas à son coup d'essai mais qui, pour une raison ou pour une autre, avait été… dépassée par les événements. La séance de baise tourne mal et se transforme en festin carnivore. Puis il y avait Giovanni. Giovanni qui menait sa petite investigation dans son coin. Giovanni le cachottier. Pourquoi il avait tu tout ça ? Qu'est-ce qu'il magouillait exactement ? Il y avait ensuite Gus. Gus qui avait parlé à Giovanni. Apparemment, la conversation n'avait pas roulé sur du velours. Est-ce que Gus aurait pu repasser ou faire repasser quelqu'un pour un truc pareil ? Peu probable, mais pas impossible. Gus disait qu'il avait filé l'adresse d'Elena à Giovanni. Ce qui devait être exact puisque Elena avait confirmé. Mais Elena avait dit autre chose. Elle avait dit que le Manitou était venu lui aussi. Pourquoi ? Est-ce qu'il pistait Giovanni ? Est-ce qu'il vérifiait ses faits et gestes ? Ou n'était-ce qu'un hasard ? Que Gus soit embarqué dans des affaires douteuses avec les cinglés du Chamber, ça oui, il pouvait comprendre. Mais le Manitou… Alors quoi ? Le Manitou était un habitué des parties fines du Chamber ? Le Manitou et Gus, qui venaient ensemble partager les joies des petits plaisirs entre amis ? Et Giovanni avait appris quelque chose… Quelque chose d'embarrassant sur leurs pratiques peu orthodoxes ? À moins que ce ne soit Elena, Elena la dresseuse, Elena la philanthrope, Elena la protégée, qui ait tout fait de A à Z ? Giovanni la coince. Elle a quelque chose à se reprocher dans la mort de la femme… Giovanni la coince, ou c'est elle qui le coince. Et Giovanni disparaît des archives du Chamber aussi vite qu'il y est rentré. Ou peut-être qu'il la coince et qu'elle fait appel à Gus pour… clarifier la situation. Peut-être qu'elle fait appel à Gus qui fait appel au Manitou. Peut-être qu'elle fait appel à Gus et au Manitou. Et puis il y a l'ex-femme de Giovanni. Son ex et son monstre. Mais quel intérêt elle aurait pu avoir à… Peut-être aussi que tout cela n'était que hasards et coïncidences. Giovanni disparaît parce qu'il en a marre de sa femme, marre de son gosse, marre de ses collègues de travail, marre… de lui-même. Il se casse dans les îles, sous le soleil et les cocotiers au moment où ça commence à chauffer pour son cul. Et il n'y a aucun cadavre dans le placard. Tout le monde se goure. Quelle merde, ils étaient tous impliqués là-dedans à un titre ou un autre. Ils se connaissaient tous ou étaient en relation indirecte. Et quel que soit le fil par lequel on prenait la pelote, il était impossible de démêler cet imbroglio. Giovanni avait trop d'ennemis, trop de secrets. Et tout le monde, d'une manière ou d'une autre, souhaitait qu'il disparaisse. Et puis il y avait lui, Casanova. Au milieu. Juste au milieu de toute cette merde. Et si on avait voulu se trouver une bonne poire pour que tout ça lui retombe sur la cafetière, il aurait été en tête de liste. Casanova l'obsédé. Casanova le malade. Même pas capable de trouver son trou du cul si on le lui demandait. Tout juste bon à… Tout juste bon à sauter sur tout ce qui bougeait. Et si on retrouvait Giovanni… Et si des choses fâcheuses lui étaient arrivées… Et si sa disparition devait s'ébruiter, il n'y aurait rien de plus simple que de le mouiller. Le mouiller jusqu'à l'os ou le faire disparaître lui aussi. Il déraillait depuis trop longtemps pour que ça étonne quelqu'un, de toute façon.

Peut-être même que tout ça était programmé avant qu'il commence l'enquête. Allez, Casanova, arrête ta parano. T'as reçu trop de coups dans la tronche, ces dernières quarante-huit heures.

Le mieux était d'aller voir le Manitou. Aller voir le Manitou et arrêter les frais. Jouer au mec innocent et inoffensif comme il savait si bien le faire… C'était la meilleure solution. C'était ça qu'il allait faire, Casanova. Et puis il reprendrait sa vie d'avant… Il fut soudain terrifié à cette perspective. Quelque chose s'était cassé en lui et il ne savait pas quoi. Mais il savait que reprendre le cours de son existence lui serait impossible. « Il n'a pas le choix… Il n'a plus le choix », c'était ça qu'avait dit Elena.

Il s'ébroua et sortit du véhicule. Ce ne fut que lorsqu'il posa le pied sur la première marche du hall qu'il l'aperçut. Elle l'observait, elle le fixait intensément de l'autre côté du bâtiment. Depuis combien de temps était-elle plantée là ? Elle dardait sur lui des yeux fiévreux, incandescents, tout en triturant son collier de manière compulsive. Son collier, celui qu'elle lui avait enfilé dans… Casanova fit un petit signe de tête poli auquel la stagiaire du troisième ne répondit pas. Elle n'esquissa pas un geste. Elle semblait attendre quelque chose, mais quoi ? Casanova aurait bien été en peine de le dire. Si elle lui en voulait encore, il pouvait comprendre. Il voyait, même d'ici, l'hématome qui lui prenait tout le côté de la mâchoire inférieure. À la réflexion, il n'y avait pas été de main morte. Il fut un instant tenté d'aller la voir, de s'excuser, et pourquoi pas, de célébrer cette réconciliation en terminant ce qu'ils n'avaient pas pu finir. Mais il décida finalement que non. Il avait des trucs plus urgents à faire. Plus tard, peut-être…

Lorsqu'il gravit les dernières marches du hall, elle avait toujours le regard, ce regard désaxé de folle perdue, posé sur lui.

*

Il y eut comme un moment de flottement quand Casanova entra dans le bureau du Manitou. Ce dernier se tenait à son bureau et, en face de lui, debout, il y avait un type que jamais Casanova n'aurait imaginé ici. En tout cas pas maintenant.

Gus se retourna et le transperça du regard. Il ne sourit pas. Il ne le salua pas et Casanova fit de même.

— Entrez, Rojevic, ordonna le Manitou. Mendoza allait nous quitter, n'est-ce pas ?

— Ouais, c'est ça, j'allais partir, cracha le chef de groupe.

Il passa devant Casanova. Il émanait de lui une haine palpable. Une haine pure. Chauffée à blanc. Casanova était persuadé que, si le Manitou n'avait pas été là, Gus l'aurait fumé sans autre forme de procès. Pourquoi ? Casanova ne chercha même pas à comprendre. Lorsque Gus planta ses yeux dans les siens, Casanova ne soutint pas son regard. Il baissa la tête en se mordillant la lèvre. Le mec qui fait amende honorable. Le mec qui s'excuse. Celui qui s'aplatit. La vraie serpillière, ouais. Casanova savait, d'instinct, qu'il ne fallait pas sourire maintenant. Surtout, ne pas sourire.

Gus glissa à côté de lui, puis sortit de la pièce aussi silencieusement qu'un serpent.

Une fois Gus parti, encore que Casanova n'était pas sûr qu'il ne soit plus là, il se dirigea vers le bureau du Manitou et prit une chaise sans attendre qu'il l'autorise à s'asseoir — ce qu'il n'aurait, de toute manière, pas fait.

— Qu'est-ce qu'il fabriquait là ?

Le Manitou ne répondit pas. Il le regardait pensivement en faisant tourner son stylo autour de ses doigts. Il le regardait... lui aussi le regardait comme s'il se demandait s'il allait le tuer là, tout de suite, ou attendre un peu.

— Je suis venu pour...

— Qu'est-ce qui vous est arrivé au visage ? coupa le Manitou.

— Oh, ça, c'est rien... Vous auriez dû me voir avant-hier.

— Effectivement, rétorqua le Manitou, j'aurais bien aimé vous voir avant-hier.

Sa voix était tremblante de colère, Casanova le sentait. Et il sentait aussi qu'il suffisait d'un rien pour que cette colère explose.

— Avant-hier... avant-hier..., marmonna Casanova pour se donner le temps de réfléchir au meilleur moyen de ne pas se faire éjecter par la fenêtre du bureau de son supérieur.

Troisième étage, soit dit en passant. Il était venu

pour… Merde, c'était lui qui devait parler. Il était venu pour passer à l'offensive, pas la subir. Le Manitou ne lui laissa pas le loisir de mettre en pratique sa stratégie. Il cria si fort que les murs en vibrèrent.

— Est-ce que vous avez une idée de la merde dans laquelle vous êtes ?

— Mais je ne vois pas ce que…, essaya de riposter l'inspecteur.

— J'ai deux plaintes pour voies de fait et menaces avec arme.

— Ah oui ? s'étonna Casanova.

Bon, après mûre réflexion, ce n'était peut-être pas une bonne idée de jouer les ignorants.

— Une plainte d'un certain Roger Alvarez, boucher de son état, qui dit que vous vous êtes rendu à son domicile et que vous l'avez menacé avec votre arme de service.

Casanova pouffa de rire, ce qui ne fit rien pour arranger son cas.

— Ce bon vieux Roger… Et qui d'autre ?

— Et une plainte d'une… Mme Dubois, qui dit que vous vous êtes introduit chez elle sans CR et que vous l'avez menacée, elle et son fils handicapé. Cette Mme Dubois semble connaître du monde… Beaucoup de monde dans notre belle Maison, et je viens d'ailleurs d'avoir une explication avec monsieur le préfet. Le préfet, vous entendez, Casanova ?

— Dubois est la femme… je veux dire l'ex-femme de Giovanni. C'est normal qu'elle rue dans les branca…

— Vous avez été voir l'ex-femme de Giovanni ?

— Eh bien c'est-à-dire que… oui.

— Et vous l'avez menacée avec votre arme ?

— Non, pas elle. Son fils… je veux dire le fils de Giovanni… Un véritable monstre, vous auriez dû voir ça. Je me demande encore comment Giovanni a pu…

— Vous avez perdu l'esprit, Casanova ? Vous êtes tombé sur la tête ?

— Il y a un peu de ça.

— Et en plus vous jouez au con avec moi ?

Casanova eut le réflexe de ne pas répéter sa phrase une seconde fois. Il ferma sa gueule. C'est ça, Casanova, ferme ta gueule. Et surtout, surtout, ne souris pas.

— Vous avez fait ça en vingt-quatre heures de temps ?

— À peu de chose près.

— Et vous avez eu la bonne idée d'effectuer vos facéties devant témoins, de surcroît !

— Ils se sont laissé abuser par leurs sens…

— J'ai une liste longue comme le bras, Casa… Rojevic !

Casanova se tut. À court d'arguments. Quels arguments aurait-il d'ailleurs pu donner ? Il se contenta de s'éclaircir la voix.

— Hum…

— J'avais dit discrètement, putain de Dieu !

— Hum… Hum…

— Vous étiez où ? On peut savoir où vous étiez passé depuis deux jours ?

— Hum… Hum… Hum…

— Tout le monde vous court après depuis deux

jours, et vous, tout ce que vous trouvez à dire, c'est
« hum, hum » ?

— Que tout le monde me coure après, ça m'étonne
pas vraiment.

— Vous étiez passé où, on peut savoir ?

— Je…

— Non ! Non ! Pitié ! Je veux rien entendre parce
que je crois pas que je pourrais… Je crois pas que
je pourrais supporter ce que vous allez me bonnir !
Parce que je me contrôle, là. Même si ça n'en a pas
l'air, en ce moment même, je me retiens, j'ignore
comment, de vous suspendre séance tenante.

— Peut-être que c'est le fait que j'ai bossé là-
dessus pour vous ?

— Vous seriez bien en peine de le prouver. Et
puis c'est pas pour moi que vous bossiez, c'est pour
Giovanni. On était pourtant d'accord. Non, vous
êtes allé là-bas de votre propre chef. Vous avez fait
toutes ces choses… sans rien dire à personne… Je
vous attendais le lendemain, Rojevic. Pas deux jours
après ! Vous êtes incontrôlable. Vous êtes un… instable, c'est ça, un instable. Giovanni méritait décidément autre ch…

— Giovanni a disparu depuis une semaine.

— Vous ne l'avez donc pas retrouvé, si je comprends bien ?

— Non. Mais j'ai quelques pistes intéressantes.

Le Manitou s'arrêta de vitupérer. Soudainement,
il avait l'air attentif. Anxieux peut-être. Toujours
est-il qu'il radoucit sa diatribe d'un chouia.

— Vous… savez que je vais pas pouvoir vous couvrir, en ce qui concerne ces plaintes ?

— Je n'en attendais pas moins, soupira Casanova.

— Oh, cessez de jouer au martyr. Vous avez cherché tout ça, Casanova. Et si vous ne l'avez pas cherché, c'est que vous êtes encore plus con que ce que je croyais et c'est rien de le dire.

— Merci, monsieur. Mais c'est peut-être justement pour ça que vous m'avez confié cette mission, non ?

— Bon, arrêtons là les hostilités. On réglera ces histoires plus tard. En attendant, dites-moi ce que vous avez trouvé.

Casanova réfléchit un moment. Laisser le Manitou mariner dans son jus était une option pas plus mauvaise qu'une autre. Il était venu ici avec l'intention de lâcher les dés. Il était venu ici avec des intentions… pacifiques, on pouvait pas lui reprocher le contraire. Mais là, avec deux plaintes sur les endosses, avec le Manitou visiblement bien décidé à l'enfoncer s'il le pouvait, et Gus qui traînait dans les parages comme une hyène à l'affût, la donne était sensiblement différente. Parce qu'il le pressentait, ces plaintes n'étaient que le début d'une longue série d'emmerdes qui allait monter crescendo. Casanova décida qu'il n'était plus temps de ménager les susceptibilités. Il fallait y aller franco, tailler dans le vif. Perdu pour perdu, il n'était plus question de faire marche arrière.

— Alors ? s'impatienta le commissaire.

— Eh bien…, dit lentement Casanova.

Puis il laissa sadiquement planer un moment de silence.

— Bon, vous accouchez ou quoi ? s'énerva le Manitou, refréné de justesse dans ses pulsions violentes uniquement par la perspective de ce que son subordonné pourrait lui révéler.

— Tout d'abord, je me suis rendu au Chamber. Un établissement où travaille une certaine Elena Germikova... dresseuse de chiens à l'occasion et pourvoyeuse d'étalons pour cynophiles avertis.

Casanova se tut et observa son supérieur. Son visage poupin et nerveux ne trahissait rien d'autre que cet air excédé qui ne le quittait pas depuis sa réapparition et il ne réagissait pas. Casanova se demanda s'il l'avait bien entendu.

— Je suis allé au Chamber, répéta-t-il un peu plus fort.

— Oui, pourquoi vous haussez la voix ? Je suis pas sourd. Vous venez de me le dire. Mais quel rapport ?

— Pardon ?

Ou le Manitou était un tacticien hors pair avec des nerfs d'acier, ou il était sincère et... Et si Elena avait menti ?... Et si le Manitou n'était jamais venu la voir ?... Mais comment aurait-elle pu ?... Gus ! Gus, bien sûr, aurait pu lui dire d'aiguiller, l'air de rien, Casanova sur cette piste foireuse. Le conduire, sans même qu'il s'en rende compte, plus intéressé qu'il était par sa queue et ce qui gravitait autour que par sa mission, sur une pente on ne peut plus glissante. Une pente savonneuse, et il pourrait toujours s'accrocher pour remonter.

— Vous me parlez du... Chambré ou Champbeurre... et d'une dresseuse de chiens... Mais quel est le rapport avec Giovanni ? persista le Manitou.

— Le rapport... Le rapport...

Soudain, Casanova avait du mal à se concentrer. Énormément de mal.

— Le cadavre du XXe, c'est ça, le rapport !

— Le cadavre du XXe ?

— Oui, l'affaire sur laquelle Gio… nous travaillions avant la disparition de…

— Vous étiez censé laisser tomber cette affaire et concentrer vos efforts sur la disparition de Giovanni.

— Mais c'est exactement ce que je vous dis ! Tout est lié !

Le Manitou prit un air navré.

— Qu'est-ce que vous avez fait, Rojevic ? Qu'est-ce que vous êtes encore allé trouver ?

— Bon, enfin bref, cette employée m'a dit des choses. Des choses très intéressantes.

— Je ne suis pas sûr de vouloir en savoir plus. J'ai bien l'impression que, ce coup-là, vous l'avez foiré au-delà des espérances les plus farfelues.

— Non, écoutez-moi !

Casanova sentait bien qu'il était en train de s'exciter. De prendre les choses trop à cœur. Sa voix devenait plaintive, pleurnicharde. Comme celle d'un gosse qui fait un gros caprice. Il était en train de saper les derniers vestiges de crédibilité qui lui restaient.

— Elle a dit… Elle a dit que Gus…

— Gus ? Quel rapport avec Gus ? C'est parce que vous l'avez vu dans mon bureau que vous vous mettez dans cet état ? Qui d'autre allez-vous lier à cette affaire ? Zicos, Bouli… Moi, pourquoi pas…

Le Manitou eut un petit rire qui ne plut pas du tout à Casanova. Il voulait parler, s'expliquer mais maintenant, tout s'embrouillait dans sa tête. Son raisonnement s'effondrait comme un château de cartes. Il n'arrivait plus à penser.

— Elle a dit que Gus savait...

— Arrêtez avec Gus ! Qu'est-ce qui vous prend ?

— Bon, Giovanni alors, Giovanni était un adepte... il était des leurs...

— Des leurs ?

— Oui, un adepte de cette espèce de secte abonnée aux numéros d'équilibristes canins... Avec Charlie P., Elvis et Cythère...

— Elvis ? Cythère ? Est-ce que vous vous rendez compte que ce que vous racontez n'a aucun sens ?

— Oui... Non... Là n'est pas la question.

Casanova avait besoin de crier. Hurler. Il avait besoin d'expulser cette colère qui sourdait en lui et l'empêchait d'exprimer correctement ses idées, mais il sentait que ce n'était pas le moment. Ce n'était vraiment pas le moment.

— ... Et la femme, la femme de Giovanni...

— Bon Dieu ! Mme Dubois, maintenant.

— Elle voulait qu'il disparaisse. C'est ça. Vous vouliez tous que Giovanni disparaisse.

— Vous n'êtes pas dans votre état normal. Je crois qu'il vous faut des congés, Rojevic. Je vais...

— Giovanni se faisait enfiler... Gus se fait enfiler...

— Hein ?

— Par Sultan !

— Sultan ? Quel Sultan ? D'où il sort celui-là encore ?

— Peu importe, je l'ai tué. Une balle dans la tête.

— Quoi !

— Même vous…

— Je vous demande pardon ?

— Vous aussi, c'est ça, hein ? Vous vous filiez la rondelle avec Gus et Elena ? Des petites parties avec les clébards, des petites léchouilles au creux de l'oreille, des caresses sur la croupe… Et Giovanni savait…

— Restez assis, je vais appeler quelqu'un. Surtout, gardez votre sang-froid, Rojevic.

— Il savait tout… C'est pour ça que…

Casanova vit le Manitou décrocher le combiné et composer fébrilement un numéro. Il décida qu'il était temps de mettre les bouts. Le temps qu'il se calme. Au moins le temps qu'il se calme. Il reviendrait quand il aurait les idées plus claires. C'est ça. C'était ça qu'il fallait faire.

— Je crois qu'il est temps que je parte, monsieur. J'ai encore du travail… Beaucoup de travail.

— Rojevic, je vous interdis de bouger d'ici.

— Je vais revenir, monsieur. Je vais recouper mes informations, clarifier certaines choses, et puis je reviendrai vous faire la synthèse.

Casanova se leva. Tandis que le Manitou était en train de s'égosiller au téléphone.

— Non, c'est pas le bureau 104 que je veux, c'est l'infirmerie. Passez-moi l'infirmerie, ça urge. Oui. Non. C'est exactement le numéro que j'ai composé…

Casanova se leva et se dirigea comme un automate vers la porte. Sans lâcher son combiné, le Manitou s'époumona :

— Je… Putain, Rojevic, restez où vous êtes ! Où vous allez, là ?

— J'ai une enquête à terminer, monsieur. Que ça vous plaise ou non, je vais la mener à son terme. Et moi, on ne me fera pas disparaître. Personne me fera disparaître. Giovanni compte sur moi. Il ne comprendrait pas…

— L'enquête ? Quelle enquête ? Vous êtes déchargé de toute enquête jusqu'à nouvel ordre, vous entendez, Rojevic ? Vous êtes en congé à partir de maintenant. Mieux, je vous suspends ! Cherchez pas à comprendre, c'est comme ça. Vous êtes déchargé de toutes les enquêtes en cours et même de celles qui ne le sont pas encore. Je veux que vous restiez ici le temps que… Nooon ! C'est pas la comptabilité que je veux, c'est l'infirmerie !

Casanova laissa le Manitou à ses problèmes de postes et de connexions et s'éloigna d'un pas énergique vers la sortie. Il vit, en passant devant un couloir, Gus et la stagiaire, au fond, en train de discuter. L'échange avait l'air animé. Qu'est-ce qu'ils foutaient ensemble, ces deux-là ? Casanova serait bien allé voir, histoire de se renseigner, mais il n'avait pas le temps de s'arrêter. Il descendit le hall principal tandis que le Manitou était probablement en train d'essayer de joindre l'accueil en passant par les archives.

Il se dirigea vers la voiture d'un pas égal. Ce ne fut que lorsqu'il s'apprêtait à ouvrir la portière qu'il vit le désastre. Le capot était défoncé. La peinture avait été rayée d'inscriptions sur tout le côté. L'antenne avait été rageusement tordue et le pare-brise avait explosé. Il leva les yeux au ciel et soupira. La série noire continuait. Il ne devait pas… Il ne devait pas perdre son sang-froid ici. Il ouvrit la portière. Calmement, il s'installa au volant et, après avoir jeté la pierre — celle qui avait détruit son pare-brise et qu'il avait trouvée sur le siège passager —, mit le contact et partit. La voiture tanguait dangereusement. Il faut dire que rouler avec deux roues à plat n'était pas vraiment indiqué. Sans passer la seconde, il sortit dignement sous le regard ahuri du planton de service. Ce ne fut que lorsqu'il eut tourné le coin de la rue qu'il se mit à hurler.

*

« Il existe plusieurs règles de base à respecter si tu veux t'en sortir. Ne jamais baiser une fille sur ton lieu de travail : le lieu de travail est un lieu migrant où il est impossible de regarder à la fois devant et derrière soi. Ne jamais donner ton numéro à une fille que tu as baisé : un numéro de téléphone, c'est une laisse, une balise, un putain de code GPS qui peut te faire repérer aux pires moments, dans les pires situations. Ne jamais donner ton adresse à une fille que tu as baisée : cette adresse sera ton dernier refuge en cas de naufrage, d'apocalypse ou, plus modestement, d'avarie majeure. Ne jamais donner d'indications, même implicites, sur ta vie privée à une fille que tu as baisée : tout ce qui relève de ta vie privée est une faille exploitable par l'ennemi.

Enfin, ne jamais avorter une séance de baise : la non-conclusion d'une affaire essentiellement sexuelle est toujours source de frustration et de rancœur. La frustration et la rancœur peuvent conduire à enfreindre les règles précédentes.

De ces règles, j'avais brisé la première et la dernière. Commencer à baiser cette petite stagiaire avec son collier de perles dans la salle des archives avait été une erreur, une grossière erreur, je m'en rendais compte maintenant. Ça avait été, en fait, le premier faux pas d'une longue série qui semblait s'abattre sur moi depuis quarante-huit heures.

J'arrêtai la R5 au bord de la plage. J'avais terminé le parcours sur les jantes, mais il était hors de question que je fasse une halte dans un garage. Je devais être à l'heure. Je le devais. Mathilde comptait sur moi.

Je sortis et examinai les dégâts. Rien d'irréparable. Mais je sentais que cette fille n'avait pas fini de m'emmerder. Parce que j'étais sûr que c'était elle qui avait cartonné ma tire et que je connaissais ce genre d'exemplaire. Elle n'allait pas s'arrêter là. Elle allait s'acharner sur la bête sans interruption ni répit. Elle me ferait payer au centuple cette chose que je lui avais donnée, puis refusée au dernier moment. Elle allait faire une putain de fixation. Sa vie n'aurait plus qu'un but : pourrir la mienne. C'était d'ailleurs ce que la plupart d'entre elles avaient en tête, mais là, j'avais enfreint les règles élémentaires garantes de survie. Peut-être même qu'elle ne s'arrêterait que lorsque je serais mort. Tout cela, je l'avais lu sans le comprendre tout de suite dans son regard, là-bas, sur le parking du commissariat central. Il se terminait quand, son stage, à cette conne ? Je réfléchis encore un moment au moyen de me sor-

175

tir de cette panade. Si un jour j'avais de la chance, ce ne serait pas aujourd'hui. »

*

Casanova regarda autour de lui. La plage était pratiquement déserte comme elle l'avait été… ce jour-là. Seuls s'accrochaient, par petites grappes ou en spécimens isolés, quelques retardataires : les plus extrêmes des aquaphiles. Il consulta sa montre. Il était dix-neuf heures trente-cinq. Mathilde avait cinq minutes de retard. Ça n'était pas dans ses habitudes. Mais pourquoi s'inquiéter ? Elle avait dû avoir un petit contretemps, voilà tout.

Casanova fit quelques pas en direction de la plage. Il était tenté de revenir à la voiture et d'attendre à l'intérieur, mais il savait que la vision de sa caisse ruinée allait le déprimer. Alors, lentement, comme à regret, il commença à escalader la première dune.

Il trouva un coin tranquille d'où il pourrait la voir arriver lorsqu'elle se pointerait. Un coin d'où il pouvait voir sans être vu, un peu à l'écart. Juste à quelques centaines de mètres de… l'endroit où ça s'était produit. Bon Dieu, il ne voulait pas penser à ça. Il avait passé un an à ne pas vouloir s'en souvenir. Et voilà qu'elle l'obligeait à… Ça n'était pas une bonne idée, c'était pas faute de le lui avoir dit, pourtant.

Il regarda autour de lui. La place lui semblait étrangement familière. Est-ce que c'était pas ici qu'il les avait baisées toutes les deux ? L'une après l'autre, puis l'une avec l'autre. Pendant que Ben… Casanova ferma les yeux. Il croyait chasser ces images douloureuses, mais ses paupières closes ne firent que raviver encore plus ses souvenirs.

*

« Je m'étais rembraillé. Bien sûr, je me sentais vaguement nauséeux, comme chaque fois que je le faisais, mais, comme chaque fois que je le faisais, je me sentais aussi… satisfait. J'étais apaisé en quelque sorte. Pas parce que j'avais tiré mon coup, non. Ni parce qu'elles y avaient probablement pris autant de plaisir et de contentement que moi, mais parce que je ne ressentais plus ce poids sur ma poitrine. Ce poids qui m'empêchait de respirer. Et la colère avait disparu. Elle s'était enfuie, si bien que je me demandais même si je l'avais éprouvée. C'était un sentiment doux. C'était un sentiment de… libération.

La culpabilité n'était qu'une idée débile inventée par des débiles pour des débiles. Elle n'était qu'un vague concept. Elle n'existait pas. À l'époque, elle n'existait pas. Simplement parce que je faisais ce qu'il fallait que je fasse et que la question de l'alternative ne se posait pas.

Je les avais regardées toutes les deux, enlacées dans le sable, endormies dans une position langoureuse comme deux gros bébés ayant fait leur rot. La plus pâle ronflait.

Et puis, je m'étais remis en route. J'avais redescendu la dune. Lentement. J'étais pas pressé. Il y avait longtemps que j'avais cessé d'être pressé de retrouver Mathilde et Ben. Il arrivait parfois même qu'une bonne séance de baise soit l'excuse rêvée pour retarder le moment des retrouvailles. L'excuse rêvée. Celle que je me trouvais.

Pourtant, je ne me sentais pas mal, en leur compagnie. Je crois même que, contrairement à ce que Mathilde vous dirait, je les aimais… à ma manière. Mais, sans savoir pourquoi, dès que je ressentais un élan, dès que je voulais tendre les bras, prononcer une parole gentille, il y avait cette colère qui resurgissait en moi. Une colère inexplicable, radicale. Alors, j'avais appris à ne plus tendre les bras. J'avais appris à me taire. Et j'avais appris à craindre leur présence.

Ben était un petit garçon adorable. S'il avait été moins timide, moins renfermé, on aurait pu le qualifier d'intelligent. S'il avait été moins rondouillard, on aurait pu le qualifier de musclé… Mais je savais que Ben n'était rien de tout cela. Il était juste un gosse. Il m'arrivait cependant de le regarder parfois comme un étranger. De ne plus arriver à réaliser que cet enfant était le mien. Ses faiblesses, alors, me paraissaient insupportables. Ses pleurs et ses gémissements de marmot, je ne voulais plus les entendre. Et ce regard, ce regard un peu triste qui ressemblait étrangement au mien, je ne voulais plus le voir. Alors, je voulais me faire pardonner, lui sourire, ébouriffer sa tignasse, sous le regard scrutateur de Mathilde. Mathilde avait toujours l'air de surveiller, d'épier ce que je faisais avec le gosse. Je suppose que c'était sa manière à elle de s'assurer que j'étais un bon père, celui qu'elle avait choisi. Alors, je pensais à toutes ces choses que je faisais quand ils avaient le dos tourné, alors je pensais à toutes ces images… Je voulais… Je voulais être gentil avec le gosse, mais je sentais toujours, même lorsqu'elle n'était pas là, Mathilde me regarder. J'esquissais un geste, une douceur, et immédiatement, la colère surgissait. Cette colère que rien ne pouvait apaiser sinon une bonne séance de baise avec la première venue. Alors, oui, j'avais peur de regarder Ben, et j'avais peur de le prendre dans mes bras, et j'avais peur que cette colère n'explose. Mathilde devait prendre ça pour de la réserve. La fierté masculine, le côté macho du personnage. Parfois, je souriais bêtement. Je posais mes mains sur mes genoux et j'attendais que ça passe. Parfois, je faisais semblant d'être normal. De les aimer, d'en être capable. Je voulais les aimer, je le voulais de tout mon cœur. Mais il n'y avait rien de tout cela dans mon cœur. Dans mon cœur, il y avait juste de la peur. De la peur et de la colère... »

*

Casanova rouvrit les yeux et, l'espace d'un instant, le soleil qui se préparait à se coucher lui fit mal. Il regarda autour de lui, regarda de nouveau sa montre. Dix-neuf heures quarante. Qu'est-ce qu'elle foutait, bon Dieu ? Il s'allongea et ferma de nouveau les yeux.

*

« J'avais descendu la dune et j'avais vu un petit attroupement, sur la plage, en bordure de mer, tout au bout. Loin. J'avais d'abord pensé qu'ils avaient trouvé un poulpe ou un dauphin échoué et que les badauds s'étaient rassemblés pour commenter la chose.

J'avais marché un peu plus vite. J'étais encore trop loin, mais j'avais vu, comme un point lumineux, la robe rouge de Mathilde — celle qu'elle portait ce jour-là — apparaître par intermittence dans la foule des badauds.

J'avais encore pressé le pas.

J'avais pensé : "Merde, elle est revenue plus tôt que prévu."

J'avais pensé : "Si elle a trouvé Ben tout seul, je vais me faire pourrir quelque chose de bien. Pourvu que le gosse n'ait rien dit."

J'avais pensé : "Il faut que je trouve une excuse. Vite."

Je n'avais pensé à rien d'autre.

Avec Mathilde, ça avait toujours bien été. Elle avait toujours été charmante et elle m'avait toujours soutenu. Bien sûr, au début, je papillonnais à droite et à gauche, mais notre relation n'avait pas atteint le sérieux, la solidité qu'elle avait aujourd'hui. J'avais pensé, tout d'abord, que mes frasques s'espaceraient, puis qu'elles cesseraient petit à petit, avec le temps, sans que je m'en rende vraiment compte. Mais ça n'était pas arrivé. J'avais continué. J'avais continué encore et, chaque fois, c'était une exception, c'était la dernière fois, j'allais m'arrêter, oui, demain, j'allais m'arrêter. Un vrai putain de junky qui veut croire au décrochage.

J'avais continué. Et je voulais croire qu'elle ne savait rien. Je prétendais que ce qu'elle ne savait pas ne pouvait pas lui faire de mal. Parce que, faire du mal à Mathilde était bien la dernière chose que je voulais au monde.

Et, parfois, le soir, au creux de l'oreiller, ou assis côte à côte devant la télévision, je sentais son regard posé sur moi. Un regard bienveillant. Un regard indulgent. Un regard… amoureux. Son regard était une plume, un souffle d'air, mais il était devenu pour moi, au fil du temps, aussi pesant qu'une chape de plomb. Peut-être que je me disais qu'il était impossible qu'elle m'aime encore après ce que j'avais fait la semaine dernière, le jour d'avant, l'heure précédente… Qu'elle m'aime tout court. Sans doute croyais-je qu'il était impossible d'aimer quelqu'un qui n'est pas là. Qui n'a jamais été là. Un absent. Un blanc. Une simple idée. Peut-être aussi que ce regard me mettait dans une rage folle et que me contenir, faire semblant d'être flatté, contenté, me demandait trop d'énergie.

Alors, je faisais face. Avec stoïcisme, je gardais mon masque impénétrable, je caressais sa joue et, parfois, lorsque la lumière du clair de lune filtrait doucement à travers les rideaux entrebâillés, je lui souriais en ayant envie de hurler.

Lorsqu'elle m'avait annoncé qu'elle était enceinte, j'avais d'abord pensé que la naissance de Ben arrangerait les choses. Mais deux personnes qui vous aiment sont bien pires qu'une seule.

J'avais plissé les yeux, et j'avais vu que cet attroupement avait quelque chose de bizarre. Les gens ne bougeaient pas. Ils restaient totalement immobiles, presque prostrés comme à une putain de veillée.

J'avais allongé la foulée. Maintenant, je courais presque.

Et puis j'avais vu le point rouge, la robe de Mathilde, se détacher du groupe pour venir vers moi. Sans savoir pourquoi, j'avais accéléré. Je courais franchement maintenant.

Non. Ça n'était pas un dauphin ni un poulpe, sur la plage.

Je ne réalisais pas encore. Mon esprit n'avait établi aucune connexion. Je me contentais de courir vers le point rouge. Vite, plus vite.

Mes jambes étaient comme douées d'une vie propre et je sprintais. Je me ruais à en perdre haleine, sans bien savoir pourquoi, vers le point rouge qui était maintenant devenu une robe, avec deux bras, deux jambes... Curieusement, je ne distinguais pas le visage de Mathilde.

Le vent me rafraîchissait. Les embruns giflaient mon visage. J'avais chaud. Terriblement chaud.

Lorsque je suis arrivé à quelques dizaines de mètres de l'attroupement, j'ai ralenti. Comme si mon corps refusait d'aller plus avant. Comme si mon esprit luttait pour ne pas intégrer d'informations supplémentaires. Mes yeux... Mes yeux étaient fixés sur Mathilde, mais je ne voyais pas son visage. Mes yeux aussi refusaient.

Elle stoppa ma progression d'une bourrade.

Mathilde était une femme frêle et peu sportive, mais sa bourrade me fit l'effet d'une locomotive en plein plexus. Je m'arrêtai net.

Non, ça n'était ni un poulpe ni un dauphin, allongé là sur la plage.

Mathilde hurlait, elle était hystérique.

— Où t'étais, espèce d'enfoiré ? ! Hein, où t'étais ? !

Et, machinalement, la seule phrase qui venait et revenait encore, la seule réponse que je fournissais en balbutiant, comme une bande distendue mise en boucle, c'était :

— Je n'étais pas là… Je n'étais pas là…

— T'es un… un…

Les mots ne voulaient pas sortir de sa bouche. Ils ne pouvaient… Aucun d'eux ne pouvait exprimer ce qu'elle ressentait, là, maintenant.

— … salaud ! T'es un salaud !

Elle se mit à frapper ma poitrine, mon visage… mais je ne sentais rien. Je ne sentais plus rien…

— T'as pas pu t'en empêcher, hein ? T'as pas pu t'en empêcher encore une fois, salaud !

Je n'ai plus pensé au fait qu'il ne s'agissait ni d'un poulpe ni d'un dauphin, ce petit corps détrempé allongé là, inerte, au milieu de ces dizaines de jambes immobiles.

Je n'ai plus pensé à cette phrase qui revenait encore et encore : "Je n'étais pas là…"

Je n'ai même plus pensé au fait que j'étais vraiment là, sur la plage, que Mathilde pleurait et me frappait.

Je n'ai plus pensé au fait que tout cela arrivait réellement et que ce n'était pas un cauchemar.

J'ai juste pensé : "Merde, elle sait. Depuis le début, elle savait tout…"

Au bout de combien de temps, je ne sais pas, mais Mathilde s'était finalement effondrée sur le sable mouillé et des mains anonymes l'avaient relevée et emmenée au loin. Quelqu'un, à un moment ou à un autre, avait mis un drap blanc sur le corps de Ben. Le drap s'imbibait petit à petit de l'eau salée et il ressemblait maintenant à un suaire. Des gens me regardaient... Sans avoir besoin de lever les yeux, je sentais qu'ils me regardaient comme si j'avais été un... Et j'avais l'impression qu'ils étaient morts. Tous morts. J'étais le dernier être vivant sur cette plage... J'étais le dernier être vivant au monde, planté sur mes deux jambes, examinant mes mains d'un air distrait, absent... impuissant. »

*

— Excuse-moi, j'ai été retenue.

Casanova ouvrit les yeux, et elle était là, devant lui. Elle était la chose la plus délicieuse, la plus douloureuse qu'on ait pu voir. C'est alors qu'il s'en aperçut. Bordel ! Elle avait mis sa robe rouge. Celle qu'elle portait quand... Quel putain de monde !

Casanova leva la tête. Il vit qu'elle avait de nouvelles marques sur le visage et au cou. Des bleus. Des traces de coups.

La Feuille paierait un jour pour tout ça. Mais ça n'était pas lui qui s'en chargerait, oh non. Mathilde avait fait son choix, comme lui avait fait les siens, et il respectait cela.

184

— J'ai apporté ça. C'est tout ce que j'ai eu le temps de trouver, dit-elle en s'asseyant à côté de lui.

« Une bouteille de vin. Pourquoi pas du champagne, tant qu'on y est ? » se dit Casanova.

Il lui sourit tendrement.

— Ça tombe bien, c'est exactement ce dont j'avais besoin.

Ils ouvrirent la bouteille, puis, se passant le goulot à tour de rôle, entreprirent de lui faire un sort.

Ils buvaient en silence. Un silence parfait, uniquement troublé par le bruit de leurs déglutitions, et celui, plus loin, des vagues et des derniers rires qui s'enfuyaient à mesure que la nuit tombait.

Ils burent longtemps, puis Mathilde se leva et partit chercher une autre bouteille dans la voiture. Il faisait nuit, maintenant.

Lorsque Mathilde revint, elle reprit sa place puis, en ouvrant la seconde bouteille, se mit à parler :

— Ça va mieux, ton visage. Roger t'a pas amoché tant que ça, finalement. J'aurais pourtant cru…

— On s'est bien occupé de moi. Des gens compétents et efficaces. Ils ont… rafistolé tout ça.

Elle eut un petit rire. Un rire éthylique. Lui-même se sentait un peu parti.

— Tu vas être aussi beau qu'avant alors ?

— Je suis pas beau.

— Pourtant, t'as du succès… Je veux dire : tu dois avoir autant de succès qu'avant, non ?

— C'est pas du succès, c'est… de l'intuition. Je vois instinctivement celles qui sont susceptibles d'être tentées. Je leur dis ce qu'elles veulent entendre. Je sais exactement ce qu'elles veulent et…

Casanova s'interrompit brusquement. Il s'aperçut qu'il parlait de choses qu'il ne voulait à aucun prix aborder. A fortiori avec Mathilde.

— Tu sais ce qu'elles veulent ? Vraiment ?

— Ne pars pas là-dessus, Mathilde, je t'en prie. Tu te fais du mal pour rien.

— Tu te trompes, Milo. Plus rien ne peut me faire du mal, maintenant.

— Je sais.

Ils burent de nouveau en silence. Casanova et elle observaient les étoiles. Il avait l'impression que, pour la première fois, ils étaient ensemble. Réellement ensemble. Il regretta qu'ils n'aient jamais eu l'idée de faire ça... avant. Il savait désormais qu'il était trop tard. Et elle aussi.

— C'est une belle nuit, dit-elle, la voix pâteuse.

— Ouais... Une belle nuit.

— Une belle nuit pour une belle célébration.

— Jésus, Mathilde ! Ça n'est pas une célébration. Il n'y a rien à célébrer, tu le sais comme moi.

— Et si ça me fait du bien, à moi, de penser que c'est une célébration ?

— À ta guise, soupira Casanova.

Ils burent encore quelques gorgées. Il y avait quelque chose de beau, dans ce moment d'intimité solennelle. Quelque chose de beau et d'infiniment triste. C'est du moins comme ça que Casanova vit les choses à la moitié de la seconde bouteille.

— Il aurait cinq ans, aujourd'hui.

— Jésus ! On peut... On peut pas parler d'autre chose ?

— Et de quoi tu veux parler, hein ?

Soudain, la magie était brisée. Casanova sentait poindre une once d'agressivité dans la voix de Mathilde. Il le savait, à partir de maintenant, tout allait redevenir comme avant. Ils allaient se disputer. Elle allait lui reprocher des choses. Elle allait le honnir, l'agonir d'insultes au bout d'un moment, et tout recommencerait. Le même enfer. La même résignation.

Elle continuait :

— Pourquoi tu penses que je t'ai fait venir ici, hein ?

— Je pensais que tu voulais faire la paix.

— La paix ? La paix ? Mais qu'est-ce que tu sais de la paix, hein ?

— On peut… On peut pas profiter du silence, là ? Tu sais, juste profiter du…

— Il ne s'agit pas de profiter, il s'agit de se souvenir. Se souvenir et méditer.

— Il n'y a rien à méditer. C'était un accident. Un accident stupide.

— Un accident dû à ta négligence ! Un accident dû à ton inconstance ! Un accident dû à… ta queue.

— Ne dis pas ça.

Il voulait qu'elle se taise maintenant. Il voulait qu'elle arrête de lui bourdonner autour comme une putain de guêpe.

— Et pourtant, je t'aimais. Oh, si tu savais comme je t'aimais.

— Ne dis pas ça.

— Et je suis probablement la seule personne qui t'ait jamais aimé, tu le sais, ça, hein ?

— Ne dis pas ça !

— Ben et moi sommes les seules personnes qui t'aient jamais aim…

Casanova se jeta sur elle. Il ne voulait pas l'embrasser, il voulait qu'elle se taise. Il ne voulait pas passer la main sous sa jupe, il voulait qu'elle se taise. Il ne voulait pas la caresser, puis ouvrir son pantalon, il voulait juste qu'elle se taise !

D'abord, elle se débattit. Elle le mordit. Elle le griffa. Ses ongles se plantèrent dans son visage comme les griffes acérées d'un rapace puis elle lui laboura le front, les joues, les lèvres, rouvrant ses plaies comme avec des lames de rasoir. Casanova ne fit rien pour l'en empêcher. Il sentait son sang couler sur ses doigts à elle, il sentait sa peau se fendre sous la morsure de ses ongles. Il lui tendit son visage pour lui faciliter la tâche. Elle ne s'en priva pas et le griffa de plus belle. Mais il continuait à la… à lui faire l'amour.

Finalement, elle se détendit. Un à un, ses membres se relâchèrent jusqu'à ce qu'elle pende tel un pantin entre ses bras musclés. Des gouttes de sang, le sang du visage meurtri de Casanova, tombaient dans son décolleté. Elle gémissait doucement. Maintenant, elle caressait sa poitrine. Elle l'encourageait. Enfin, elle se cabra et Casanova poussa un grognement. Puis c'était fini. Il roula sur le côté. Il entendit un bruit bizarre. Un bruit qui venait de la gorge de Mathilde. Il pensa qu'elle était en train de rire. Un rire étouffé. Mais elle pleurait. Elle pleurait en silence.

Casanova se leva, se rembraillat, puis, debout face à la mer, entreprit de terminer la bouteille.

— Roger te tuera. Quand il saura, il te tuera, gémit-elle entre deux sanglots.

— T'as pas besoin de lui dire, si ? répondit Casanova sans se retourner.

— J'aurai pas besoin de lui dire. Il saura.

— Alors ça sera peut-être moi qui le tuerai.

Elle sanglota de nouveau.

— Tu penses que tu es beau. Tu penses que tu es irrésistible. Tu te crois invincible. Tu crois même peut-être que tu me possèdes encore, mais à l'intérieur, tu es un monstre, Milo. C'est ce que tu es : un monstre.

Casanova s'enfila une rasade. Maintenant le vin avait un goût aigre, corrosif. Il se mélangeait avec son sang, son propre sang sur le goulot.

Il pensa que oui, peut-être que la Feuille allait le tuer, c'était possible. Il pensa aussi que si ce n'était pas lui, ça serait peut-être Gus et sa bande d'enragés. Ou bien Elena. Ou bien des tueurs à la solde de Dubois, elle en avait parlé à demi-mot. À moins que le Manitou ne décide lui-même de le faire disparaître corps et âme, comme Giovanni. Et, à l'instar de Giovanni, ça serait comme s'il n'avait jamais été là… Jamais été là. Peut-être aussi que ce serait la petite stagiaire qui aurait finalement sa peau, ou encore quelqu'un à qui il n'avait pas pensé…

— Tu es un monstre, répéta Mathilde plus doucement.

Casanova posa calmement la bouteille à terre. Il fixait l'horizon invisible. Noir sur noir.

— Tu crois que je ne le sais pas ?

*

Lorsqu'il s'éveilla le lendemain matin, le soleil était déjà levé à travers la vitre et dans sa tronche, derrière ses yeux, un tam-tam frénétique jouait. Il n'aurait pas dû boire autant la veille. Il n'avait plus l'habitude.

Il se retourna et vit qu'il s'était endormi tout habillé. Il n'avait même pas enlevé son flingue de sa ceinture, derrière, où il le mettait toujours.

Son oreiller était maculé de sang. Les blessures que lui avait infligées Mathilde n'étaient pas du pipeau. Elles étaient larges et profondes. Il se demanda si c'était vraiment celles-là qui faisaient le plus mal.

Il s'aperçut alors que le tam-tam ne jouait pas dans sa tête. Quelqu'un était en train de tambouriner à sa porte. Quelqu'un qui ne semblait pas décidé à partir et à le laisser se rendormir.

Il soupira, se leva et se dirigea péniblement vers la porte d'entrée.

Lorsqu'il l'ouvrit, il vit deux hommes sur le seuil. Le premier était jeune, atteint d'une surcharge pondérale évidente, son taux de cholestérol devait avoisiner le pic le plus haut des courbes d'Amérique. Le second était un Noir. Plus vieux, bâti comme une armoire à glace, il se tenait un peu en retrait. Juste derrière le gros. Ils portaient des costards qui ne cadraient pas avec la fiche de paie de représentants d'encyclopédies.

— Monsieur Rojevic ? Milo Rojevic ? dit le Blanc, en s'avançant un peu.

Le Black chuchota derrière lui :

— Pas trop, Cul Blanc. Pas trop. Reste à distance respectable.

Tous deux se tenaient droits, les mains dans le dos, les jambes légèrement écartées. Ils souriaient, mais Casanova se douta instinctivement qu'ils n'étaient pas là pour lui vendre des tickets de tombola.

— Ouais, c'est pour quoi ?

— Madame…

— Consulte la fiche, chuchota le Noir.

Cul Blanc consulta une petite fiche qu'il tenait à la main.

— … Mme Dubois nous envoie.

— Ouais, et alors ?

— Elle a un message pour vous.

Cul Blanc reprit sa fiche.

— Elle nous fait dire que, je cite : « Puisque vous n'avez pas voulu m'écouter et que votre hiérarchie semble être impuissante à vous persuader d'abandonner ces stupides investigations, vous m'obligez à employer des moyens que je réprouve mais qui me paraissent de nature à vous faire comprendre plus clairement où se situe votre intérêt… »

— Nous sommes ces moyens, précisa poliment le Black qui se tenait un peu en arrière.

— Voyez-vous de quoi il s'agit ou désirez-vous obtenir un supplément d'informations ? demanda Cul Blanc.

— Je crois pas que ça sera nécessaire, répondit Casanova. Dites-lui qu'elle perd son temps. Quand je commence quelque chose, je le finis toujours. Enfin la plupart du temps.

— Je crains que ce ne soit pas la réponse attendue, monsieur.

— Ah ouais ? Et qu'est-ce que vous allez faire ? Vous allez me casser la gueule ?

Cul Blanc se dandinait d'un pied sur l'autre. Visiblement, il était pris au dépourvu.

Le Noir haussa les sourcils d'un air horrifié.

— Mon Dieu non ! Elle… notre employeuse nous a bien spécifié de ne toucher en aucun cas à votre visage.

Cul Blanc se ressaisit :

— C'est tout à fait ça ! À aucune partie de votre visage.

— C'est bien, Cul Blanc. Là, c'est mieux…, murmura le Noir dans le dos de son comparse.

Casanova sentait la moutarde lui montrer au nez. Qu'est-ce que c'était que ces deux branques ?

— Dites donc, votre numéro de duettistes, c'est toujours le même, ou vous l'avez monté juste pour moi ?

— Cul Blanc débute. Il est en formation et je lui apprends les ficelles du métier. Il faut l'excuser, monsieur Rojevic, précisa le grand Noir d'un ton désolé.

Avec une négligence feinte, Casanova s'empara de son arme dans le dos et la laissa pendre à ses côtés.

Visiblement décontenancé, Cul Blanc recommença à se tortiller sur le perron.

— Cacahuète, qu'est-ce que je fais ?

— Te laisse pas intimider, Cul Blanc. C'est rien qu'un flingue.

Une nouvelle fois, il s'adressa à Casanova sur un ton d'excuse.

— Pardonnez-lui, monsieur. Il est encore un peu émotif. Mais je ne désespère pas…

— Cacahuète ?

— C'est mon nom, monsieur.

— Bien, Cacahuète : vous pouvez transmettre un message à Mme Dubois ?

— Bien entendu, répondit le dénommé Cul Blanc en s'arrêtant de bouger, les mains derrière le dos.

Cacahuète non plus ne bougeait pas. Il fit un clin d'œil à Casanova. Du style : « Hé, laissez faire le petit. Il y arrivera. » Et ces connards souriaient. Ils ne voulaient pas s'arrêter de sourire.

— Dites à votre patronne que si je vous revois dans un périmètre inférieur à un kilomètre de cette maison, je vais la voir. Je tue le gamin. Je la tue ensuite. Et après, je vous fais votre fête avant de me flinguer.

L'arme de service pendait contre la jambe de Casanova. Menaçante.

— Pa… Pardon ? bredouilla le gros.

— Il ne sera pas nécessaire d'aller jusque-là, monsieur…, coupa Cacahuète qui jugea manifestement qu'il était temps de reprendre les choses en main. Mais je suppose que, d'une certaine manière, cette réponse pourrait lui convenir. Nous lui ferons la commission, vous pouvez compter sur nous. Vous devriez ranger cette arme, maintenant, monsieur.

— Je fais ce que je veux, fanfaronna Casanova.

Mais avant qu'il ait réalisé ce qui se passait, la main du Noir avait jailli comme un serpent et deux doigts étaient venus le frapper entre les côtes, juste au-dessous du cœur. Il crispa son doigt sur la détente, essaya de lever le bras, mais son corps ne répondit pas. Une douleur fulgurante lui cisailla tout le côté gauche et sa main devint molle comme du caoutchouc, laissant échapper l'arme à terre. Casanova s'écroula.

— Tu vois, dit Cacahuète à Cul Blanc, tu t'es laissé surprendre, et intimider. C'est pas grave, ça passera. Mais c'est toujours toi qui dois surprendre et intimider le client, et pas le contraire. En restant toutefois dans les limites de la courtoisie, nous ne sommes pas des Ostrogoths.

— Oui, Cacahuète, acquiesça Cul Blanc en plissant le visage comme s'il réfléchissait intensément.

— Et puis, tu t'es trop approché. Il ne faut jamais trop s'approcher du client. Pour la plupart, ils sont blancs, des gros culs blancs tout comme toi, et, en tant que gros culs blancs, ils sont faibles et peuvent parfois avoir des réactions absurdes et imprévisibles.

— Oui, Cacahuète.

— Mais ne t'inquiète pas, Cul Blanc. Quand j'aurai fini ta formation, tu seras le plus noir de tous les culs blancs de la terre. Tu ne seras plus ni absurde, ni faible, ni imprévisible.

— Oh, oui, Cacahuète. Forme-moi, gloussa le bibendum Michelin.

— C'est ce que je vais faire, Cul Blanc. C'est ce que je vais faire…

Il sembla bien à Casanova que, durant toute la conversation, Cacahuète était en train de tapoter, de masser les fesses de son disciple. Mais il n'en était pas sûr parce qu'il était trop occupé à se tordre de douleur par terre. Qu'est-ce qu'ils lui avaient fait, ces connards ? Ils lui avaient cassé les côtes, ou quoi ? Il n'avait rien vu. La douleur était proprement insupportable.

— Ne vous inquiétez pas, monsieur, dit calmement Cacahuète en se penchant sur lui. Votre cœur a juste sauté quelques battements. Vous avez fait en quelque sorte une mini-crise cardiaque, une légère fibrillation, mais rien de bien grave. La douleur, quant à elle, disparaîtra dans une dizaine de minutes, le temps que votre nerf brachial cesse d'envoyer des informations contradictoires à votre cerveau. Systole ventriculaire, auriculaire, diastole, ça commence à devenir compliqué pour lui, tout ça...

Cul Blanc se pencha à son tour.

— Vas-y, c'est à toi, murmura Cacahuète en signe d'encouragement, sans cesser de malaxer le postérieur du blanc-bec.

Casanova vit, à travers les larmes de douleur qui embuaient sa vision, qu'il ne souriait plus.

— Il ne s'agit là que d'un petit... avertissement. Mme Dubois nous a bien spécifié que nous devions vous avertir avant d'entreprendre quelque chose... de plus radical. Nous allons lui transmettre votre message. Sachez cependant que si la réponse se révélait être négative, nous serions amenés à nous revoir, monsieur Rojevic.

— C'est très bien, Cul Blanc, c'est super, approuva Cacahuète.

Il s'agenouilla ensuite pour que son visage soit à la hauteur de Casanova.

— Écoute-moi bien, maintenant, trouduc : nous pouvons t'infliger, Cul Blanc et moi, des souffrances que tu n'imagines pas. Et ce sans même avoir à toucher un seul de tes poils de petit cul blanc. Ces souffrances, nous pouvons te les infliger où et quand bon nous semble. Nous pouvons te les infliger ou pas, tout dépendra de la réponse de notre employeur.

— À bientôt, ajouta Cul Blanc.

Ils partirent alors sans refermer la porte derrière eux. Casanova les vit s'éloigner dans l'allée. Cacahuète flattait l'imposant postérieur de son élève.

— Viens par là, Cul Blanc. Je vais faire de toi le plus noir de tous les culs blancs de la terre et je vais te manger les petits fruits secs que t'as entre les jambes. Je vais te les mâcher, je vais te les sculpter, te les façonner. Je vais te les rendre aussi durs que des roulements à billes. On m'appelle pas Cacahuète pour rien.

Il rit franchement. Comme si c'était la meilleure plaisanterie de la journée. Ils riaient tous les deux. Et Casanova resta là, à se tortiller comme un beau diable sur la moquette.

Au bout d'un moment qui lui sembla une éternité, la douleur commença à s'estomper. Il put respirer de nouveau normalement. Il claqua la porte du talon et entreprit de ramper jusqu'à la salle de bains.

Après avoir aspergé son visage d'eau fraîche, il fit quelques mouvements d'assouplissement et vérifia qu'il était encore entier. Il allait se recoucher. Oui, c'était ça qu'il allait faire parce qu'il ne pouvait penser à rien d'autre de sensé. Puis, juste au moment où il regagnait son salon, il entendit tambouriner à nouveau à la porte. Si ces connards revenaient, il allait leur montrer.

— Espèces d'enculés, espèces de petits enculés ! Enfileurs de bagouses ! Bouffeurs de terre jaune ! Vous m'avez eu par surprise et vous croyez que vous allez m'avoir une seconde fois, mais ça va pas se passer comme ça. Oh, non, ça va pas se passer du tout comme ça !

Il ne savait pas s'il avait parlé à voix haute ou non. Il lui semblait avoir crié mais il n'en était pas sûr. D'un geste vif, il ramassa son flingue et ouvrit la porte à la volée, pointant le canon droit devant lui. Cette fois-ci, il criait, il en était certain :

— Enculés ! Si vous croyez que...

— Tire pas ! Putain, tire pas ! hurla Zicos en tenant ses mains devant lui, paumes en avant, comme une protection dérisoire.

Derrière lui, Bouli s'escrimait à sortir son arme qui visiblement était coincée dans le holster. Tout en se démenant pour dégager le calibre, il criait lui aussi :

— Jette ton arme ! Jette ton arme, Casanova, ou je...

Tout le monde criait en même temps et il y eut un moment de grande confusion.

Lorsque Casanova réalisa sa méprise et baissa le flingue, Bouli n'avait toujours pas réussi à sortir le sien. Zicos se tenait la poitrine, serrant sa chemise au niveau du cœur.

— Putain, Casanova, me fais plus jamais une frayeur comme ça. Plus jamais. Qu'est-ce qui t'a pris, hein ?

— Je... je... j'ai cru que les invertis revenaient.

— Les quoi ? demanda Zicos, effaré, se remettant lentement de ses émotions.

Il le regardait comme s'il était fou. Lui et Bouli, qui, de son côté, avait renoncé à extirper son arme, le regardaient vraiment comme s'il était fou. Aucun d'eux n'avait l'air rassuré.

— Les invertis..., précisa Casanova. Ils étaient là il y a deux secondes. Vous les avez pas croisés ?

— Les invertis ? demanda Bouli. C'est parce que tu as vu des invertis que tu sors ton flingue ?

— C'est... C'est plus compliqué que ça, plaida Casanova.

— Laisse tomber, soupira Zicos. Je crois que je veux pas en savoir plus. Le Manitou nous avait bien prévenus de ton état, mais je crois qu'il était en dessous de la vérité. Largement en dessous.

— Mais puisque je vous dis que...

Casanova abandonna. Parce qu'il s'aperçut que ses explications ne feraient qu'aggraver son cas. Et aussi parce que la présence de Zicos et Bouli sur son perron était étrange. Très étrange.

Zicos se pencha légèrement et le regarda de plus près. Une moue écœurée déformait son faciès.

— Putain, qu'est-ce qui t'est encore arrivé à la tronche ?

— C'est le chat de ma voisine.

— Ça serait pas plutôt sa chatte ?

— Très drôle, Bouli.

— C'était pas censé être drôle.

— Bon, qu'est-ce qui vous amène, les gars ?

— T'es convoqué. Le Manitou veut te voir.

— Bon, je passerai…

— Tout de suite.

— Hein ? Comment ça, tout de suite ?

— C'est… officiel. C'est une convocation officielle. Le Manitou nous a envoyés te chercher parce qu'il pensait que ce serait… plus calme.

— Faut croire qu'il se gourait, lança Bouli dans le dos de Zicos.

— Mais… pourquoi, on peut savoir ? demanda Casanova.

— Je peux pas te dire, répondit Zicos. Le Manitou t'en parlera quand on arrivera. Je… Je suis désolé.

— Nous rends pas les choses plus difficiles, Casanova, ajouta Bouli d'un ton lugubre.

La gravure de mode leva les yeux au ciel. Il soupira et fit un pas en avant.

Zicos et Bouli reculèrent d'un bond parfaitement synchrone, comme s'il était pestiféré.

— Je préférerais que tu nous donnes ton flingue. C'est… C'est mieux.

— Le temps du voyage, précisa Bouli. On te le rendra une fois arrivés au commissariat.

Casanova hésita. Puis il s'exécuta. Zicos enfouit le P38 dans sa poche intérieure, et ils partirent tous les trois en file indienne, Zicos suivi de Casanova suivi de Bouli, baissant la tête comme des bagnards soumis à une corvée dont personne ne voulait.

*

Pendant le trajet, Casanova, assis sur la banquette arrière, scrutait dans le rétroviseur les yeux de

Zicos et le trois-quarts dos de Bouli. Il essayait de deviner leurs pensées. De deviner pourquoi ils l'emmenaient. Bon Dieu, et si, comme dans les films de gangsters, ils l'emmenaient faire une promenade dans les bois. Ouais, une petite promenade entre amis à l'air frais. Une excursion vivifiante dont il ne reviendrait jamais.

Casanova frappa contre la grille de séparation.

— Hé, vous êtes sûrs qu'on va bien au commissariat, là ?

Ils ne répondirent pas.

— C'est pas la bonne route ! s'exclama Casanova.

— Si, c'est la bonne route ! Arrête tes conneries.

— Pourquoi tu lui réponds ? s'énerva Bouli. Tu vois pas qu'il essaie de nous mettre en boule ?

Zicos haussa les épaules.

— Merde, Bouli. C'est… C'est juste Casanova. Je sais qu'il a déconné. Qu'il nous a foutus dans la panade, mais enfin, quoi, c'est… c'est Casanova.

*

— C'est fini, Rojevic. Cette fois, ça va trop loin. Vous me rendez votre arme et votre carte. Vous êtes suspendu le temps de l'enquête.

— Je… Je ne comprends pas, balbutia Casanova.

Zicos et Bouli l'avaient bien emmené au commissariat, comme ils l'avaient dit. Puis le Manitou lui avait parlé. Pendant un bon quart d'heure, il lui avait exposé la situation, en parlant lentement, en détachant chaque mot, comme s'il avait parlé à un enfant demeuré, mais il n'avait rien compris.

Il avait certes entendu le mot « suicide », il avait entendu aussi son nom, prononcé plusieurs fois, mais il n'avait pas réussi à mettre bout à bout toutes les phrases pour en faire un tout cohérent.

— Elle est morte, Casanova ! Elle est morte dans nos locaux ! Et elle a laissé une note vous rendant responsable de tout ce… ce gâchis.

— Elle est morte comment ?

— Là n'est pas la question ! La question est qu'elle s'est apparemment suicidée et qu'elle a laissé une note disant que c'était à cause de vous. Elle disait… Elle disait qu'elle vous aimait depuis toujours et que, après avoir entretenu une relation avec vous, elle ne pouvait plus supporter votre indifférence… Bon Dieu, Rojevic. C'est vrai, ça ? Vous avez eu une relation d'ordre sexuel avec cette stagiaire ?

— Je… Oui, bon, et alors ? C'est interdit par le code du travail ? C'était même pas une relation sexuelle, c'était, comment dire… une nécessité biologique.

Casanova fut un instant tenté de raconter l'histoire du collier qu'elle lui avait enfoncé dans le rectum et puis le coup qu'il avait été contraint de lui assener pour qu'elle se calme, mais quelque chose lui dit que cela ne ferait que rendre la situation plus confuse pour lui et pour les autres.

— Vous êtes dans une merde noire, Rojevic. Je crois que vous ne le réalisez pas encore, mais c'est exactement ce dans quoi vous êtes.

— Jésus ! Vous allez… Vous allez quand même pas gober un truc pareil ? Elle était folle. Cette fille était complètement givrée. Elle faisait une fixation !

Bon Dieu, vous avez vu dans quel état elle a mis ma voiture ? Vous voulez que je vous montre dans quel état...

— Les enquêteurs tireront ça au clair.

— C'est tout ce que vous avez trouvé ?

— Pardon ?

Une veine, une grosse veine bleue était apparue sur le font du Manitou, signe qu'il était de moins en moins disposé à entendre la plaidoirie de son subalterne.

Zicos et Bouli se tenaient devant la porte du bureau, et Casanova avait le sentiment qu'ils étaient là en tant que témoins-gardes-du-corps-censés-intervenir-en-cas-de-dérapage. Il avait aussi le sentiment qu'aucun d'eux ne se réjouissait d'assister à l'entretien, de le voir tomber si bas.

— C'est tout ce que vous avez trouvé pour m'écarter de l'enquête ?

— Bon sang, mais de quoi vous parlez ?

— Vous le savez très bien, monsieur le commissaire. L'enquête sur la disparition de Giovanni, celle que vous m'avez confiée...

— Premièrement, je vous ai rien confié du tout...

Celle-là, Casanova s'y attendait.

— ... Et deuxièmement, il y a une morte dans les toilettes du troisième étage. Une morte innocente et totalement étrangère à vos élucubrations, vous ne semblez pas le réaliser !

— On peut savoir qui l'a trouvée ?

— On peut savoir... ? Mais qu'est-ce que ça peut vous faire, qui l'a trouvée ? Vous croyez pas que vous en avez assez fait comme ça en quarante-huit heures ?

— Qui l'a trouvée ?

— Mendoza. C'est l'inspecteur Mendoza qui l'a trouvée, mais je ne vois pas du tout ce que cela...

— Oh, moi, je vois très bien.

— Vous vous rendez compte que vous n'êtes pas dans votre état normal ? J'espère que vous vous en rendez compte, au moins ?

— Moi, je crois au contraire que je suis parfaitement lucide. Peut-être trop à votre goût, et c'est pour ça...

— Brisons là, Rojevic ! Rendez votre carte et votre arme et allez voir le psy, il vous attend. Je vais téléphoner pour qu'on vous réceptionne. Les gars de l'inspection sont déjà là-bas.

— Le psy ? J'ai pas besoin d'un...

— C'est fini, Rojevic ! Vous comprenez ça ? Fi-ni ! Je ne peux plus rien pour vous. Personne ne peut plus rien pour vous d'ailleurs. Vous m'en voyez navré.

— Ben voyons. Gus et vous, c'est du solide, pas vrai ?

— Votre carte et votre arme, maintenant.

Zicos et Bouli s'approchaient dans son dos. Ils n'allaient pas tarder à lui tomber sur le paletot.

— Gus vous voit. Il voit ensuite la stagiaire. Et on la retrouve morte le lendemain. Ça fait une drôle de...

Zicos posa sa main sur l'épaule de Casanova.

— Ta carte, donne-lui ta carte, Casanova. S'il te plaît.

Zicos était posé. Il semblait désolé. Infiniment désolé.

— Nous oblige pas à te la sortir de la poche, ajouta Bouli, infiniment moins désolé.

Casanova se dégagea d'un geste de l'épaule et ils sursautèrent tous les trois.

— Vous inquiétez pas, les rassura-t-il, j'ai plus mon flingue. C'est Zicos qui l'a. Vous aviez pas oublié ?

Puis, calmement, il sortit sa carte et la plaqua sur le bureau du Manitou.

— Zicos et Bouli… Pardon, je veux dire Villeneuve, vont vous accompagner jusqu'à l'infirmerie où vous serez pris en charge. Je les préviens que vous arrivez, précisa le Manitou en décrochant le combiné.

— J'ai pas besoin de nounou…

— Ils vont vous accompagner et là-bas, les types de l'inspection prendront le relais. Ce n'est pas négociable, affirma le Manitou en composant le numéro.

— Vous savez que je ne lâcherai pas l'affaire, vous le savez, ça ? Je le retrouverai. Quoi que vous fassiez, je le retrouv…

Le Manitou l'interrompit en levant la main.

— Oui, ici le commissaire principal. L'inspecteur Rojevic est là, avec nous, il arriv… Je suis au standard ? J'ai pas composé ce poste, pourtant. Bon, c'est pas grave, passez-moi l'infirmerie. Oui, j'attends.

Il masqua le combiné avec sa main et, en soupirant, leva les yeux sur Casanova.

— Bonne chance, Rojevic. Sincèrement, bonne chance. Et je ne parle pas de votre soi-disant enquête, là. Celle-ci est terminée.

— Ça veut dire quoi ?

— Cela ne vous regarde plus, Rojevic. Vous ne

faites plus partie de nos effectifs, jusqu'à nouvel ordre.

— Ça veut dire quoi, l'enquête est terminée ?

Le Manitou fit la moue. Il se préparait à répondre lorsque, au bout du fil, la communication s'établit.

— Ouiiii, ici le commissaire principal ! J'ai l'inspecteur Rojevic, là, je vous l'envoie, comme conve... Hein ? Le poste 76 ? J'ai pas demandé le poste 76, j'ai demandé l'infirmerie ! Vous me basculez ? Bon, j'attends, mais ça commence à bien faire...

Une nouvelle fois, le Manitou masqua le haut-parleur. Il fit signe du menton à Zicos et Bouli :

— C'est bon, emmenez-le, je les préviens, ils vont me basculer sur la ligne. Allez, faites-le disparaître de ma vue. Faites-le disparaître tout court.

— Vous avez entendu, les gars ? C'est une menace, ça !

— Casanova, merde...

Soudain, quelque chose se brisa en lui. Il le sentit. Comme un élastique qui claquait dans son cerveau. Son corps s'affaissa légèrement. Il baissa la tête. Tout à coup, il se sentait vide. Vide et incroyablement fatigué.

— Si quelqu'un est mort, ça n'est pas de ma faute.

— Je sais, on le sait tous, murmura Zicos dans son dos. Allez, en route, ça va bien se passer, tu verras.

— Ça n'a jamais été de ma faute...

Ils venaient à peine de refermer la porte derrière eux quand ils entendirent le Manitou pousser un grand cri :

205

— Nooon, putain de bordel de Dieu à la con, c'est pas le service des RH que je veux !

*

« J'avais vu le psy. Il y avait aussi deux autres types qui étaient restés à attendre dehors. Des types âgés et sereins avec des carrures d'anciens rugbymen. Ils arboraient le même faciès brachycéphale et ressemblaient à des frères jumeaux. Ils portaient exactement le même costume. Des costumes de fonctionnaires. On avait dû m'envoyer les Dupont et Dupond des bœufs-carottes. Aucun d'eux ne s'était présenté. Ils n'avaient pas ouvert la bouche. J'ai jamais pu blairer ces mecs. Aujourd'hui encore moins que d'habitude.

Comme je l'avais fait il y a un an avec l'intervenant des Sexoliques Anonymes, lorsque Big Jim croyait encore en moi, j'avais raconté au psy précisément ce qu'il voulait entendre. Les psys ne voulaient pas connaître vos motivations profondes, vos croyances, ou la manière dont vous parveniez à telle ou telle déduction, non, tout ce qu'ils voulaient, la seule chose qui les faisait jouir, c'était que vous leur parliez de votre enfance. Ils ne vous suggéraient pas d'en parler. Ils ne vous le demandaient pas. Ils vous y obligeaient à coups de silences sournois qui se prolongeaient souvent au-delà de la limite du raisonnable dès que vous prononciez les mots "papa", "maman" ou "premier souvenir".

Et je lui avais tout servi sur un plateau. J'en avais rajouté une couche pour être sûr que ça tienne bien.

J'avais raconté mon premier souvenir, lorsque je m'étais endormi sur l'épaule de mon papa. Il faisait chaud. On vivait à onze, moi et mes frères et sœurs, dans une piaule de quinze mètres carrés, vingt-quatre heures sur vingt-quatre. Papa — j'ai jamais su s'il était "malade" ou au chômedu — et maman, plus ou moins au foyer. Mon père restait là, assis entre les braillements des plus petits, les disputes des plus grands, et la résignation des entre-deux. Il restait assis là, à sa place devant la table, hébété, sans un mot. Il régnait sur son petit monde, mais en même temps, il ne régnait sur rien. Il restait là durant des heures, mais il n'était pas là, si vous voyez ce que je veux dire. Il restait là, mais son esprit s'échappait de l'enfer qui le cernait. Cet enfer qui s'appelait famille.

Les seuls moments où une lueur d'intelligence brillait dans son regard, les seuls moments où il resurgissait parmi nous étaient ceux où il devenait fou. À ce moment-là, il valait mieux se mettre à l'abri et il n'y avait pas beaucoup d'endroits où se cacher. Alors ça tombait. Sans discernement, sans mesure. Et puis il se rasseyait, comme ça, comme si rien ne s'était passé, et il retombait dans sa torpeur.

C'est ça, les souvenirs que j'ai de mon père. Ma mère, elle, je n'en ai aucun souvenir. C'est comme si... Comme si elle n'existait pas. Comme si elle n'avait jamais existé. Je crois que, comme nous, elle était simplement trop terrifiée par mon père pour tenter d'exister de quelque manière que ce soit.

Et puis, un jour, un jour de terrible chaleur, je m'étais endormi sur l'épaule de mon père. Je devais avoir cinq ou six ans, je sais plus. Brusquement, je m'étais réveillé. Mort de peur, réalisant… réalisant que je m'étais endormi sur son épaule et qu'à un moment, à n'importe quel moment, il pouvait sortir de son hébétude et s'en prendre au premier venu. J'étais tombé de ma chaise et il avait tourné vers moi son visage, son visage de brute épaisse, et alors j'avais vu son regard. Ça n'était pas un regard humain, non. C'était un regard de bête. Un regard de bête prise au piège. Le regard d'une bête prise au piège qui n'a aucune possibilité de s'échapper. J'ai jamais oublié ce regard…

Le psy avait l'air d'aimer ça. Il griffonnait comme un fou sur son calepin. Il frissonnait.

Et puis j'avais parlé de mes amis d'enfance, du milieu d'où je venais.

J'avais parlé de ma fratrie et de la manière dont ils avaient fini. J'avais encore parlé de mon père, qui était mort dans une bagarre de bistrot une des rares fois où il avait mis le nez dehors. Mort pour un motif probablement dérisoire et oublié de tous.

Et puis plus tard, l'adolescence. Les "amis" que j'avais eus dès que j'avais été en âge de partir de chez moi. C'est là que les surnoms avaient commencé à fleurir. Dès que j'avais été assez vieux pour… baiser.

Jack l'Éventreur, le Poinçonneur des Lilas, Baby Face, Gueule d'Ange, Tombeur, Machine Gun Pussy, la Foreuse Ambulante, Casanova…

Tous ces surnoms liés à une certaine partie de mon anatomie et à l'usage que j'en faisais avaient disparu avec ceux qui les avaient adoptés. Ils étaient pour la plupart morts ou — tout comme — à l'usine.

Il y en a qui avaient fini en taule ou en HP…

Mais ce qui pouvait arriver de pire m'était arrivé à moi : j'avais terminé flic. Et dans mon milieu, là d'où je viens, c'était encore pire que de finir en taillant des pipes sur le trottoir ou en crevant d'une overdose dans des toilettes publiques.

Avec le temps, année après année, résultat d'une sorte de darwinisme patronymique, un seul surnom était resté.

Mon vrai nom était Milo Rojevic. C'était celui que m'avaient donné mon papa et ma maman.

Mais dans tous les services, non sans une pointe de féroce ironie, mes ennemis m'appellent aujourd'hui Casanova.

Je n'avais pas parlé de Mathilde. Je n'avais pas parlé de Ben. Je ne lui avais pas parlé non plus du groupe de Big Jim qui m'avait accueilli après le… l'accident. Je n'en avais pas eu besoin. Je crois qu'avec ce que je lui avais donné, le psy avait déjà de quoi se payer une bonne dizaine de branlettes.

Lorsque j'avais terminé mon petit exposé, le psy n'en pouvait plus. Il tremblait. Il transpirait. Je crus un moment qu'il allait tout lâcher dans sa culotte.

Il s'était ensuite retiré dans un bureau attenant, me laissant seul. Est-ce qu'il était allé parler aux monozygotes ? Est-ce qu'il était allé effectivement se toucher en pensant aux détails les plus scabreux de l'histoire ?

J'avais cogité un moment. Tout ce que j'avais dit au psy était vrai, mais, en même temps, je savais que rien n'était vrai. Mes parents étaient totalement étrangers au fait que j'étais comme j'étais. Ni eux ni personne d'autre n'était responsable. Cette peur, cette colère étaient les miennes, pas les leurs. Je les avais construites lentement, je les avais entretenues, je les avais choyées comme on prend soin de vieux amis. Elles n'appartenaient qu'à moi et moi seul. C'était grâce à elles que j'étais toujours en vie aujourd'hui.

Le psy était revenu. Il m'avait tendu une feuille. C'était une injonction thérapeutique. Il y avait aussi une ordonnance, avec tout un tas de cachets à prendre, histoire de me... stabiliser.

J'étais ensuite passé dans l'autre bureau, où les jumeaux m'attendaient. J'avais pris place sur la seule chaise qui faisait face à la table où ils s'étaient installés. Au tout début, j'avais essayé d'embrayer sur le même registre. Les bœufs-carottes m'avaient laissé déblatérer un moment, en ayant l'air de se faire prodigieusement chier. Des histoires comme ça, à la Cosette des temps modernes, ils en avaient probablement déjà entendu des centaines du temps où ils étaient flics. Et puis, ils étaient passés aux choses sérieuses. Et là, Dupont et Dupond s'étaient pas privés de me cuisiner. Un jour et une matinée, ça avait duré. Ils m'avaient questionné et questionné encore. Ils m'avaient regardé sous tous les angles. Ils avaient essayé de m'amadouer, de me faire peur, de me prendre en faute, de me déstabiliser. Mais, ce qu'ils avaient oublié, c'est que moi, pour tenir, j'avais quelque chose qu'ils n'avaient pas. Qu'ils n'auraient jamais. J'avais ma peur et ma colère, là, bien au chaud à côté de moi. C'est pour ça que toutes leurs entreprises s'étaient révélées et se révéleraient infructueuses. Quoi qu'ils fassent. Et puis, à la fin de la matinée, ils avaient reçu un nouveau rapport. Probablement le rapport du légiste. Alors, il avait bien fallu qu'ils se rendent à l'évidence. Ils n'avaient rien contre moi. Rien de concret, hormis l'antipathie visible que je leur inspirais. À regret, ils s'étaient résolus à me relâcher au terme de la garde à vue. Je n'étais pas mis en examen. Pas encore. Mais je n'étais pas réintégré pour autant. L'affaire suivrait son cours. Charge à moi de suivre l'injonction et d'éviter de faire des vagues jusque-là.

J'étais sorti du bureau épuisé. Je crois qu'ils l'étaient encore plus que moi. »

*

Le commissariat était pratiquement désert. Il était treize heures environ. Et à treize heures, les ventilos tournent à vide. Ils se sont tous cassés manger ou boire l'apéro. Les seuls qui sont encore là sont les plantons de permanence à l'accueil, ou ceux qui ont fait une grosse connerie. Casanova était effectivement là.

*

« J'errai un moment dans les couloirs vides. Passant devant les bureaux sinistrés, poussant parfois quelques portes sans frapper, au hasard. Stores baissés. Tabac froid.

Ces bureaux qui tous se ressemblaient. Ces mêmes piles de dossiers en attente. Noir sur blanc en sept feuillets réglementaires : des coups d'éclat, des coups de tête, des coups de blues, ventre à terre, gueule ouverte, des coups au cœur et au foie, dans les tripes, des plaies, des bosses... et toujours, au bout, cette même misère, ce même reflet : celui de la mort.

Et puis aussi, derrière ces bureaux, des types... Des sales types juste comme moi, comme Giovanni ou alors comme Gus, pour éponger la merde... Un truc sans fin.

La dernière porte que je poussai était celle de mon bureau. Comment s'en étonner ? Mes chemins menaient là. Invariablement.

Ma main glissa doucement sur le Formica, jusqu'à effleurer une pile de dossiers. MA pile de dossiers en attente. La seule différence résidait peut-être dans le fait qu'elle était mieux rangée que les autres...

Des PV d'interpellation, des PV d'audition ou « PV de chique », des APV, des bordereaux C50, des rapports, des numéros d'autorisation, des synthèses... Et puis, dans une petite caissette à gauche, le courrier. Le petit ordinaire des petits flics ordinaires : fiches de paie, extraits de BO, listes de mutations et appels à candidature, tracts syndicaux... Et que voilà ? Un petit paquet, approximativement de la taille d'une boîte à cigares, à mon nom...

Le cachet postal indiquait la semaine dernière. Putain, j'étais pas venu ici depuis quand ?

Je soupesai l'envoi distraitement... Étui rigide. Trois cents, quatre cents grammes, pas plus...

Alors mes mains se mirent à trembler. Impercep-

212

tiblement d'abord, puis plus fort. Parce que, cette écriture, sur l'enveloppe, je la reconnaissais.

Les lettres dansaient… Je crois que ma tête aussi tremblait. L'écriture de Giovanni. Giovanni, dis-moi si t'es vivant. Dis-moi que t'es encore vivant, nom de Dieu.

Dubois, son ex-femme, m'avait expliqué :

— Le mystère de Giovanni est son essence même… Sa raison d'être. Et je ne vous laisserai pas le déflorer.

Est-ce qu'elle avait tort ? Mon cerveau, ce qui me restait de logique et de bon sens, me disait que oui. Mais mes mains, mes épaules, mon visage et tout le reste de mon corps me criaient le contraire. Malgré toute ma volonté, j'étais incapable… physiquement incapable d'accomplir un geste de plus. La seule chose que je pus faire fut de reposer le paquet. Aussi soudainement qu'il m'avait trahi, et pour une raison qui reste mystérieuse, mon corps choisit de m'obéir à nouveau. À l'instant même où mes doigts avaient lâché ce colis maudit, je redevins maître de moi.

Mais j'étais fatigué. Tellement fatigué. Je n'avais même plus envie de baiser, c'est dire.

Je tournai les talons et ressortis. Pantelant, inutile, et étrangement soulagé. »

*

Il se demanda un instant ce qu'il fallait faire maintenant. Il traîna encore un peu dans les couloirs, à la recherche d'une idée. Et puis il se dit qu'avant de partir, puisqu'il était peu probable qu'on l'autorise à remettre les panards ici avant un bail, il serait bien d'aller faire un tour aux toilettes. Il y avait passé tellement de temps. Il y avait fait tellement de choses. « En souvenir de la belle époque », se dit Casanova en bifurquant pour prendre la direction de son ancien lieu de prédilection.

Il ouvrit la porte en grand. L'odeur, cette odeur si particulière faite de vieux tabac mouillé, de haschich fumé à la sauvette, de pisse alcoolisée et de Javel bon marché, allait lui manquer. Il ouvrit les portes une à une. Il manquait un morceau de tuyauterie à la troisième cabine. Encore une réparation qui attendrait des siècles avant d'être effectuée. Jésus ! Le temps qu'il y avait passé, sur ces cuvettes. Il connaissait chacune des portes jusqu'au moindre nœud du bois, jusqu'à la plus petite éraflure. Il les avait tellement contemplées durant ses heures de service.

Il ouvrit sa braguette et entreprit de se soulager dans un des urinoirs sur le mur opposé.

La pisse coulait, chaude et fluide, lorsqu'il entendit la porte claquer.

Il tourna la tête et vit, à l'entrée, Monsieur Gai Luron, un des adjoints de Gus. Il souriait.

Il tourna la tête de nouveau, et, aussi soudainement qu'un putain de fantôme, il y avait Gus, tranquillement en train de pisser à côté de lui.

Cela lui coupa l'envie immédiatement.

Gus souriait lui aussi. Mais c'était un sourire sadique, vicieux. Le sourire d'un mec qui se prépare à te suriner. Il baissa les yeux vers la braguette de Casanova.

214

— Bel outil, mon pote. Je comprends mieux, maintenant.

Qu'est-ce qu'il comprenait mieux, cette enflure ?

Il regarda autour de lui comme s'il découvrait les lieux pour la première fois.

— C'est ici qu'elle est morte.

— Hein ?

— C'est ici que je l'ai trouvée. Pendue à la tuyauterie, là. Avec sa grosse menteuse toute violacée qui lui sortait de la bouche et ses yeux en bille de loto. Avec son collier de perles. C'est avec son putain de collier de perles qu'elle s'est pendue. Il était tenu par un filin d'acier si solide à l'intérieur qu'on a dû appeler un plombier pour la détacher.

Casanova restait immobile. Pétrifié.

— Et il y avait ce mot à ses pieds. Cette lettre qu'elle avait écrite avant de… C'est toi qui l'as tuée, Casanova. C'est toi.

Cette dernière phrase agit comme une détonation soudaine. Brusquement, Casanova esquissa un geste pour saisir le col de Gus, mais ce connard était plus rapide qu'une vipère. Il lui fit une espèce de prise à la con qui l'envoya valdinguer sur le mur d'à côté. Kaeshi-gaeshi : aïkido. Rien de plus. Rien de moins. Casanova commençait à en avoir marre de tous ces connards qui boxaient comme des tapettes, qui se battaient avec deux doigts comme des tapettes, qui lui faisaient des prises d'aïkido comme des tapettes. Il n'était pas possible de se battre correctement contre des tapettes. Il se releva et tenta un coup de pied à la rotule. Gus bloqua son attaque avec le plat du pied puis, d'un même élan, lui assena un shuto uki au niveau de la tempe. Taekwondo. Rien de plus, rien de moins. Connard !

Cette fois, il n'attendit pas que Casanova se relève. D'un solide coup de genou dans la tronche — mawashi hiza geri : kick boxing, rien de plus, rien de moins —, il le fit retomber sur l'émail. Son nez pissait le sang. Casanova avait oublié que Gus avait pratiqué toutes sortes d'arts martiaux dans sa jeunesse et qu'il était tellement fondu qu'il avait été radié de toutes les fédérations. Le chef de groupe chopa Casanova par le colbac :

— Qu'est-ce que je t'avais dit, Casanova ? Je t'avais pas dit : « Elena travaille pour nous » ? Je t'avais pas dit : « Tu peux la toucher, tu peux lui poser une question ou deux, mais attention. Attention » ? T'es comme Giovanni, toi, hein ? Tu sais pas faire attention. C'est ce qui l'a perdu, c'est ce qui va te perdre.

— C'est toi ! C'est toi qui as fait disparaître Giovanni, hein ?

Gus frappa Casanova sur le nez une nouvelle fois. Choku-tsuki. Quelque chose craqua.

— Tu vas là-bas, tu fous un bordel de l'autre monde, tu abats quatre bêtes innocentes qui avaient rien demandé à personne, tu la menaces avec ton arme... C'est ça que tu appelles faire attention ? C'est ça que tu appelles faire attention ? !

Il frappa encore Casanova. Même endroit. Même technique.

Casanova agita les bras comme un naufragé au bord de la noyade. Il se mit à crier :

— Et la stagiaire ? Salaud, c'est toi qui l'as...

aidée, hein ? Tu l'as bien aidée à se foutre en l'air, je t'ai vu lui parler avant, je t'ai...

Casanova ne finit pas sa phrase parce que Gus venait de lui en allonger une autre.

— C'est ce que t'es allé raconter au Manitou ? siffla la vipère. Tu croyais vraiment t'en sortir comme ça ? T'es allé lui raconter que c'est moi...

Nouvelle mandale.

— ... C'est à cause de toi, Casanova, si la stagiaire s'est foutue en l'air. Elle était cinglée, on est bien d'accord là-dessus. Mais elle s'est suicidée par ta faute, abruti. Si tu m'as vu lui parler avant-hier, c'est parce que je l'ai aperçue en train de s'acharner sur ta bagnole et que je voulais savoir de quoi il retournait...

— Et le Manitou ? C'est une coïncidence, peut-être...

— Le Manitou et moi, ça remonte à longtemps. Plus longtemps que ton entrée dans notre Maison, têtard. Si je le vois, c'est pour des affaires qui ne regardent que lui et moi. Que lui et moi, t'entends, Casanova ?

— Mon cul. Vous êtes liés... Vous êtes tous liés par un truc qu'avait découvert Giovanni au Chamber. Un truc pas beau, avec des gonzesses qui se font défoncer et égorger par des animaux sanguinaires...

— Je sais rien de l'affaire dont tu me parles et je veux rien savoir. C'étaient les oignons de Giovanni, pas les miens.

— Qu'est-ce que tu vas faire, maintenant, Gus ? Qu'est-ce que tu vas faire, hein ? Tu vas me tuer moi aussi ?

Gus sortit son flingue du holster sur sa hanche et le pointa droit sur le front de Casanova.

— T'aimerais ça, hein ? Ça te ferait plaisir que je te bute. Dis-le !

Casanova n'arrivait plus à parler. Le sang s'engouffrait dans sa gorge et il s'étouffait chaque fois qu'il ouvrait la bouche. Gus appuya plus fort l'arme sur son front et arma le chien.

— Dis-le, enfoiré !

— Oui, gémit Casanova, oui… j'aimerais ça.

Gus retira son arme, le relâcha et Casanova tomba dans la pisse qui inondait le parquet.

— Vas-y, tue-moi… Tue-moi si t'as des couilles…, gémissait Casanova à terre.

Gus cracha sur son corps.

— T'es vraiment rien qu'une merde.

— C'est toi, haleta Casanova. C'est toi et je le prouverai.

— T'as pas encore compris, hein, connard ? Tu veux pas comprendre, pas vrai ?

— Comprendre… quoi ?

— Explique-lui, Gus.

C'était Gai Luron qui avait parlé. Il se tenait toujours dans l'entrée, bloquant la porte. Il regardait tout ça en mâchant un chewing-gum d'un air bovin, comme s'il avait assisté à un débat télévisé. C'était la première fois qu'il ouvrait la bouche. Il ne souriait plus.

— Il mérite pas ! Il est trop con ! s'exclama Gus à l'intention de son partenaire.

— Explique-lui, répéta Gai Luron d'une voix plate.

Gus s'agenouilla. Il approcha sa figure de Casanova jusqu'à ce que leurs nez se touchent presque.

— On a retrouvé le corps de Giovanni, connard. On l'a retrouvé chez son ex-femme, dans la cave. C'est le gosse qui a balancé le duce sans le vouloir à un éducateur.

— Hein ?

— C'est son ex-femme qui l'a buté, connard. Tu comprends vraiment rien.

— Mais tu…

— Moi rien, sinistre con ! Sa femme l'a buté pour une histoire de garde d'enfant. Giovanni demandait la garde du gosse et il savait un tas de trucs sur elle. Un tas de trucs pas beaux du tout. On a retrouvé des disquettes enterrées avec lui, dans la cave.

— Dubois… C'est elle ?

— Ouais, c'est son nom. C'est comme ça qu'elle s'appelle. À l'heure qu'il est, on n'a pas encore mis la main sur elle. Il semblerait… Il semblerait qu'elle se soit fait la malle avec le gosse. Elle court encore, cette petite pute, mais elle va pas agiter ses gambettes bien longtemps. C'est qu'une question de temps. Une simple question de temps…

— Giovanni est mort ?

— C'est ce que je t'explique depuis une heure, abruti.

— Allez, on se casse, intervint Gai Luron. Les autres vont pas tarder à ralléger. Faut partir, Gus.

— Une chose encore, Casanova.

— Giovanni est mort ?

Casanova avait bien conscience de répéter toujours la même chose, mais c'était la seule phrase qui lui venait à l'esprit.

— Je te revois ici, dans cette taule où t'as plus rien à faire, je te tue, t'entends ? Je te tue vraiment.

— Giovanni est mort ?

— Je plaiderai la légitime défense. Avec ton passif, c'est jouable. J'aurai des témoins. Fais-moi plaisir, Casanova. Disparais. Disparais et reviens pas. C'est mon dernier avertissement.

Gus se releva. Il cracha une dernière fois sur Casanova, puis réajusta son veston impeccable.

— Allez, on se casse. On n'a plus rien à faire ici.

— Giovanni… est… mort ?

*

Casanova resta allongé. Longtemps. Il entendait les bruits de va-et-vient, de l'autre côté. Le commissariat reprenait ses activités. Il pensa que ça la foutrait mal, si quelqu'un venait à le trouver ici, à l'endroit où elle s'était… Si on le trouvait là, baignant dans son propre sang, la gueule à moitié défoncée. Mais il lui manquait la volonté nécessaire pour se lever. Il lui sembla bien qu'il répéta encore une dizaine de fois : « Giovanni est mort ? », comme ça, sans raison. Peut-être qu'il n'arrivait pas à réaliser. Peut-être qu'après tout ce temps, il s'était persuadé que Giovanni était encore vivant, quelque part, attendant qu'il le retrouve. Peut-être que son ex avait raison, son mystère, son propre mystère était ce qui le faisait exister et il ne fallait à aucun prix le déflorer. Mais cette connasse l'avait tué. Elle avait

220

elle-même ouvert la boîte de Pandore et, désormais, Giovanni était mort, on avait retrouvé son corps. Il n'y avait plus aucun mystère et il existait bien plus maintenant que du temps de son vivant. C'était peut-être pour ça qu'il répétait cette phrase sans s'en rendre compte. Pour tuer le mystère. Psalmodier une incantation cabalistique destinée à le ressusciter, à le faire enfin exister.

Il réussit finalement à se relever. Il n'osa pas se regarder dans le miroir. Il avait peur de voir Giovanni — ou du moins le souvenir qu'il en avait — dans son propre reflet.

Il tituba jusqu'à l'entrée et ouvrit la porte.

Ils s'écartaient de lui. Ils s'écartaient de lui comme ils s'étaient écartés de lui sur cette plage, là-bas, comme ils s'étaient écartés de lui à l'enterrement, comme ils s'étaient écartés de lui lorsqu'il avait baisé toutes les femmes du groupe de Big Jim… Ils s'écartaient de lui comme s'il ne faisait plus partie de leur monde — du monde des vivants. Mais Casanova savait que c'était le contraire. C'était lui qui était vivant et eux qui étaient morts. Ils étaient tous morts et c'était ça qui leur faisait peur. C'était pour ça qu'ils s'écartaient sur son passage. C'était pour ça qu'il ne laissait derrière lui que du silence et de l'incompréhension… Il se mit à rire. Et cela ne fit qu'accroître la peur, le dégoût qu'il leur inspirait.

Il n'y avait pas grand monde dans la salle de soutien jouxtant son bureau. Juste Arthur B., Mecton et un autre type des Mineurs qu'il connaissait de vue. Ils appartenaient tous à la J3, la brigade du matin, et n'avaient pas l'air d'être pressés de rentrer chez eux. Ils discutaient en riant, attablés devant un caoua. Lorsqu'il fit irruption, les conversations cessèrent net.

Celui qui avait jadis été un des plus beaux mecs de cette taule se dirigea comme un somnambule vers la porte de son bureau. Il y entra et, sans aucune hésitation, prit le paquet qu'il avait vu en ressortant de son tête-à-tête épuisant avec les sidéens de l'IGPN. Derrière la vitre, les trois comparses le regardaient faire. Stupéfaits. Les volutes des clopes et des tasses brûlantes qu'ils avaient laissées sur leur table s'épanouissaient calmement dans l'air.

Casanova ouvrit l'emballage... Cet emballage qui l'avait terrorisé une heure avant. Ses mains ne tremblaient plus. Il ne voulait plus penser. Il ne voulait plus réfléchir. Il voulait juste... agir. Simplement agir pour ne pas s'effondrer là, maintenant. Il s'agissait d'une cassette vidéo, format VHS. Avec des gestes purement mécaniques, il ressortit du bureau et s'introduisit sans frapper dans une des salles de débriefing équipées d'un magnétoscope.

Deux types présents sursautèrent en le voyant.

Cirrhose et Lulu : un tandem aussi vieux que la Maison elle-même. Il y avait des types comme ça, pour qui la retraite n'était qu'un concept vague. Une abstraction.

Lulu esquissa un geste pour s'interposer. Bedaine en avant, holster vide. Une chance.

— Hé, connard, ça t'arrive jamais de t'annoncer...

Cirrhose l'arrêta. Lulu se rendit soudain compte de l'état de Casanova.

Ils le laissèrent passer.

L'ex-inspecteur se pencha et, posément, il alluma le poste de télévision, puis le magnéto. Enfin, il mit la cassette en lecture.

Sur le seuil, il y avait maintenant une dizaine de flics qui se tenaient debout et qui regardaient. En silence.

*

« Grésillements. L'image vacilla et menaça de s'évanouir dans la neige avant de se stabiliser. Giovanni. C'était bien Giovanni, là, sur l'écran. En plan américain, assis dos à un mur nu où ne surnageaient que quelques coulées de plâtre tavelé. La caméra était fixe, en enregistrement automatique. Il était probablement seul face à elle. La lumière violente laissait supposer qu'une mandarine, ou un halogène quelconque, éclairait la scène. Il plissait les yeux. Il avait l'air fatigué. Il avait pris dix ans, au moins. Et moi ? Et moi, putain, j'avais l'air de quoi ? Dans son regard, il y avait quelque chose que je n'avais jamais vu chez lui. Une sorte de lassitude. De résignation. Comme si, finalement, il n'avait trouvé que le vide, la frustration et la désolation derrière toutes les réponses auxquelles il aspirait... Ou comme s'il avait juste renoncé à chercher... Est-ce que c'était vraiment lui, ce mec plat, exsangue ? L'œil cave, la barbe naissante, les cheveux en

bataille, les lèvres bleues, presque transparentes…
Il était pâle. Si pâle. Un ectoplasme.

Il s'éclaircit la voix. Il se réajusta, se cala dans sa
chaise. Je sentais, à la périphérie de ma vision, les
collègues, tous les collègues présents, se rapprocher
lentement de l'écran, tels des papillons à la clarté.
Il régnait dans la pièce une sorte de tension diffuse. De l'avidité mêlée de crainte. Qu'est-ce qu'il
allait dire, ce salopard ? Même disparu, même mort,
qu'allait-il encore sortir de son galure ? Respirations
bloquées, bouches bées et pupilles fixes. Giovanni
allait parler.

*Hum… Salut, mon pote. Comme on dit dans les
films, si t'es en train de regarder cette cassette, c'est
qu'il m'est arrivé quelque chose de fâcheux, ha, ha…*
Même son rire est blanc. Un hoquet désincarné.
*… Peut-être que j'ai simplement disparu… Plus
vraisemblablement, je suis en ce moment en train
de taper le carton avec saint Pierre ou de tutoyer
les chérubins. Parce qu'il est bien entendu que
j'irai au paradis, j'espère que t'en doutes pas, mon
pote. Si ? Oh, tu me peines, là. Serait-ce que tu as
appris certaines choses entre-temps ? Faut pas écouter tout ce qu'on raconte, Milo. Il y a beaucoup de
gens malintentionnés, autour de moi…*
Je sais, Giovanni, je sais.
*… Mais, hé, quand bien même, toutes les idoles
doivent tomber un jour, ha, ha…*
Oui, un hoquet désincarné ou une parodie. Un
ersatz de rire.
… Et si tu… si vous ignorez encore ce qui a bien

pu m'arriver, vous allez pas tarder à l'apprendre,
j'en suis persuadé. Il y a qui avec toi, là, Milo ? Bouli,
Zycos ? Le Manitou, Arthur B., Frédo et Gros Paulo
sont là aussi ? Salut, les mecs...

Sa main se lève et retombe mollement. Non,
Giovanni. Non, Champion, ils ne sont pas tous là.
Mais qu'importe, on t'écoute. Tous autant qu'on
est, on t'écoute... Pour ainsi dire religieusement.

... T'es plutôt tout seul ? C'est pas grave : s'ils
sont pas là et que tu les vois, tu leur diras bonjour
pour moi, t'oublieras pas, hein ?

Ça sera fait, Champion, compte sur moi. Maintenant, tu laisses planer un instant de silence. Tu
regardes quelque chose hors champ et soupires avec
un petit sourire à la con. Le sourire du mec qui fait
durer le suspense... Le sourire du mec qui prend son
pied. T'as raison, Giovanni, t'as raison, fais-nous
mariner un peu dans notre jus. De toute manière, ni
moi ni personne ne partira avant la fin.

... Ah, bon sang, on en a vécu des trucs, toi et
moi, pas vrai ?

Hein ? Où tu vas, là ? On a vécu des trucs ? On
était... juste collègues, bon sang.

... Ça te soude, hein, ça te soude une amitié, tout
ça...

Parce qu'on était... amis ? Putain de Dieu.

... Je te l'ai jamais dit. Parce que, tu comprends,
c'est des trucs qu'on fait pas entre mecs, tu vois,
entre potes solides comme des rocs... Mais mainte-
nant que je suis canné, je peux laisser tomber le côté
viril des choses, si tu piges ce que je veux dire...

Non, je pige pas du tout.

... Mais va pas croire que c'est un truc de pédés ou quelque chose dans le genre. C'est... Quand tu me racontais ces trucs pas croyables, tes séances de baise, les choses que tu faisais subir et celles que tu subissais... Quand tu m'en parlais ou que j'en apprenais par d'autres, et que je voyais que c'était sans fin... À chaque fois, je me disais : ouais, là, je me reconnais. Lui et moi, on est presque semblables...

Toi et moi, on n'a jamais été proches, Giovanni. Jamais ! Je suis pas comme toi. Je suis... vivant.

... Tu me crois pas ? Tu penses que je disjoncte ? C'est ce que toi tu penses et ce qu'ils pensent tous ? Et qu'est-ce qu'ils pensent de toi, hein ? La même chose, mon pote. Exactement la même chose.

Non, pas la même chose.

... Mais je vais te dire : peut-être bien que t'as raison. Peut-être que j'ai pété un câble... Mon ex pensait ça, elle aussi. Seulement, ce qu'elle n'avait pas réalisé, c'est qu'en mettant ses plans à exécution, comme c'est probablement le cas puisque tu m'écoutes maintenant, elle allait déclencher des choses dont elle n'avait pas idée. Elle n'avait pas compris que ma mort serait le dernier truc que je ferais pour sauver quelqu'un. Un de plus. L'ultime. Peut-être le plus important...

Qu'est-ce que tu dis ? Mais qu'est-ce que tu dis ?

... Ma disparition, c'est ton salut, Milo...

Espèce de givré. Bientôt, tu vas me bonnir que tu t'es sacrifié pour nos... pour mes putains de péchés ? Tu te prends pour Jésus de Sainte Marie ou quoi ?

... Alors, j'ai fait ce qu'il fallait... J'ai tout

raconté à mon ex-femme... Et quand j'ai eu fini, elle a réagi tout à fait comme je m'y attendais. Aurait-elle pu réagir autrement ? Je ne pense pas. Je la connais- sais suffisamment bien. Dix ans de vie commune, ça te forge des certitudes, non ?

Je ne sais pas, Giovanni. Je ne sais plus.

... Je t'ai précisé que mon ex était neuropsychia- tre ? Peut-être que tu le sais déjà, remarque. Peut- être même que vous l'avez déjà attrapée... Je pense que pour moi, ça ne fait plus aucune différence, de toute façon...

Non, plus aucune différence...

... Enfin bon, même si on n'était plus ensemble, elle et moi, on avait toujours nos petites habitudes. Malgré elle peut-être, elle avait gardé ses vieux réflexes... De sales réflexes. Elle aimait fouiller dans la tête des gens, remuer la merde. Se repaître de la fange qui macère bien au fond de nos crânes, c'était ça qu'elle faisait. C'était même plus que de la conscience professionnelle, si tu veux mon avis. Et il y avait une chose qu'elle aimait encore plus que de fouiller dans la tronche de ses contemporains pour regarder sous le tapis, c'était de fouiller dans ma tronche en particulier...

Mais il y avait quoi au juste dans ta tronche, Giovanni ?

... Pourquoi, après tant d'années, je me soumet- tais encore à cette petite gymnastique nauséabonde en sa compagnie ? Je ne sais pas vraiment. Peut- être que j'étais maso. Peut-être simplement que j'ai jamais su vivre autrement... Et elle non plus. La codépendance, Milo, c'est un truc qui s'apprend

avec du sperme et avec du sang. Et ça se termine toujours de la même manière : il y en a un des deux qui choisit de partir. C'est pour ça qu'il ne faut pas que tu... que vous la jugiez trop durement. Tu me promets ça, Milo ? Tu me promets que...

Je suis plus en position de promettre quoi que ce soit, Giovanni. Je ne l'ai jamais été.

... Alors, elle m'a menacé... Peut-être qu'elle était juste jalouse. De toi, de nous...

Jalouse de quoi, bordel ? Il n'y avait rien... Tu jouais... la comédie, n'est-ce pas ? Tu n'as jamais cessé de jouer à être un autre, pas vrai ? Comme moi... Comme moi.

... Mais si je voulais partir, si je voulais sauver une dernière personne, je savais que ce ne serait pas suffisant pour elle. Il fallait faire plus. Alors, j'ai enfoncé le clou : je me suis attaqué à ce qu'elle avait de plus cher. Il est possible qu'à l'heure qu'il est, tu saches désormais que j'avais... nous avions un fils...

J'ai eu ce plaisir, ouais.

... Il s'appelle Népomucène. Il n'est pas très... normal. Pas conforme, si tu vois ce que je veux dire...

Je vois clairement.

... Et est-ce que tu sais, Milo, ce que c'est que d'avoir peur ? Je veux dire réellement peur en regardant son propre enfant ?

Benji... Oh, Benji... Mais Ben était normal. Il était normal ! Il me... ressemblait ! Giovanni, tu es le plus immonde, le plus gros, le plus sale con que je connaisse.

... Vois-tu, le problème de mon ex, c'était qu
ne se contentait pas de satisfaire ses petites lubies
sur ma personne. Ça ne lui suffisait pas, non. J'avais
beau lui donner tout ce que je pouvais, encore et
encore : mes abîmes, mes douleurs, mes frayeurs et
mes pulsions, il lui en fallait plus. Toujours plus...
C'est quelque chose que tu comprends, n'est-ce
pas ? Alors, elle se servait de lui... Elle l'utilisait.
Elle qui, dans sa jeunesse, avait travaillé au sein
du département de narco-analyse du professeur
Chockard savait mettre au point les dosages. Amytal,
Wintermin et Thorazine. Je te passe les détails, mais
ce genre de mélange te crame les neurones comme
un champ de blé en pleine sécheresse. Elle le fai-
sait s'allonger. Là, sur le même divan où je... Et
elle le faisait parler. Elle fouillait à l'intérieur de
son crâne. Elle croyait... Je pense qu'elle croyait
que, du fond de son esprit malade, Népomucène lui
apporterait un jour des réponses. Les réponses aux
questions qu'elle se posait... sur moi. Elle notait
tout. La posologie, les changements d'humeur, la
consistance des selles, le taux d'histamine dans le
vitré, les temps de réaction aux stimuli... Comme
s'il était... Comme s'il était un cobaye... Elle avait
un dossier commak sur disquettes...

Giovanni... Oh, Giovanni.

... Oui, tu as bien deviné, Milo. J'ai fait une
copie des disquettes... Et j'ai demandé la garde du
gosse. Avec ce que j'avais entre les pognes, il y
avait pas loin qu'elle tombe pour mauvais traite-
ments sur mineur par personne ayant autorité.
Peut-être même une inculpation pour torture psy-

*chologique et actes de barbarie si je me démerdais
bien avec le juge. Oui, c'est ça, Milo. J'ai fait exactement ce qu'il fallait. J'avais les moyens de la faire
plier et elle avait les moyens de me faire taire. Tu
connais la suite...*

Si tu voulais tirer ta révérence, t'avais pas besoin
de... tout ce gâchis... tout ce saccage... Mais c'était
peut-être ça que tu voulais, hein ? Détruire tout avant
de partir... avant de fuir ton propre enfer. Et moi,
dans tout ça ? Et moi ? Je vais faire quoi, sans toi,
hein, connard ?

... Ne me remercie pas, c'est tout naturel...

Tu regardes à nouveau hors champ. Il y a quelqu'un d'autre avec toi ou quoi ?

*... Il n'y a plus le choix, Milo. Tu vas suivre ma
voie...*

Ce n'est pas toi qui parles. Ce type te ressemble
vaguement. Il a les mêmes attitudes, les mêmes
intonations, mais ça n'est pas toi. Tu es... Tu es
Giovanni le Champion, Giovanni le Saint. Tu ne
peux pas être cet homme-là, ce cinglé qui parle dans
le poste...

*... Tu vas... Je vais te sauver comme je me suis
sauvé...*

C'est... On t'oblige, c'est ça ? Quelqu'un hors
champ t'oblige à dire toutes ces choses. C'est
Dubois ? C'est ton ex-femme... Elle pointe un flingue sur toi !

*... Tu ne vas pas devenir fou... Tu vas faire exac-
tement...*

Ou un flingue sur le gosse !

... Il n'y a pas d'autre issue...

230

On t'a drogué. C'est pour ça que t'as cette tête de déterré !

... Respire. Respire bien à fond...

Ou c'est un sosie qui parle à ta place. Un comédien payé pour. Ouais, c'est ça.

... C'est là que tout arrive...

À moins que ce soit le Manitou lui-même, là-derrière... Et Gus qui tient la caméra, ha, ha. Oh, putain !

... Il faut juste lâcher prise...

Et qui d'autre ? Qui d'autre encore ?

... Lâche prise. C'est le moment...

Un coup monté ! C'est...

... Je t'aime, mon pote...

Je ne t'entends plus, connard. Tu m'auras pas, personne ne m'aura. Je n'entends plus rien !

... Je t'aim... »

« Je me levai, tremblant à nouveau de tous mes membres. Ma tête tournait. Je fis volte-face. Ils étaient tous là. Les yeux fixés sur l'écran. Sans voix. Un saint qui tombe. Un monde qui s'écroule. Et la mort, encore. Des cadavres. Des cadavres partout.

J'entendais ce type qui ressemblait à Giovanni continuer à égrener ses incantations derrière moi. Ce qu'il disait n'avait plus aucune importance.

Le corps en lambeaux, la gueule en sang et la queue flasque, je laissai la cassette tourner et me frayai un chemin à travers les corps mous et sans âme qui avaient été mes collègues. »

*

Il sortit du commissariat et personne ne fit rien pour l'en empêcher.

Il marcha jusqu'au croisement de De Gaulle et Pieri. Les passants aussi s'écartaient sur son passage. Personne ne voulait l'approcher. Personne ne voulait le toucher.

Il n'était plus des leurs.

Il marcha et marcha encore, comme un automate. Il ne sentait plus rien.

Ainsi cette femme était morte, la nuque broyée dans un terrain vague et jamais personne, peut-être, n'en connaîtrait la raison.

Ainsi Giovanni était mort. Et qui se souviendrait, dans une dizaine, une vingtaine d'années, pourquoi ?

Gus, Elena, le Manitou… leur nom, leur vie disparaissaient comme des lettres inscrites sur du sable… Ils disparaissaient avec la mort de Giovanni.

Ils s'évanouissaient tous dans les méandres du temps sans laisser la moindre trace.

Et lui… Et lui ? Quelle trace laisserait-il ? Aucune probablement. Comme eux tous.

Les tremblements avaient disparu, mais il était encore saisi de vertiges intermittents. Il avait perdu trop de sang, il avait reçu trop de coups et avait réalisé trop de choses pour un seul homme en trois jours.

Il se retrouva à proximité de son domicile et se dit que la seule chose valable à faire était d'aller se coucher. Aller se coucher et, pourquoi pas, ne plus jamais se réveiller. C'était ça, il ne voulait plus qu'une chose, dormir, dormir pour toujours.

Il savait bien que demain, comme tous les autres jours de sa putain de vie, il s'éveillerait. Il se lèverait, et tout recommencerait comme avant. Ce serait le même cauchemar. Mais l'idée de dormir pour l'éternité lui semblait belle.

Ce ne fut que lorsqu'il tourna le coin de la rue qu'il les vit.

Ils se tenaient devant chez lui, accoudés à une Mégane flambant neuve. Ils fumaient des cigarettes et Cacahuète avait l'air d'être en train d'expliquer à Cul Blanc comment faire des ronds de fumée avec sa bouche. Ou peut-être qu'il lui expliquait tout autre chose, il ne chercha pas à en voir davantage. Son cœur fit un bond et il se glissa immédiatement dans un renfoncement. Ils ne l'avaient pas aperçu, c'était déjà une bonne chose.

Qu'est-ce qu'ils faisaient là, ces deux psychopathes ?

Ils n'étaient sûrement pas venus pour lui présenter des excuses ou lui faire des chatouilles sous les aisselles.

Instinctivement, il chercha son flingue, puis il se rappela qu'il lui avait été confisqué au commissariat. Il se rappela qu'il n'était plus flic.

Il jeta un œil hors de sa cachette, pour voir si Dubois et son monstre n'étaient pas dans les parages. Peut-être qu'ils étaient là, quelque part, mais il ne les trouva pas. Peut-être que la mère Dubois avait décidé de faire un baroud d'honneur et de passer sa frustration sur lui en envoyant les deux tueurs. Peut-être qu'ils avaient reçu des ordres avant, et qu'ils n'étaient même pas au courant qu'elle s'était fait pincer. Il ne chercha pas à savoir. Il jeta un nouveau coup d'œil sur l'adipeux-cachet-d'aspirine, Cul Blanc, et son tuteur, le black-arachidophile, Cacahuète. Maintenant, Cacahuète était en train de happer, sous le regard énamouré de son élève, les nuages de fumée qui sortaient de sa bouche... des nuages sphériques qui avaient la forme de petits testicules.

Casanova fit demi-tour et partit en trottinant dans la direction opposée. Il fouilla dans ses poches. Putain, pour couronner le tout, il n'avait plus un flèche et il était inutile d'appeler un taxi. Aucun chauffeur, de toute façon, ne l'aurait chargé dans l'état où il était.

Il se remit à marcher. Il n'avait plus sa carte, il n'avait plus son flingue. Il n'était pas question de remettre les pieds au commissariat sous peine de subir les foudres de Gus. Il n'était pas question de foutre les pieds chez lui où l'attendaient les deux tantouzes. Pas question non plus d'aller chez Mathilde... Pas après ce qu'il avait fait. Il n'avait plus une tune, nulle part où aller. Il se sentait perdu. Complètement perdu.

*

« Je marchai longtemps. Je fis probablement des kilomètres comme ça, sans but, sans méthode. Harassé sous un soleil de plomb. Et puis, à la tombée du jour, j'y arrivai enfin et ce fut comme si, tout ce temps, je n'avais marché que pour ça. Que pour en arriver là. Je m'en rendais compte brusquement.

234

La porte et le judas étaient clos. Le blindage brillait d'une lumière ténébreuse dans l'éclat déclinant du jour. C'était peut-être fermé. Il était sans doute trop tôt.

Je fis quelques pas en avant et, comme par magie, la porte s'ouvrit. Le cyclope se tenait dans l'embrasure et me fixait sans ciller. C'était comme s'il m'avait attendu. Comme si, durant tout ce temps, ils n'avaient attendu que moi.

— *Love Me…*

— Ce sera inutile, monsieur, me coupa le cyclope en s'effaçant.

Je marquai un temps d'hésitation.

— C'est ça, alors ? Pas de dresse-coude, pas de recommandation, pas de mot de passe ?

— Pas aujourd'hui, monsieur. Pas à cette heure, pas pour vous.

Lorsqu'on meurt, on va dans un club érotique ouvert vingt-quatre heures sur vingt-quatre. Et personne ne te dit si c'est le paradis ou l'enfer.

J'entrai. »

*

— Monsieur Milo, quelle heureuse surprise !

Elvis souriait de toutes ses dents. Il semblait sincèrement content de le voir. Il agissait comme s'il n'avait gardé aucun souvenir de la précédente visite de Casanova et des catastrophes qu'il avait déclenchées.

Casanova prit un tabouret à côté du patron, au bar.

Le Chamber était complètement désert. La salle

d'accueil semblait encore plus vaste, plus majestueuse que dans son souvenir. Ce qu'elle avait perdu en animation, elle l'avait gagné en... solennité.

Il vit alors Elena sortir de derrière la tenture et se diriger vers eux. Il eut peur un instant que ses intentions ne fussent belliqueuses... Ça aurait pu se comprendre, après tout ce qu'il avait...

Mais elle ne semblait ni en colère ni animée d'aucune rancune. Connaissant parfaitement les lieux, elle se mouvait de manière fluide et sûre. Elle se dirigeait droit sur lui, comme si elle avait su exactement où il était et ce qu'il faisait là. Ses grands yeux blancs étaient totalement fixes.

Elle tenait quelque chose dans ses bras et un de ses seins sortait de son corsage en cuir noir.

Un nouveau-né ? Un gosse ici, dans cet endroit ?

Il la laissa s'approcher, docilement.

Ce ne fut que lorsqu'elle fut à quelques pas d'eux qu'il vit le sourire qui illuminait son visage. C'était un sourire tranquille et comblé. Un sourire de maman.

Il ne voyait plus ses yeux mutilés, il ne voyait plus ses cicatrices qui lui barraient le visage, il ne voyait que son sourire.

— Milo, je savais que nous nous reverrions.

— Vraiment ?

— Vous commencez à comprendre. À comprendre et apprendre. C'est bien.

— C'est votre enfant ? demanda-t-il en désignant le nourrisson dissimulé par un lange.

Il tétait et semblait s'en donner à cœur joie.

— Oui, confirma Elena. Il s'appelle Zigfried. C'est... Il symbolise un nouveau départ. Les nouveaux départs sont importants. Ils n'interviennent jamais quand on le désire, ils vous prennent parfois au dépourvu, mais il faut savoir les saisir. Comprendre et apprendre, Milo. C'est difficile. C'est long. C'est parfois tortueux et les détours peuvent être surprenants, mais c'est la seule issue. L'issue unique, le choix de la vie.

Elle s'approcha. Elle approcha ses yeux vides et sa face couturée et se pencha pour laisser Casanova admirer le bambin.

— Zigfried, dis bonjour à Milo.

Casanova sentit ses cheveux se dresser sur sa tête.

Ça n'était pas un gosse, c'était un chiot. Un putain de chiot que tenait Elena dans ses bras et qui tétait goulûment son sein.

Elle sourit de nouveau.

— Il est mignon, constata avec une pointe de crispation Casanova.

— Merci. Bon, il va falloir que je vous laisse. J'en ai encore trois autres à nourrir.

Elle rit brièvement puis redevint sérieuse :

— Bienvenue. Bienvenue parmi nous, Milo.

Casanova ne répondit rien parce qu'il n'était pas sûr de savoir ce qu'elle entendait par là.

Elle fit demi-tour et repartit du même pas fluide et assuré.

Casanova se retourna et vit un cocktail posé devant lui.

— Je n'ai… Je n'ai plus d'argent, Elvis.

— Aucune importance, monsieur Milo. C'est offert par la maison.

— Alors…, dit Milo en s'enfilant une première rasade du breuvage.

C'était frais et légèrement sucré. C'était exquis. Il avait une soif inextinguible. Il fit claquer sa langue.

— Elena… Je veux dire comment… Elle a du lait ?

Elvis sourit avec des petits yeux espiègles, pareil à un enfant qui se prépare à dévoiler un secret.

— Elle se l'injecte.

— Hein ?

— Elle se l'injecte… Directement dans la glande mammaire.

— Vous voulez dire que… elle s'injecte le lait pour pouvoir le redonner ensuite à ses…

— À ses enfants. C'est ça, monsieur Milo.

— Jamais vu un truc pareil.

— Il vous reste encore beaucoup de choses à apprendre, monsieur Milo. Encore beaucoup de choses à découvrir. Mais nous avons tout notre temps, n'est-ce pas ?

— Tout notre temps… Oui, peut-être…

Casanova but de nouveau quelques gorgées du cocktail. Elvis posa son regard sur lui. Un regard insistant. Il le regardait boire. Il détaillait son visage ensanglanté. Mais Milo ne se sentait pas gêné. Il sentait en sécurité, ici. Il se sentait… chez lui, d'une certaine manière. Il savait qu'il aurait dû s'enfuir à toutes jambes… C'est ce qu'aurait fait quelqu'un de normal. Mais avait-il jamais été quelqu'un de normal ?

— Vous avez encore été voir un amateur, Milo, dit Elvis sur un ton de reproche courtois. Il y a du progrès, mais c'est encore du travail d'amateur. Vous devriez essayer Charlie P. Il est bon, vous savez.

Casanova fit claquer sa langue.

— C'est pour ça que je suis ici.

— Votre visage n'est pas...

— Je veux une séance avec Charlie P.

Ça n'était pas une requête. C'était une affirmation.

Elvis plissa les yeux, il scruta ses plaies d'un œil froid et professionnel. Casanova le laissa faire.

— Je veux... ma revanche, précisa Casanova.

— Votre revanche ?

— C'est tout à fait ça.

Elvis sembla méditer un instant là-dessus, puis il se décida finalement :

— Je pense qu'il sera peut-être possible de... d'organiser cela. C'est une manière comme une autre de... Vous voulez apprendre et vous êtes visiblement de disposition volontaire, c'est évident.

— À la bonne heure, dit Casanova en levant son verre.

Elvis trinqua avec lui.

Il commanda une autre tournée et ils sirotèrent de concert la délicieuse décoction du barman.

Casanova se rappela soudain qu'il n'avait toujours pas d'argent.

— Je ne pourrai pas payer tout de suite, pour la séance. Comme je vous l'ai dit, je n'ai...

— Ça n'a aucune importance, monsieur Milo. Cette séance vous est offerte... Comme tout le reste. Vous êtes avec nous, maintenant...

Casanova se demanda ce que ça voulait dire exactement, puis il jugea préférable de ne pas approfondir la question.

— Et il s'agit d'une revanche, ajouta Elvis.

Par magie, Cythère était apparue.

— Si vous voulez bien me suivre, monsieur. C'est un plaisir de vous revoir.

Ils le traitaient tous comme une vieille connaissance. Et peut-être qu'effectivement, ils le connaissaient. Peut-être qu'ils le connaissaient depuis plus longtemps et mieux qu'il ne se connaissait lui-même.

Il allait se lever, lorsque Elvis posa sa main sur son avant-bras. C'était une poigne ferme.

— Monsieur Milo, vous n'allez pas encore devenir fou ?

Casanova chercha à se dégager, mais l'emprise d'Elvis était d'une solidité à toute épreuve.

— Vous n'allez pas à nouveau devenir fou parmi nous, n'est-ce pas ? répéta Elvis en accentuant sa pression.

C'était un ordre. Et il était sans appel.

Casanova baissa la tête et approuva. Sa voix lui fit l'effet d'être celle d'un petit garçon. Celle d'un petit garçon qui s'éveille brusquement sur l'épaule de son père.

— Non, je ne vais pas devenir fou.

Elvis le relâcha et jaillit alors de son tabouret, se lançant dans sa gigue endiablée.

— *A wop bop a loo bop a lop bam boom !*

Casanova sut alors qu'il était temps de partir.

*

Lorsque Casanova pénétra dans le territoire — le territoire, il n'y avait pas d'autre mot — de Charlie P., il fut saisi d'un bref frisson. Mais ça n'était pas un frisson de peur. C'était un frisson de plaisir.

— Salut, Charlie.

— Bonjour, monsieur.

Charlie se tenait assis sur un tabouret surbaissé dans un coin sombre au bout de la pièce. On ne voyait, dans un rai de lumière, que ses pieds — harnachés de chaussures montantes à plante semimolle — et ses poings, ses immenses poings bandés avec soin. Casanova examina les lieux. Il y avait des chaises clouées à terre. Sur ces chaises, il y avait des lanières, toutes sortes de lanières qui pendaient jusqu'au sol comme les lambeaux d'une mue improbable. Il y avait aussi une patère métallique à laquelle étaient accrochés des anneaux entrelacés et des esses de boucher.

— Désirez-vous vous asseoir ?

— Merci, Charlie, mais je crois que je vais rester debout.

— Désirez-vous être attaché afin d'éviter... les mauvaises chutes ? À moins que vous ne préfériez être suspendu ?

Casanova sourit. Dans l'obscurité, il n'était pas sûr que Charlie ait pu voir à quel point il était déjà amoché, mais il était certain qu'il savait.

— Rien de tout cela, Charlie. On va faire les choses à l'ancienne. Juste toi et moi, debout. Juste toi et moi et nos poings. Si ça ne te dérange pas.

— Pas du tout, monsieur.

Alors, lentement, Charlie se leva. Il déplia sa car-

casse qui semblait encore plus puissante, plus imposante que dans son souvenir.

Et puis, il commença à parler. Sa voix était sourde,
comme étouffée.

— En 1995, j'ai combattu contre Richard V., le
champion WBC des poids moyens...

— Je sais qui c'est.

— ... Richard V. était un tueur. Un tueur de la
pire espèce et tout le monde savait qu'il avait besoin
de monter au classement pour passer au WBA.
Pour ça, il lui fallait des points. Des points et des
adversaires qu'il pourrait démolir sans trop de risques. Alors, on lui filait des tocards. Des chiens
fous qui débutent. Des chevaux en bout de course.
N'importe quoi pourvu que la viande alimente la
machine...

Charlie P. dansait lentement dans son coin. Il
s'échauffait. Sa voix, petit à petit, s'éclaircissait.
Elle gagnait en force. En limpidité.

— ... Je savais ce qu'on pensait de moi. Tout le
monde, le coach y compris, pensait que j'étais fini.
J'avais pris mon quota de coups, j'avais donné mon
quota aussi. Mon heure de gloire était passée. Et ma
mâchoire était devenue aussi fragile que du verre.
C'était ce qu'ils pensaient tous. J'étais pas encore
trop débile. C'est ce que je pensais aussi...

Il dansait dans l'obscurité. On voyait juste ses
chaussures dans la lumière. Elles semblaient légères comme du papier. Elles ressemblaient à deux
papillons s'ébattant dans la poussière.

— ... Je savais que Richard V. allait me démolir.
Je savais qu'il allait me démolir de manière à ce

que ce combat soit mon dernier. Mais j'y ai quand même été…

Dès le premier round, ça a été comme si j'avais été pris dans une avalanche. Les coups partaient. Certains faisaient mouche, et d'autres pas. Mais ceux qui touchaient leur cible… ceux qui touchaient leur cible… quand je ferme les yeux, parfois, je les sens encore arriver. Chaque coup que j'ai reçu, je l'ai rendu. Je l'ai rendu avec la rage, avec la colère, avec la fureur, je l'ai rendu avec mes tripes, mes boyaux et mes couilles, tout ce qui me restait. Mais ça n'était pas suffisant…

… Au deuxième round, j'étais dans un tel état que tout le monde me suppliait de me coucher. Le coach y compris. Le coach surtout. L'arbitre a laissé faire. J'ai continué. Encore et encore…

Au troisième round, la douleur était telle que je ne savais même plus où j'étais ni comment je m'appelais. L'arbitre a laissé faire. J'ai continué. J'ai continué…

… Je suis allé jusqu'au quatrième round. C'est là que Richard V. a réussi à me cueillir au menton. Ma mâchoire a explosé en mille morceaux. Ils ont mis six mois à me réparer ça. Mais en tombant, en tombant à terre, je savais. Je savais déjà que cette victoire avait été et resterait la plus dure de toute la carrière de Richard V…

Charlie continuait à danser. Il dansait un ballet connu de lui seul. Et Casanova restait planté en face de lui, solidement campé sur ses deux jambes. Il attendait. Il attendait et il écoutait.

— … J'étais encore à l'hôpital, quand Richard V. a

perdu le premier combat de sa carrière. Le combat qui succédait à celui que j'avais disputé. C'était contre un tocard à 20 contre 1. Et tout le monde a prétendu que le combat était truqué. Que Richard V. s'était affalé comme une merde à sa troisième reprise parce que la Mafia avait filé un pot-de-vin. Mais moi, au fond de mon lit, la mâchoire et la moitié du cerveau en miettes, je savais que ce n'était pas une histoire de Mafia. Ce n'était pas une histoire de dessous-de-table ni de match truqué. Simplement, Richard V. ne s'était pas remis, et il ne se remettrait jamais de sa rencontre avec moi…

Maintenant, la voix de Charlie P. était claire comme du cristal.

— … Richard V… Vous savez ce que Richard V. a répondu dans une interview télévisée, en 2005, après sa retraite dorée… Vous savez ce qu'il a répondu, lorsque le journaliste lui a demandé quel était le boxeur qui lui avait fait le plus mal ? Charlie P. C'est ça qu'il a juste répondu. Charlie P. Et on a vu… j'ai vu dans son regard que, rien qu'en prononçant mon nom, il avait encore mal…

Charlie P. s'avança dans la lumière. D'abord, il y eut ses jambes. Des jambes fines et musclées, intégralement épilées, tendues comme des cordes de piano. Et puis il y eut son short, le short Everlast qu'il portait… Casanova ne savait pas si c'était réellement le même, mais il ressemblait jusqu'au moindre pli à celui qu'il portait en 1995. Il n'y avait pas de coquille, au-dessous. Rien que le suspensoir. Les abdos et la poitrine, sculptés comme dans du marbre, émergèrent. Et les épaules, puis les bras. Les veines, saillantes, gorgées de sang. Épaisses comme des crayons sous la peau. Et enfin son visage. Un masque cabossé, une parodie dont aucun trait ne bougeait.

— … Mais tout cela n'a aucune importance. Toute cette douleur, tout ce mal infligé n'a aucune importance. Toute cette sueur, l'énergie des coups, la finesse des esquives, tout ce travail, toute cette rage n'a aucune importance. La seule chose qui est restée dans la mémoire des gens, c'est que je me suis couché. J'ai perdu le combat et Richard V. l'a gagné, c'est ça la seule chose importante. C'est la seule trace qui restera…

Alors Casanova vit, dans la lumière, son regard. Deux petites billes fiévreuses planquées sous des paupières tombantes. Casanova sentit une vague de plaisir l'inonder jusqu'au bas des reins.

— Est-ce que vous croyez que je vais gagner, aujourd'hui, monsieur ?

Charlie n'était plus ici, avec lui. Il était en 1995, sur ce ring, sous les hourvaris du public affamé, engagé dans un combat qu'il ne pouvait plus que perdre et perdre encore.

Casanova fixait les yeux de Charlie. Il était hypnotisé, fasciné. Au bord d'un gouffre.

« Je vois dans votre regard la même chose que dans celui de Giovanni… Je vois un gouffre… un gouffre sans fond que rien ne viendra jamais combler, monsieur Rojevic », avait dit Mme Dubois. Ouais, c'était à peu près ça qu'elle avait dit.

Casanova se mit à sourire. Puis il s'avança au centre de la lumière.

— C'est possible, Charlie. C'est fort possible.

*

— Tu l'as bien amoché, Charlie.

— C'est ce qu'il voulait, Elvis. Et puis il était déjà pas bien frais avant.

— C'est vrai.

— Je… J'ai gagné, tu sais…

— Tu gagnes à chaque fois, Charlie. C'est pour ça que tu es si bon. Mais ça va être dur… Ça va être dur de réparer tout ça… Docteur Kurtz ?

— Rien n'est trop dur pour le docteur Kurtz.

— Valérie, tu pourras faire quelque chose pour sa peau ?

— Bien sûr. J'ai vu pire. Il faudra juste que Li me donne un coup de main pour les sutures.

— Pas de problème, Valérie.

*

— Elena ?

— Ne bouge pas, Milo. Ça fait deux jours que tu es là, mais tu es encore trop faible. Il faut que tu restes immobile quelque temps encore. Charlie P. t'a donné ta première leçon : il a fait ce que tu attendais de lui et tu as fait ce qu'il attendait… Valérie et Li disent qu'il ne faut pas que tu parles trop. Kurtz a remis tes os et… l'intérieur de ton corps en place.

— J'ai soif.

— Prends ça…

— Non… Pas le sein, Elena.

246

— Tu n'as plus de dents, Milo. Et il y a toutes les protéines qu'il te faut là-dedans.

— Non...

— Tu es l'un des nôtres, maintenant, Milo. Tu n'as plus rien à craindre.

— Plus rien à craindre ?

— Plus rien à craindre. De toi-même ou des autres. Nous sommes... nous sommes tous fiers de toi.

— Personne n'a jamais été fier de moi...

— Il faut un début à tout, Milo. C'est là que ça commence. Les nouveaux départs, tu te souviens ?

— Oui...

— Il faut chasser de ton esprit tout ce que tu sais déjà sur toi-même et le monde qui t'entoure. Il faut que tu te débarrasses... que tu désapprennes tout... pour te libérer et entrer parmi nous... Je te l'ai dit, il ne faut plus avoir peur... Ça commence ici.

— Oui...

— Là, c'est ça... Tète, mon bébé. Tète encore...

*

« Je m'étais endormi. Puis je m'étais réveillé. Poisseux, nauséeux. Les draps dans lesquels je semblais être enroulé étaient trempés. Il faisait sombre. Je ne savais pas où j'étais. J'avais sombré à nouveau. Combien de fois étais-je passé par cette série de phases conscience/inconscience ? Je ne sais pas. À un moment ou à un autre, j'avais fait un rêve. Un drôle de rêve. Est-ce que j'étais réveillé et que je délirais, ou est-ce que je dormais simplement ? Je n'aurais su le dire.

Il y avait Cacahuète et Cul Blanc, sous mon porche, près de la Mégane. Il faisait beau et probablement très chaud. Peut-être était-on aux alentours de midi ? Cacahuète et Cul Blanc étaient trempés de sueur et le quartier avait l'air désert. Ils avaient enlevé leur veston et étaient en bras de chemise. Le visage de Cacahuète luisait comme une flaque d'huile de vidange sur l'asphalte et de grosses auréoles qui prenaient les flancs, le haut du dos et de la poitrine s'étendaient sur la chemise de Cul Blanc. Curieusement, ils n'avaient pas l'air de souffrir de la chaleur. Cacahuète fumait une cigarette. Ils discutaient de manière joyeuse et décontractée :

— Être un cul noir, c'est… c'est ne plus être en proie au doute, à la peur ou à tout autre genre d'ineptie. Être un cul noir, c'est savoir d'où on vient et où on va exactement, expliquait Cacahuète en bougeant les bras comme s'il avait voulu s'exercer à la brasse coulée.

Cul Blanc le regardait avec de grands yeux, extatique.

— Être un cul noir, c'est… c'est magique. Tu veux toucher la magie, Cul Blanc ? Dis, est-ce que tu veux toucher la magie ?

— Tu crois que je peux ?

— Bien sûr, dit Cacahuète en se tournant pour se mettre dos à son disciple. Elle est là, la magie, à portée de main. Vas-y, Cul Blanc, touche. Touche du doigt la magie. Vois ce que c'est… ce que ça sera quand j'aurai fait de toi un cul noir.

Cul Blanc avait tendu une main tremblante vers son professeur. Il avait effleuré son postérieur.

Prudemment, d'abord, puis avec plus d'assurance. Cacahuète se tortillait.

— La magie, ouaiiis… La magie…

— Lerdemuche ! Un couillard et une pampeline qui jouent à l'embosse de la rosette ! C'que vous faites là, les asticots ? L'est pas là, l'autre bistouré ?

Dans mon rêve, Cul Blanc et Cacahuète sursautèrent tels des courtiers pris en flagrant délit d'initié. Cul Blanc retira vivement sa main de la magie de Cacahuète. Son visage poupin prit une jolie teinte rose.

La Feuille, le nouveau mec de Mathilde, le boucher qui s'était taillé sa part de steak sur mon dos, se tenait en face des deux tueurs. Il s'était approché d'eux à la sournoise, profitant de ce qu'ils étaient en train d'explorer les aspects poétiques de leur profession. Il portait son tablier de travail, une main sur la hanche et, dans l'autre main, un hachoir d'une dimension plus que respectable.

— Qui ça ? demanda Cacahuète en essayant de sourire.

Le clope qu'il tenait au bec noyait ses yeux sous la fumaga et il était obligé de les plisser pour voir.

— Le flic, là, Milo Rojevic… l'est pas là ? Z'êtes sous son porche.

— Nous l'attendons aussi, précisa Cacahuète en s'écartant de Cul Blanc, pressentant le danger et entamant prudemment sa danse de mort.

Un nuage de fumée le suivait discrètement. La Feuille restait totalement immobile. Son regard allait de l'un à l'autre comme s'il avait examiné un cheptel, se demandant lequel des ovins irait en premier à l'abattoir. Cul Blanc, lui, était tétanisé. Son visage n'était plus rose mais carrément écarlate.

— Vous désirez ? demanda Cacahuète.

— C'que je désire ? J'veux le passer à la dent de loup, ce broutard, voilà c'que je veux.

— Hein ? Cacahuète, je ne comprends rien à ce qu'il dit, c'est normal ? bredouilla Cul Blanc qui, lentement, reprenait, en même temps que ses esprits, une teinte à peu près décente.

— Tout à fait, répondit Cacahuète sans cesser de progresser en arc de cercle vers la Feuille. Ce monsieur s'exprime dans un argot proche du louchébem des bouchers de la Villette. Mais tu apprendras, quand tu seras un cul noir, qu'il n'est pas toujours nécessaire de saisir les subtilités et les tournures d'un langage pour agir en conséquence.

— De quoi ? s'exclama la Feuille. Lurdoc ! Ça vous chatouillerait la cinquième côte de jacter français ?

— Un mur d'incompréhension, soupira Cacahuète en exhalant un nuage goudronné par les naseaux. Vois-tu, Cul Blanc, il semble qu'entre ce monsieur et nous, il y ait un conflit d'intérêt rehaussé d'une difficulté certaine à faire passer l'information…

— Je crois que je comprends, fit Cul Blanc, la mine soucieuse, en s'écartant lui aussi de la Feuille, mais dans la direction opposée.

— Le flic est à nous, monsieur l'artisan. Peu importe ce que vous comptez faire et pourquoi vous êtes là, il vous faudra malheureusement attendre que nous ayons terminé avec lui avant d'entreprendre quoi que ce soit à son encontre, continua le Black.

— Arrêtez de tricoter des manches et taillez votre gline, les kakos ! Je voudrais pas…

Cacahuète se mit à sourire.

— Voyons s'il y a un moyen de trouver un langage commun…

Et sans attendre, il se jeta sur la Feuille, la main en avant vers sa poitrine, les deux doigts tendus. La Feuille fut plus rapide. Il y eut un éclair de métal, et la main de Cacahuète alla rebondir sur le capot de la Mégane. Le boucher pivota. Il y eut un deuxième éclair, et ce fut fini.

Lorsque la tête de Cacahuète termina sa course sur le bord du trottoir, la cigarette était toujours fichée entre ses lèvres. La fumée sortait lentement par l'orifice béant de la trachée.

Cul Blanc n'avait même pas eu le temps de réagir. Il se mit à trembler. Sa chair flasque ondulait au rythme des contractions.

— Oh, mon Dieu ! Oh, mon Dieu ! Me… Me tuez pas… Je suis qu'un cul blanc, il n'y a pas besoin de me tuer… Je suis… rien qu'un cul blanc.

— Non, rugit la Feuille, t'es pas un cul blanc. T'es une marelle que j'vais passer à la belle-mère.

Et il avança.

La seconde d'après, j'étais là, dans la rue, en face de la Feuille. La Feuille avec son hachoir souillé. J'étais totalement nu et il faisait chaud. Terriblement chaud. Mon visage me brûlait. La Feuille me regardait. Son tablier couvert de sang. Ses yeux étaient vides et il avait l'air épuisé. Pour une raison que j'ignore, il semblait ne pas me reconnaître. Il faisait si chaud…

Un rêve bizarre, vraiment. C'est là, je crois, que je m'étais réveillé. La bouche pâteuse, la peau du visage comme distendue et prête à craquer. Elena était là, juste à côté de moi sur un lit, la poitrine dénudée.

— Ne bouge pas, tu as de la fièvre, beaucoup de fièvre, mais ça va passer, avait-elle chuchoté.

Elle avait pris ma tête entre ses mains, délicatement.

— Il faut que tu boives… J'ai rajouté de la codéine, du maltitol, ainsi qu'une dose diluée de ciclopiroxolamine…

Elle avait pressé mon visage contre son sein constellé de traces de piqûres. J'avais ouvert la bouche.

— Là, c'est ça… Tète, mon bébé. Tète encore… »

*

Au bout d'un moment, Casanova avait supposé qu'il devait être dans une chambre à l'étage — la chambre de Cythère, il l'apprendrait plus tard —, car il entendait chaque soir les bruits, les éclats de voix, les rires filtrer à travers le plancher. Parfois, il laissait sa main pendre au bas du lit et effleurait le sol. Les échos de la fête se transmettaient par vibrations jusqu'à lui. Alors, il fermait les yeux. Il profitait, par procuration, des festivités.

La chambre était spartiate mais propre et confortable. Hormis les tentures de velours noir posées sur les murs, une petite table de chevet style XVe et un lit à baldaquin du même modèle, il n'y avait rien qui laissât supposer ici un goût pour le superflu. Il n'y avait, dans la pièce, aucun miroir ni surface réfléchissante. Sans doute avaient-ils disparu à dessein.

Elena venait trois fois par jour pour le nourrir et parler avec lui.

Cythère venait elle aussi de temps en temps s'enquérir de sa santé et lui demander s'il n'avait besoin de rien.

Casanova n'avait besoin de rien. Malgré la douleur qui l'élançait parfois au niveau des cervicales et faisait naître dans son crâne, derrière ses yeux, une migraine lancinante, et quelques éblouissements auxquels succédaient parfois de brefs vertiges, il se sentait bien.

La pub qui vantait les mérites de Charlie P. ne mentait pas : *Un maximum de douleur pour un minimum de séquelles.* Il aurait dû être mort. Normalement, après une raclée pareille, il aurait dû être mort. Charlie P. n'y avait pas été avec des pincettes. Il ne l'avait pas cogné, il ne l'avait pas démoli, il ne l'avait même pas effacé de la surface du monde. Charlie P. — c'est du moins l'impression qu'il avait eue — ne s'était pas contenté de le frapper encore et encore. Chaque fois que Casanova s'était relevé, tant qu'il avait été capable de le faire, Charlie P. avait remis ça. Mais Charlie P. ne l'avait pas battu, non, Charlie P. avait pris sa revanche.

Un certain docteur Kurtz — un nain métis avec des mains ressemblant à deux porte-avions miniatures — était venu le voir hier et, en une heure de massage, il avait abrégé toutes ses souffrances. Une femme énorme avec des petites entailles partout sur les bras et autour des lèvres — des entailles qui formaient des motifs aussi complexes que mystérieux — était également venue, accompagnée d'une petite Asiatique ténébreuse et discrète. Elles avaient délicatement changé ses pansements, examiné d'un œil expert ses plaies, nettoyé sa peau à l'aide d'huiles et de pommades aux senteurs enivrantes et inédites — et puis elles lui avaient dit qu'il guérissait vite. Que bientôt, bientôt, il serait sur pied.

Charlie P. était passé lui aussi. Il arborait une mine chagrinée et avait tenu à savoir si Casanova était satisfait de sa prestation. L'ex-inspecteur l'avait rassuré et aussitôt, le visage de Charlie P. s'était illuminé. Ils avaient encore discuté un moment. Ils avaient parlé de boxe, à vrai dire, et puis Charlie était reparti.

En fait, Casanova avait l'impression que tout le monde, dans cette foutue baraque de freaks, était passé le voir. Comme on visite un grand-père âgé. Et tout le monde avait eu une parole gentille, un geste doux... Ils agissaient tous comme s'ils voyaient en lui des choses que lui-même ignorait. Jésus ! Ils ne le connaissaient pas. Jusqu'à la semaine dernière, il n'était jamais venu ici, et eux, ils étaient aux petits soins avec lui. Ils le nourrissaient, ils le lavaient, ils le choyaient comme... comme... Eh bien Casanova ne savait pas exactement comment définir ça, mais c'était agréable. Très agréable.

*

254

Un soir — il en déduisit que c'était le soir car la fête battait son plein, là-dessous — Cythère lui avait apporté des journaux.

— Pour que tu ne t'ennuies pas trop, avait-elle précisé.

Il avait mis du temps à pouvoir accommoder sa vision. Il avait du mal à faire le point dès que les lettres devenaient trop petites et les habituels flashes blancs l'aveuglaient lorsqu'il se penchait...

Au bout de quelques heures, il fut cependant capable de lire un article entier sans migraine ni éblouissements.

Ce ne fut qu'au troisième journal que Casanova tomba dessus. L'entrefilet, en cinquième page, mentionnait l'arrestation d'un éleveur de chiens en grande banlieue. L'individu louait ses animaux à des boîtes de production clandestines pour des tournages à caractère zoophile. On avait retrouvé à son domicile de nombreuses cassettes compromettantes et il était en outre soupçonné d'être à l'origine de plusieurs accidents graves survenus ces derniers mois...

*

« Ils ne disaient rien sur la femme du XXᵉ, dans l'article. Mais moi, je savais... Je savais que c'était juste une question d'heures, de jours, avant que les mecs chargés de l'enquête fassent le rapprochement... Tu vois, Giovanni... Tu vois, connard, même si celui-là, t'as pas eu le temps de le choper, il est tombé quand même, hein ? Avec ou sans nous, ils tombent tous. Tôt ou tard. »

Elvis ne vint le voir que le quatrième ou le cinquième jour, Casanova n'était pas sûr.

Il l'avait salué et puis s'était assis à côté de lui, sur le lit. Maintenant, Casanova pouvait se lever et marcher, mais, la plupart du temps, il n'en éprouvait pas le besoin, aussi restait-il allongé.

— Tu guéris vite, fils, avait constaté le boss.

Il ne le vouvoyait plus et il l'appelait « fils ». Comme si Casanova avait réussi un test dont il ignorait tout et que, désormais, il n'était plus un client.

— Grâce à vous… à vous tous.

Elvis leva la main pour abréger tout remerciement.

Casanova le regarda et puis il se lança. Ça faisait plusieurs jours qu'il y pensait et il savait que, de toute manière, il fallait qu'à un moment ou à un autre il le fasse. Et il savait que ce moment, c'était maintenant.

— Je… Il faut que je parte, Elvis. Je vous dédommagerai dès que je pourrai, expliqua Casanova.

Elvis leva une nouvelle fois la main.

— Tu veux partir ?

Il n'y avait pas d'étonnement dans sa voix. C'était une simple constatation.

— Oui, dit Casanova. J'ai des… choses à faire. Il faut que je rentre chez moi.

— Quand ?

— Tout de suite, si je peux.

— Tu peux le faire. La porte est ouverte…

— Je sais.

— Les gens…, reprit Elvis, les gens qui travaillent ici ne sont pas de simples employés. Enfin ils ne sont pas que ça, tu l'auras compris. Nous formons… une sorte de famille.

— Je comprends.

— Et je veux que tu saches… Ils veulent tous que tu saches que tu as fait grande impression sur tout le monde, ici.

— C'est gentil, mais je ne suis pas sûr qu'il s'agisse d'un compliment.

— Peu importe. Ce que je veux te dire c'est…

Elena était apparue. Elle se tenait sur le seuil de la chambre et, sans dire un mot, écoutait la conversation, les yeux fermés.

— … Tu pourrais rester ici encore un peu, non ?

— Non, je ne crois pas, Elvis.

— Tout le monde t'aime bien et… j'ai pensé… Enfin nous avons pensé que tu pourrais… je sais pas… collaborer un peu avec nous.

— C'est-à-dire ?

— Tu as du talent, Milo. Un grand talent. Sais-tu qu'il existe des gens qui seraient prêts à payer cher, très cher pour démolir une jolie petite gueule comme la tienne ?

— C'est quoi, que tu me proposes là, Elvis ? Un contrat ?

— Non. Je te propose juste de rester avec nous. Il… Il y a encore tant de choses que tu ne sais pas. Tant de choses que tu pourrais apprendre.

— Je suis pas certain de vouloir en savoir davantage…

257

Casanova se leva et Elvis le laissa faire. Il commença à s'habiller.

— Je ne te parle pas d'un emploi, fils. Je te parle d'une famille.

Casanova se retourna vivement. De nouveau, il était en colère et, de nouveau, il ne savait pas pourquoi.

— Tu me proposes quoi, Elvis ? Tu me proposes de rester ici, et de poser pour le portait de famille : Casanova, dit Human Punching-Ball, entre la femme qui apprend à des chiens comment baiser des tordus et le fondu qui se croit toujours sur un ring en 1995, entre une malade du scalpel et un mec qui pense rebâtir Graceland… Je suis pas un freak ni un monstre de foire, Elvis. Non, c'est pas ce que tu crois. Je suis pas comme…

Casanova s'interrompit. Elvis le regardait fixement. Il ne disait rien. Elena avait toujours les yeux fermés, mais Casanova vit un pli, un petit pli de douleur se former juste entre ses yeux. Il se rendit compte que ce qu'il venait de dire était cruel. Cruel et injustifié. Sa colère monta d'un cran.

— Il faut que je parte, Elvis. Je… Je n'ai pas le choix.

— On a parfois le choix, Milo. Parfois. Tout dépend du prix qu'on est prêt à payer.

C'était Elena qui avait parlé. Elle avait ouvert les yeux et fixait le vide droit devant elle.

— Il faut que je parte, répéta Casanova.

C'était vrai qu'il aurait pu rester ici. Il n'avait pas besoin de rentrer chez lui. Il n'y avait rien, à l'extérieur, à quoi il tenait et rien de bon, probablement, ne l'y attendait. Il aurait pu laisser sa maison, son mobilier, son ex-femme, son enfer... Tout. Mais il ne pouvait s'y résoudre. Pour une raison mystérieuse, il sentait qu'il fallait qu'il parte. Il y était obligé.

Il essaya de se radoucir.

— Écoutez, voilà ce que je vous propose : je pars, je rentre chez moi et je réfléchis à votre deal. Si ça tient, je reviens vous voir dans quelques jours et on essaie.

Elena avait l'air déçue. Déçue et triste.

— Ça n'est pas une proposition, Milo, c'est... une main tendue.

— Je... Je n'ai pas vraiment l'habitude qu'on me tende la main, sauf quand il s'agit de m'en allonger une. Il... Il me faut juste un peu de temps, Elena.

— Tu sais que si tu pars, tu ne reviendras pas, tu le sais, ça, hein, Milo ?

— Il faut que je réfléchisse.

Il avait dit ça, mais il savait, au fond de lui, qu'Elena avait raison. S'il partait... S'il partait maintenant, il ne reviendrait plus. Curieusement, il n'arrivait pas à le regretter.

— Laisse-le partir, Elena. Si c'est ce qu'il veut...

— Mais, Elvis, tu sais comme moi que...

— C'est ce qu'il veut, Elena.

Alors, elle baissa la tête. Ses cicatrices formaient sur son visage une croix qui faisait mal à voir.

— Merci, dit Casanova en s'adressant à Elvis.

Ce dernier eut un sourire désolé.

— De rien, fils. Reviens vite.

Il enchaîna sa figure favorite : *A wop bop a loo*

bop a lop bam boom…. Mais le cœur n'y était plus. Ça se voyait.

Casanova se dirigea vers la sortie. Elena le laissa passer sans lever la tête. Casanova la frôla.

— Je reviendrai, mentit-il, je reviendrai bientôt…

Et il partit sans se retourner. Parce qu'il avait peur, une dernière fois, de croiser le regard vide d'Elena, et d'y lire cet air de déception qu'il connaissait si bien. Cette déception qui, un jour ou l'autre, frappait tous ceux qui croisaient son chemin.

*

— Hé, m'sieur, m'sieur, faites-nous un tour.

— Ouais, faites un truc, comme voler dans les airs.

— L'Homme Invisible vole pas. C'est Superman, qui vole. Et lui, c'est l'Homme Invisible.

— Qu'est-ce que t'en sais, que c'est l'Homme Invisible ? Son déguisement pourrait aussi bien cacher n'importe quoi. N'importe quoi !

— Mon père dit que l'Homme Invisible, il existe pas.

— La ferme, Nono. T'es trop p'tit pour parler de ce genre de truc.

— Et Superman non plus. Il dit qu'c'est rien qu'des conneries inventées pour qu'les gens y s'tiennent tranquilles.

— La ferme, Nono. T'es trop p'tit, on t'a dit. Superman existe.

— Mais ça, c'est pas Superman, c'est l'Homme Invisible. C'est l'même, j'l'ai vu l'aut' jour à la télé. Hé, l'Homme Invisible, montre-nous un truc !

— Ouais, montre-nous quelqu'chose.

— Y répond pas. P'têt' qu'il est sourd ?

— L'Homme Invisible est pas sourd. Il est invisible.

— P'têt' qu'il est muet alors ? Hé, m'sieur, z'êtes muet ?

Casanova quittait maintenant le quartier résidentiel de la Haute Corniche. Il avait d'abord cru qu'il n'en viendrait jamais à bout, marchant sous un soleil de plomb. Il était aux environs de treize heures et la lumière était partout. Sur l'asphalte, sur les façades des pavillons alignés comme des biscuits industriels dans une boîte, sur les vitres, sur lui, partout… et il n'y avait pas moyen d'y échapper. La chaleur avait découragé les âmes les plus endurcies, et il avait arpenté, pendant ce qui lui avait semblé être des siècles, un véritable paysage postnucléaire. Seuls quelques clebs, enfermés dans les jardins formatés, s'étaient risqués à lui aboyer après. Il embrayait sur De Gaulle, quand les gosses étaient apparus. Après avoir stoïquement subi leurs quolibets et tenté d'ignorer leurs doléances, il avait pris par l'avenue Pieri. Les gosses l'avaient suivi. Jésus, ils avaient pas de maison ? Il avait pas fait cinq cents mètres lorsqu'il reçut la première pierre sur le haut du crâne.

Putains de gosses !

Avec la chance qu'il avait, ils allaient pas le lâcher jusqu'à ce qu'il arrive chez lui.

Il reçut une deuxième pierre. Il ne les sentait pas vraiment. Les chocs étaient amortis en grande partie par les bandages qui enrobaient sa tronche et les projectiles n'étaient pas bien gros. Et puis, merde, c'était vrai qu'il ressemblait à l'Homme Invisible, comme ça.

— Hé, m'sieur, on vous a reconnu. Allez, faites-nous un tour.

— Ouais, c'est vous l'Homme Invisible, pas la peine de s'cacher.

Les mioches hurlaient derrière lui. Ils devaient être quatre ou cinq, il ne s'était pas retourné pour vérifier. Mais ils étaient surexcités et, s'ils continuaient comme ça, ils allaient ameuter tout le quartier. S'il y avait une chose que Casanova entendait bien éviter, c'était d'ameuter tout le quartier.

Une troisième pierre vint frapper mollement l'arrière de sa tête.

Il avait l'impression que moins il répondait, plus les mioches s'excitaient.

Il se retourna.

Les gosses eurent un mouvement de recul. Le plus courageux des quatre, probablement celui qui avait lancé les pierres, resta, en maintenant une distance de sécurité honnête.

— Tu veux que je te montre un truc, petit ? Alors viens voir.

Les gosses se regardèrent. Brusquement, ils avaient l'air moins enthousiastes.

— Viens voir, insista doucement Casanova. T'as déjà vu l'Homme Invisible s'en prendre à de gentils mouflets comme vous ? Non. Alors, approche, tu risques rien.

Le leader de la troupe de monstres regarda ses camarades, puis s'approcha lentement.

Casanova le laissa faire.

Lorsqu'il fut assez près, Casanova s'agenouilla pour être à sa hauteur.

— Tu veux que je te montre quelque chose ?

— Ouais, je veux un tour, répondit le gamin.

— D'abord, il faut que tu enlèves ces bandages.

Le môme jeta de nouveau un coup d'œil vers ses camarades. Largement moins téméraires que lui, ils se tenaient à une distance respectable. Mais n'en perdaient pas une miette.

— Vas-y, ça risque rien. Et je t'assure que tu vas pas le regretter. Regarde, petit. Regarde ce qu'il y a sous le masque…

L'enfant tendit la main, puis commença à enlever un coin du bandage.

Casanova ne disait plus rien. Il se tenait totalement immobile, accroupi en face du mioche. Il attendait.

Finalement, devant l'absence de réaction de sa victime, le gosse s'enhardit et continua à enlever de larges pans des bandes qui enveloppaient son visage.

Une épaisseur. Deux épaisseurs.

Sous ses pansements, Casanova souriait. Ça aurait dû lui faire mal. Un mal de chien, mais il ne sentait rien, hormis une sourde pulsation à la surface de la peau. Depuis cinq jours, Elvis et Elena avaient dû le bourrer de calmants et d'anesthésiques. Il faudrait des heures avant que leurs effets ne s'estompent.

Le gosse ôta une nouvelle couche.

La dernière épaisseur, Casanova s'en chargea. Lentement, il décolla la gaze de son épiderme à vif.

— Hé, petit, tu sais quoi ?

— Non, m'sieur.

— Toi et tes copains, vous vous êtes tous trompés. Je suis pas l'Homme Invisible.

Il arracha d'un coup les ultimes vestiges de la couche protectrice. Ça devait vraiment pas être beau, là-dessous. Pour ce qu'il en avait à foutre maintenant.

— Je suis… la Momie !

Les gosses hurlèrent de terreur. Lorsque le meneur eut fini de trépigner et qu'il se retourna pour s'enfuir, ses copains avaient déjà disparu au bout de la rue.

Casanova se redressa et le regarda détaler.

Il se mit à rire. Tout seul, comme un putain de givré.

Casanova, le type qui terrorise les gosses.

Casanova, le type qui bat les femmes.

Casanova, le type qui tue les animaux à coups de revolver.

Casanova, le type qui menace ses confrères et d'honnêtes citoyens avec une arme.

Casanova, le violeur.

Casanova, l'obsédé.

Casanova, le maso pervers.

Casanova, la Momie.

C'était lui tout ça.

« C'était moi, tout ça. »

C'était ça qu'il y avait derrière le masque.

*

Lorsqu'il arriva dans sa rue, sa peau, tout son crâne le brûlaient comme si on l'avait écorché à l'épluche-légumes. Ça n'était pas une bonne idée

de laisser ses plaies ainsi, à l'air libre, par cette chaleur. D'autant que, s'il croisait quelqu'un, il y aurait
pas lerche avant qu'il termine à l'hosto.

Mais Casanova voulait sentir la morsure brûlante
du soleil sur sa peau. Il voulait l'éprouver le plus possible et, s'il avait pu avoir un bouton pour moduler
la chaleur sur son corps, il l'aurait poussé au maximum, il en était sûr.

« J'en étais sûr... »

Qu'est-ce qu'il espérait trouver, en revenant ici ?
Il l'ignorait lui-même.

Il savait qu'il était dangereux de revenir. Cacahuète
et Cul Blanc étaient peut-être encore dans les parages. Et, cette fois, il n'avait plus d'arme.

Peut-être voulait-il solder son compte.

« Peut-être voulais-je solder mon compte. Peut-
être que j'espérais trouver enfin, en revenant chez
moi, quelque chose qui me permette de mettre un
point final à cette affaire... À toutes ces affaires.
Régler l'ardoise avant d'accepter la proposition
d'Elvis. Parce que j'avais pris ma résolution, tout
en marchant. J'avais eu le temps. Si les choses se
passaient bien, si je revenais vivant de mon périple,
je retournerais là-bas. Je retournerais au Chamber,
et je resterais. Je resterais avec eux : Elvis, Elena,
Charlie P., le docteur Kurtz et Cythère... Avec eux
tous. Mais, avant, je devais régler l'ardoise, même
si, je le sentais au fond de moi, il n'y avait pas
d'ardoise à payer... »

Casanova continuait à marcher. Machinalement, comme un automate, il mettait un pied devant l'autre. Pas après pas, enjambée après enjambée, il se dirigeait vers sa destination. Il ne savait pas ce qu'il espérait trouver en revenant ici, mais il savait qu'il y avait quelque chose à trouver et qu'il le trouverait.

« … Peut-être voulais-je simplement faire face. Pour une fois, pour une dernière fois, cesser de me défiler et faire face. »

Finalement, il tourna au coin du bar-tabac « Chez Gilou ». Et il y était.

Il avança dans la rue, sa rue. Il défit le col de sa chemise. La chaleur était insupportable.

Il apercevait maintenant le perron de sa maison. Il jeta un coup d'œil à droite et à gauche. Il n'y avait personne. La rue semblait déserte comme avaient été déserts les rues, les avenues, les boulevards qu'il avait arpentés pendant des heures.

Il continua à avancer vers sa maison.

Pas de trace de Cacahuète. Ni de Cul Blanc. Pas de trace de Dubois. Pas de trace de quiconque.

Il défit un à un les boutons de sa chemise.

« Je défis un à un les boutons de ma chemise. J'avais l'impression d'étouffer. Je voulais que le soleil me brûle, qu'il me consume. Je voulais sentir encore plus sur ma peau cette douleur, cette douleur insoutenable… la sentir sur toute ma peau, dans les interstices de mes blessures. Brûler, frapper, détruire. Je ne sais pas comment l'expliquer, mais ça n'était pas à moi que je voulais faire tout ça… Je voulais faire ça à ce qu'il y avait à l'intérieur de moi. »

Casanova laissa tomber sa chemise à terre et continua à marcher. Il plissa les paupières. La sueur sur ses yeux, son front, dans son cou, sur son torse brûlait. Elle ravivait les plaies comme si on l'avait foutu sous une putain de salière géante.

« … sous une putain de salière géante ».

Il y avait quelqu'un. Il y avait quelqu'un d'assis sous son porche.

D'abord, Casanova crut qu'il s'agissait d'un mioche.

Sa silhouette ondulait par vagues sous la réverbé-ration du béton fondu.

Il portait un T-shirt marron. Le même T-shirt que Ben portait…

« Ben ? T'aurais quel âge maintenant ? T'aurais changé ou tu serais toujours le même, avec ce même putain de regard de cocker quand nos yeux se croi-saient ? Ben, est-ce que tu souriras un peu, en me voyant ? »

Casanova pressa le pas. On dirait vraiment un gosse, là, sur le perron. Un gosse qui attend.

« Qui m'attend… »

Ce ne fut que lorsqu'il arriva à quelques dizaines de mètres qu'il vit que ce n'était pas un gosse. La chaleur, la fièvre qui, probablement, devaient l'assommer à moitié avaient eu raison de ses sens. Il mit un moment à reconnaître celui qui se tenait là-devant et semblait l'attendre. Il ralentit. Plus rien ne pressait, désormais.

« Plus rien ne presse… »

Ce n'était pas Ben, et le T-shirt n'était pas marron. Il était juste imbibé de sang séché.

Casanova fit encore un pas en avant, torse nu. Il enleva ses chaussures et ses chaussettes.

Le type sur le perron tenait son visage entre ses mains. Il semblait réfléchir. Ou pleurer.

La lumière était éblouissante. Casanova ne voyait pratiquement rien.

Il dégrafa son pantalon.

Il le fit tomber. Le caleçon aussi. Il les envoya valdinguer à quelques mètres.

Le type leva les yeux. Son visage était rouge et trempé. Il était mal rasé. On aurait dit qu'il n'avait pas dormi depuis plusieurs jours et qu'il l'avait attendu ici, sur le trottoir, depuis qu'il était parti.

Casanova retira les dernières compresses collées sur sa poitrine et le haut de son ventre. Ça faisait un mal de chien.

Il continua d'avancer.

Il vit que le type en face de lui plissait aussi les yeux et qu'il avait du mal à le reconnaître.

Dans son état, ça n'avait rien d'étonnant.

« Tu me reconnais pas, hein ? T'en fais pas, ça va venir. Attends. Je m'approche encore un peu… »

Maintenant, Casanova était totalement nu. Il continuait d'avancer vers le mec. Sa queue, sa grosse queue inutile et molle, battait les flancs de ses cuisses à chaque mouvement.

— Salut, la Feuille, c'est moi.

Qu'est-ce qu'il espérait en venant ici ? La Feuille… La Feuille ou quelqu'un d'autre, quelle importance ?

« Salut, la Feuille, c'est moi. »

Les yeux du type s'éclairèrent. Ils se teintèrent, dans la lumière aveuglante de la mi-journée, d'un éclat sinistre et fou. Il se leva. Il tenait à la main un hachoir. Un de ces grands hachoirs que les tailleurs de barbaque utilisent pour désosser les carcasses.

Casanova continuait à marcher vers lui.

— Salut, la Feuille. C'est moi, Casanova.

« Salut, la Feuille. C'est moi, Casanova. Regarde-moi. Je suis nu et sans arme. Les pansements, je m'en suis débarrassé. Tu vois, je me cache plus. J'ai que mon cul et ma queue avec moi. Tel que tu me vois, c'est moi. »

— T'as gagné, asticot, murmura la Feuille, t'as gagné tes douze manches : tu vas payer ton herbe comme un ruf sabré par Tourtereau…

Et il s'élança. Il courait comme un taureau furieux. Il courait vers Casanova, avec son hachoir à la main.

Il apparut à ce dernier que le hachoir était souillé, lui aussi. Mais peut-être qu'il n'y avait rien et que c'était une illusion. Que tout n'était qu'une illusion.

Casanova tourna la tête vers le soleil et se laissa brûler encore un peu. Il ferma les yeux...

« Je fermai les yeux... »

Et lui offrit son meilleur profil.

« Et lui offris mon meilleur profil... »

Lorsqu'il les rouvrit, il lui sembla bien, l'espace d'une seconde, que la lame scintilla dans l'air, mais il n'en était pas sûr.

DU MÊME AUTEUR

Aux Éditions Gallimard

Dans la collection Série Noire

UNE HISTOIRE D'AMOUR RADIOACTIVE, 2010.

ANESTHÊSIA, 2009.

VERSUS, 2008, Folio Policier n° 547.

AIME-MOI, CASANOVA, 2007, Folio Policier n° 582.

La Tengo Éditions

Dans la collection Mona Cabriole

SIX PIEDS SOUS LES VIVANTS, 2009.

Composition Nord Compo
Impression Novoprint
le 4 avril 2010
Dépôt légal : avril 2010

ISBN 978-2-07-042785-7/Imprimé en Espagne.

171964